LES RADLEY

Né en 1975 à Sheffield en Angleterre, Matt Haig est journaliste et écrivain. Ses romans sont souvent d'étranges histoires de famille… *Les Radley* a été traduit dans le monde entier.

MATT HAIG

Les Radley

ROMAN TRADUIT DE L'ANGLAIS PAR FRANÇOISE DU SORBIER

ALBIN MICHEL

Titre original :

THE RADLEYS
Publié avec l'accord de Canongate Books Ltd,
14 High Street, Edinburgh EH1 1TE.

ISBN : 978-2-253-16661-0 – 1re publication LGF

Pour Andrea, comme toujours.
Et pour Lucas et Pearl.
N'en perdez pas une goutte.

VENDREDI

Vos instincts ne sont pas justes. Les animaux se fient aux leurs pour survivre chaque jour, mais nous ne sommes pas des bêtes. Nous ne sommes ni des lions, ni des requins, ni des vautours. Nous sommes civilisés et la civilisation ne fonctionne que si les instincts sont réprimés. Aussi, faites un effort pour la société et ignorez les désirs ténébreux qui sont en vous.

Manuel de l'Abstinent
(deuxième édition, p. 54).

17, Orchard Lane

C'est un coin tranquille, surtout la nuit.

Trop tranquille, penseriez-vous, pour abriter le moindre monstre dans ses jolies allées ombragées.

Et de fait, à trois heures du matin dans les rues de Bishopthorpe, il est facile de croire le mensonge dans lequel se complaisent ses habitants, à savoir que c'est l'endroit idéal pour de bonnes gens paisibles, qui mènent une vie sans histoire.

À cette heure, on n'entend d'autres sons que ceux de la nature elle-même. Le hululement d'un hibou, l'aboiement lointain d'un chien ou, par une nuit venteuse, le murmure ténébreux de la brise dans les sycomores. Même si vous vous postiez dans la grand-rue, juste devant la boutique de déguisements, le pub, ou le traiteur *Au Glouton affamé*, vous entendriez rarement le moindre bruit de circulation, et ne verriez pas le graffiti insultant qui décore l'ancien bureau de poste (encore que le mot TARÉ soit lisible avec un petit effort).

En dehors de la grand-rue, si vous alliez vous promener la nuit dans un endroit tel que Orchard Lane et passiez devant les maisons anciennes où habitent avocats, médecins et comptables, vous trouveriez toutes leurs lumières éteintes et leurs rideaux tirés, de façon à se calfeutrer pour la nuit. Ou du moins, avant d'arriver au numéro dix-sept, où vous remarqueriez à travers les rideaux une lumière à une fenêtre d'en haut.

Et si vous vous arrêtiez un instant pour inspirer cet air nocturne, pur, frais et réconfortant, vous verriez d'emblée que, lumière mise à part, le numéro 17 est une maison parfaitement assortie à celles qui l'entourent. Peut-être pas aussi imposante que sa plus proche voisine, le numéro 19, avec sa large allée d'accès et son élégante allure Régence, mais malgré tout une maison qui tient son rang.

Elle a exactement l'aspect qu'on attend d'une maison familiale de village. Grande, mais ni trop, ni trop peu, sans rien de déplacé ou de tape-à-l'œil. Une maison de rêve, à bien des égards, comme vous le dirait n'importe quel agent immobilier : parfaite pour y élever des enfants.

Mais au bout d'un moment, vous remarqueriez qu'il y a quelque chose qui cloche. Non, « remarquer » n'est peut-être pas le mot adéquat. Vous ne vous rendriez peut-être pas compte consciemment que même la nature paraît plus silencieuse autour de cette maison, et qu'on n'y entend ni chants d'oiseaux ni autres bruits. Mais un instinct vous pousserait peut-être à vous interroger sur cette lumière allumée, et vous sentiriez comme un froid sans rapport avec l'air de la nuit.

Si cette impression se confirmait, elle pourrait devenir une peur qui vous pousserait à quitter les lieux et à fuir, mais vous ne le feriez sans doute pas. Vous regarderiez la jolie maison, le monospace garé dans l'allée et vous vous diriez que vous êtes devant la maison d'êtres humains tout à fait normaux, qui ne représentent aucune menace pour le monde extérieur.

Si vous en arriviez à cette conclusion, vous seriez dans l'erreur. Car le numéro 17, Orchard Lane est la maison de la famille Radley, et en dépit des efforts considérables que déploient ses membres, ils sont tout sauf normaux.

La chambre d'amis

« Tu as besoin de sommeil », se dit-il. Mais en vain.

La lumière allumée à trois heures du matin ce vendredi est celle de Rowan, l'aîné des enfants Radley. Il est bien réveillé, bien qu'il ait avalé six fois la dose prescrite d'euphytose.

Il est toujours éveillé à cette heure-là. Avec un peu de chance, les nuits fastes, il s'endort vers quatre heures pour se réveiller à six ou juste après. Deux heures de sommeil tourmenté, agité, peuplé de cauchemars qu'il ne comprend pas. Mais aujourd'hui, ce n'est pas une nuit faste : avec son eczéma qui flambe et ce vent qui souffle contre la fenêtre, il sait qu'il ira sans doute au lycée sans avoir fermé l'œil.

Il repose son livre. *Poèmes choisis* de Byron. Il entend quelqu'un traverser le palier, non pas pour aller aux toilettes, mais dans la chambre d'amis.

La porte du placard à faire sécher le linge s'ouvre et il perçoit un léger remue-ménage, puis quelques instants de silence avant que sa mère sorte. Là encore, cela n'a rien d'exceptionnel. Il l'entend souvent se lever au milieu de la nuit et aller dans la chambre d'amis pour une raison secrète qu'il ne lui a jamais demandé d'élucider.

Puis il l'entend retourner se coucher, et échanger des murmures indistincts avec son père de l'autre côté de la cloison.

En rêve

Helen retourne se coucher, le corps tendu par des secrets. Son mari pousse un soupir étrange, languissant, et se blottit contre elle.

« Mais enfin, qu'est-ce que tu fais ?

– J'essaie de t'embrasser, répond-il.

– Je t'en prie, Peter, dit-elle, sentant l'élancement d'une migraine derrière ses yeux. C'est le milieu de la nuit.

– Par opposition à tous les autres moments où tu aimerais que ton mari t'embrasse.

– Je te croyais endormi.

– C'est vrai. J'étais en plein rêve. Excitant d'ailleurs. Nostalgique, en fait.

– Peter, on va réveiller les enfants, dit-elle, tout en sachant que Rowan n'a pas encore éteint la lumière.

– Écoute, je veux juste t'embrasser. C'était un rêve tellement agréable.

– Non, je sais que tu veux plus. Tu veux…

– Et alors ? Où est le problème ? Les draps ?

– Je veux dormir, c'est tout.

– Qu'est-ce que tu faisais ?

– J'avais envie d'aller aux toilettes. » Elle a tellement l'habitude de ce mensonge, qu'il lui vient automatiquement.

« Cette vessie ! Elle ne s'arrange pas.

– Bonne nuit.

– Tu te souviens de ce bibliothécaire qu'on avait ramené à la maison ? »

Elle entend le sourire dans sa voix. « Seigneur, Peter ! C'était l'époque de Londres. On n'en parle plus.

– Mais quand tu penses à des nuits comme celle-là, ça ne te fait pas…

– Non. C'était dans une autre vie. Je n'y pense jamais. »

Petite douleur cuisante

Le matin, peu après son réveil, Helen s'assoit dans son lit et prend une gorgée d'eau. Elle ouvre le flacon de comprimés d'ibuprofen et en place un sur sa langue aussi délicatement qu'une hostie.

Elle avale, et au moment même où la pilule descend dans sa gorge, son mari, à quelques pas seulement dans la salle de bains, sent une petite douleur cuisante.

Il s'est coupé en se rasant.

Il voit le sang luire sur sa peau humide d'huile de rasage.

Une belle goutte. Rouge profond.

Il tamponne la coupure, regarde la tache qu'elle a faite sur son doigt et sent son cœur s'accélérer. Le doigt s'approche de sa bouche, mais avant que le geste s'achève, Peter entend un bruit. Des pas pressés s'approchent de la salle de bains et quelqu'un essaie d'ouvrir la porte.

« Papa, s'il te plaît, tu peux m'ouvrir... s'il te plaît », dit sa fille, Clara, en tambourinant sur le bois épais.

Il s'exécute, Clara entre en trombe et se précipite vers la cuvette des toilettes.

« Clara, qu'est-ce que tu as, Clara ? » demande-t-il pendant qu'elle vomit.

Elle se redresse. Le regarde, le visage très pâle tranchant sur son uniforme d'école. Derrière ses lunettes, ses yeux sont remplis de détresse.

« Oh, non ! » fait-elle en se penchant à nouveau vers la cuvette, où elle a encore un spasme. Peter sent l'odeur et voit ce qu'elle a vomi. Il frémit non pas à cause de ce qu'il a vu, mais de ce que cela signifie.

Quelques secondes plus tard, tout le monde est là. Helen s'accroupit à côté de leur fille, lui caresse le dos en murmurant des paroles rassurantes. Et leur fils, Rowan, se place dans l'encadrement de la porte ; il n'a pas encore appliqué son écran total. « Qu'est-ce qu'elle a ? demande-t-il.

– Ça va, dit Clara, qui ne veut pas se donner en spectacle. C'est passé, maintenant. Je me sens mieux. »

Le mot reste dans la pièce, suspendu dans l'air qu'il transforme avec son mensonge à l'odeur de vomi.

Le change

Clara fait de son mieux pour donner le change ce matin-là, et se prépare à partir pour l'école comme si de rien n'était, malgré son épouvantable mal au cœur.

Il faut savoir que, le samedi précédent, elle a pris une décision très importante. De végétarienne qu'elle était, elle a décidé de passer à la vitesse supérieure et de devenir une végétalienne pure et dure dans l'espoir que les animaux l'aiment un peu plus.

Les canards, par exemple, qui refusaient de manger le pain qu'elle leur offrait, tous les chats qui fuyaient ses caresses, les chevaux dans les champs bordant la route de Thirsk, qui devenaient fous chaque fois qu'elle longeait leur clôture. Elle ne pouvait se débarrasser du souvenir de la visite de l'école au parc de Flamingo Land, où elle avait vu tous les flamants prendre peur et s'envoler avant qu'elle s'approche de l'étang. Ni de celui de ses poissons rouges, Rhett et Scarlett, les deux seuls animaux qu'on l'avait autorisée à avoir, et qui étaient morts prématurément. Comment oublier l'horreur sans nom qu'elle avait éprouvée le premier matin en les découvrant, flottant le ventre en l'air à la surface de l'eau, les écailles complètement décolorées ?

Pour l'heure, elle sent les yeux de sa mère sur son dos lorsqu'elle sort le lait de soja du frigo.

« Tu sais, si tu prenais du lait normal, tu te sentirais beaucoup mieux. Même écrémé. »

Clara ne voit pas en quoi l'écrémage peut rendre le lait plus végétalien, mais elle s'efforce de sourire. « Ça va. Je t'en prie, ne t'inquiète pas. »

Ils sont tous là, maintenant, dans la cuisine. Son père boit son café et son frère dévore son assiette matinale de viandes froides achetées chez le traiteur.

« Peter, dis-lui qu'elle se rend malade. »

Peter ne réagit pas tout de suite. Les paroles de sa femme doivent voguer sur la large rivière rouge de ses pensées avant de se hisser, trempées et lasses, sur la berge étroite du devoir paternel. « Ta mère a raison. Tu te rends malade. »

Clara verse le lait incriminé sur son muesli aux graines et aux noix, et sent sa nausée monter de seconde en seconde. Elle voudrait demander qu'on baisse la radio, mais sait que cela risque de donner l'impression qu'elle est plus malade.

Rowan, au moins, prend son parti, à sa manière blasée : « C'est du soja, maman, dit-il, pas de l'héroïne.

– Il faut qu'elle mange de la viande.

– Mais enfin, ça va !

– Écoute, dit Helen, à mon avis, tu ferais mieux

de ne pas aller au lycée aujourd'hui. Je téléphone pour t'excuser si tu veux. »

Clara secoue la tête. À la différence de son frère, elle aime bien le lycée, ou du moins les cours. Et comme elle a promis à Eve d'aller à la fête chez Jamie Southern ce soir, il ne faut pas manquer les cours si elle veut avoir une chance qu'on la laisse sortir. Et puis, une journée entière à écouter de la propagande en faveur de la viande ne l'avancera guère. « Honnêtement, je me sens beaucoup mieux. Je ne vais pas recommencer à vomir. »

Son père et sa mère se regardent et, comme à leur habitude, échangent avec les yeux des messages codés que Clara ne peut traduire.

Peter hausse les épaules.

(Le problème avec papa, a dit un jour Rowan, c'est qu'en général, il n'en a rien à battre de rien.)

Helen a l'air aussi accablée qu'elle l'était l'autre soir en déposant une brique de lait de soja dans son caddie parce que sa fille la menaçait de devenir anorexique.

« Soit, tu peux aller au lycée, dit-elle enfin. Mais je t'en prie, *fais bien attention à toi.* »

Quarante-six ans

Vous atteignez un certain âge – parfois, quinze ans, parfois quarante-six – et vous vous rendez compte que le cliché dans lequel vous vous êtes coulé ne fonctionne pas. C'est ce qui se passe en ce moment pour Peter Radley, qui mastique un toast aux céréales beurré, et regarde le plastique transparent et fripé qui emballe le reste de la miche.

L'adulte rationnel et respectueux de la loi, avec femme, voiture, enfants, et prélèvements automatiques pour WaterAid[1].

Hier soir, il voulait simplement faire l'amour. Un geste humain, inoffensif. Et c'était quoi, le sexe ? Rien. Juste une étreinte en mouvement. Une friction des corps sans effraction. Il aurait certes pu vouloir dériver vers autre chose, mais il aurait été capable de se contenir. *Dix-sept ans* qu'il se contient.

Oh, putain, pense-t-il.

Cela semble bon, de jurer, même en pensée. Il

---

1. Association visant à fournir de l'eau potable aux pays en voie de développement. *(Toutes les notes sont de la traductrice.)*

a lu dans le *British Medical Journal* qu'on a trouvé de nouvelles preuves à l'appui de la théorie selon laquelle jurer soulage la douleur.

« Oh, putain, murmure-t-il, trop bas pour que Helen l'entende. Putain. »

Réalisme

« Je me fais du souci pour Clara, dit-elle en tendant à son mari sa boîte de sandwichs pour le déjeuner. Ça ne fait qu'une semaine qu'elle mange végétalien et elle est manifestement en train de tomber malade. Pourvu que ça ne déclenche pas de réaction. »

Il l'a à peine entendue ; les yeux baissés, il contemple le sombre chaos qui règne à l'intérieur de sa sacoche.

« Le foutoir qu'il peut y avoir là-dedans, dit-il.

– Peter, je me fais du souci pour Clara. »

Peter jette deux stylos à la poubelle. « Moi aussi, je me fais du souci pour elle. Beaucoup de souci. Mais comme je n'ai pas le droit de proposer une solution… »

Helen secoue la tête. « Non, Peter, ce n'est pas le moment de parler de ça. Son problème est grave. J'aimerais qu'on réfléchisse en adultes responsables. Je veux ton avis sur ce qu'on doit faire. »

Il soupire. « Mon avis, c'est qu'on devrait lui dire la vérité.

– Quoi ? »

Il aspire profondément l'air étouffant de la cuisine.

« Je crois le moment venu de la dire aux enfants.

– Peter, il faut qu'on les préserve. Tout le reste aussi. Sois réaliste, je t'en prie.

– Écoute, je suis désolé, dit-il, je suis de mauvais poil. Taux de fer trop bas. Tu sais qu'il y a des jours où j'en ai assez de tous ces mensonges ? »

Helen hoche la tête. Oui, elle le sait.

Peter regarde l'heure et file dans l'entrée avec sa sacoche.

« C'est le jour des poubelles, dit Helen. Et il faut sortir celle du recyclage. »

Le recyclage. Peter soupire et soulève la boîte pleine de bocaux et de bouteilles. Des contenants vides qui attendent de renaître.

« Ce qui m'inquiète, c'est que plus elle s'abstient de manger ce qui lui est nécessaire et plus elle risque d'être en manque…

– Je sais, je sais. On va trouver une solution. Mais il faut vraiment que je file. Je suis déjà en retard. »

Quand il ouvre la porte, tous deux voient le ciel bleu menaçant qui envoie son signal d'alarme lumineux. « On ne va pas être en panne d'ibuprofen ?

– Si, je crois.

– Je m'arrêterai chez le pharmacien en rentrant. J'ai un mal de tête sévère.

– Moi aussi. »

Il l'embrasse sur la joue et lui caresse le bras, dans un moment de tendresse éphémère, rappel minuscule de leurs rapports d'autrefois. Et il disparaît.

Soyez fier d'agir comme un être humain normal. Soyez actif pendant les heures diurnes, exercez un travail régulier et fréquentez des gens qui ont un sens très net du bien et du mal.

Manuel de l'Abstinent
(deuxième édition, p. 89).

Fantasimania

Sur la carte, Bishopthorpe ressemble à un squelette de poisson. Une grand-rue qui est l'épine dorsale, avec de petites allées fines et des culs-de-sac qui se ramifient dieu sait où. Un lieu mort, où les jeunes ont soif d'autre chose.

Comparé au village moyen, il est plutôt grand, et la rue principale compte plusieurs magasins. Mais à la lumière du jour, elles ont l'air de ce qu'elles sont : un mélange éclectique d'établissements ciblés, sans cohésion réelle. Le traiteur haut de gamme, par exemple, est mitoyen de Fantasimania, le magasin de déguisements qui, sans les costumes dans la vitrine, pourrait facilement passer pour un supermarché du sexe (et de fait, dans une pièce à l'arrière, on vend des « gadgets pour adultes »).

Le village n'est pas vraiment autonome : il n'a plus de bureau de poste ; quant au pub et au magasin de fish and chips, ils ne travaillent plus autant qu'avant. Il y a un pharmacien près du cabinet médical, et un magasin de chaussures pour enfants qui, comme Fantasimania, a surtout des clients de passage, venant de York ou de Thirsk. Mais c'est tout.

Pour Rowan et Clara, c'est une ville dortoir, où l'on dépend des bus, des connexions internet et d'autres issues de secours. Un lieu qui se berce de l'illusion qu'il est un petit village anglais pittoresque, mais qui, comme dans la plupart des cas, n'est qu'une grande boutique de déguisements où les costumes sont juste plus sophistiqués.

Et si vous y vivez un certain temps, vous finissez par devoir faire un choix. Ou vous achetez un costume et faites comme s'il vous plaisait, ou vous vous regardez en face tel que vous êtes vraiment.

Indice soixante

Dehors, à la lumière du jour, Rowan est impressionné malgré lui par l'extrême pâleur de sa sœur. « À ton avis, c'est quoi, ce que tu as ? » lui demande-t-il alors qu'ils passent devant des poubelles de recyclage entourées de nuages de mouches. « Je parle de tes nausées.

– Je n'en sais rien… » La voix de Clara s'éteint comme le chant des oiseaux apeurés qui sentent leur approche.

« Maman a peut-être raison », dit-il.

Elle marque une pause, pour reprendre des forces. « Tu ne manques pas d'air, toi qui manges de la viande rouge à tous les repas ! réplique-t-elle.

– Écoute, avant de me faire ton numéro de Gandhi, il faut que je te dise qu'un vrai végétalien, ça n'existe pas. Parce que tu sais combien d'organismes vivants il y a sur une carotte ? *Des millions.* Un légume, c'est comme une métropole de microbes, alors chaque fois que tu fais bouillir une carotte, c'est l'intégralité d'une ville que tu effaces. Pensesy. Chaque bol de soupe est une apocalypse.

– Ça, c'est… », elle est forcée de s'interrompre à nouveau.

Rowan se sent coupable de l'avoir énervée. Sa sœur est sa seule amie. Et certainement la seule personne avec qui il peut être lui-même. « Clara, tu es vraiment très pâle, souffle-t-il. Même d'après nos critères à nous.

– J'aimerais bien qu'on arrête de me bassiner avec ça », dit-elle, et elle aligne dans sa tête les informations qu'elle a trouvées sur les forums d'internet tels que vegan-power-net. Entre autres, que les végétaliens ont une espérance de vie de quatre-vingt-neuf ans, moins de cancers que les autres, et que des personnalités féminines de Hollywood éclatantes de santé comme Alicia Silverstone et Liv Tyler, ainsi que Zooey Deschanel – l'actrice légèrement somnolente, il faut le reconnaître, mais toujours resplendissante –, ne consomment aucun produit animal. Mais argumenter lui demanderait trop d'efforts, et elle renonce. « C'est juste le temps qui ne me réussit pas », dit-elle, tandis que la dernière vague de nausée recule légèrement.

C'est le mois de mai et l'été est en avance, donc elle a peut-être raison. Rowan souffre aussi. La lumière l'agresse, comme si sa peau était de la gaze, même sous la protection des vêtements et de l'écran indice 60.

Rowan remarque le renflement rond et luisant d'une larme dans l'œil de sa sœur : peut-être un effet de l'exposition à la lumière, mais peut-être aussi du désespoir, si bien qu'il décide de mettre en veilleuse ses remarques anti-végétaliennes. « Possible, dit-il.

Mais ça va s'arranger. Je t'assure. Et je trouve que tu seras super, habillée en chanvre.

– Très drôle », parvient-elle à répondre.

Ils passent devant le bureau de poste fermé, et Rowan est déprimé en voyant que le graffiti est toujours là. ROWAN RADLEY EST UN TARÉ. Ensuite, c'est la vitrine de Fantasimania, où le pirate a été remplacé par des mannequins vêtus de fringues disco fluo et mini, sous une banderole annonçant « Here Comes the Sun[1] ».

La vitrine du Glouton Affamé est plus sympathique. Rowan jette un coup d'œil à l'intérieur, vers le spectacle réconfortant du comptoir réfrigéré qui luit dans la boutique pas encore illuminée, et où le jambon serrano et le Parme, il le sait, sont en place, attendant d'être mangés. Mais une légère odeur d'ail lui chatouille les narines et il est obligé de se détourner.

« Tu vas toujours à cette fête, ce soir ? » demande-t-il à sa sœur en frottant ses yeux fatigués.

Clara hausse les épaules. « Je ne sais pas. Je crois qu'Eve voudrait que j'y aille. Je verrai comment je me sens.

– Tu sais, tu ne devrais y aller que si tu… »

C'est alors que Rowan avise le garçon qui marche devant eux. Leur voisin, Toby Felt, qui se dirige vers le même arrêt d'autobus. Le manche d'une raquette de tennis sort de son cartable, telle la flèche du symbole masculin.

---

1. *Voici venir le soleil.* Chanson des Beatles, 1969.

C'est un garçon mince dont le corps évoque une fouine ; un jour – il y a juste un peu plus d'un an – il a pissé sur la jambe de Rowan parce que celui-ci était resté trop longtemps dans l'urinoir voisin, s'efforçant de faire pipi.

Moi, je suis le chien, avait-il dit avec un regard froid et sarcastique en dirigeant le jet doré vers Rowan. Et toi, tu es le réverbère.

« Et *toi*, ça va ? demande Clara.

– Oui, c'est rien. »

Mais maintenant, ils sont en vue de chez Miller, la boutique de fish and chips, avec son enseigne crasseuse (un poisson mangeant une frite et riant de cette incongruité). L'abribus est en face. Toby y est déjà, en train de bavarder avec Eve, qui sourit en écoutant ce qu'il dit. Avant que Rowan ait eu le temps de s'en rendre compte, il se gratte le bras, ce qui rend son eczéma dix fois pire. Il entend Eve s'esclaffer et voit le soleil jaune apparaître derrière les toits. Son rire le brûle autant que la lumière.

Setter roux

Peter roule dans l'allée gravillonnée la poubelle contenant bouteilles et bocaux vides pour la sortir sur le trottoir, quand il voit Lorna Felt regagner le numéro 19.

« Salut, Lorna, lance-t-il sur le ton amical du bon voisin. Ça tient toujours pour ce soir ?

– Ah, mais oui ! répond Lorna, comme si elle venait juste de s'en souvenir. Le dîner. Non, on n'a pas oublié. Je prépare une petite salade thaï. »

Pour Peter, Lorna n'est pas une personne réelle, mais un ensemble d'idées. Quand il regarde ses magnifiques cheveux roux et brillants, sa peau bien entretenue et ses vêtements baba-cool chic, il songe à la vie. Aux sensations fortes. À la tentation.

À la culpabilité. L'horreur.

Elle sourit, aguicheuse. Une vraie réclame pour le plaisir.

« Mais enfin, Muscade, arrête ! Qu'est-ce qui te prend ? »

C'est alors seulement qu'il remarque qu'elle est avec son setter roux, bien que l'animal ait dû grogner contre lui depuis quelque temps. Il regarde la chienne tirer sur sa laisse pour reculer et essayer en vain de dégager la tête de son collier.

« Je t'ai déjà dit que Peter est un monsieur très gentil. »

Un monsieur très gentil.

En regardant ces crocs pointus, à l'aspect préhistorique et féroce, la tête lui tourne légèrement. Une sorte de vertige qui pourrait aussi bien être provoqué par le soleil blanc, de plus en plus haut dans le ciel, ou par l'odeur apportée jusqu'à lui par la brise. Quelque chose de plus doux, de plus subtil que la note de fleur de sureau du parfum de Lorna. Une odeur que les sens émoussés de Peter ne détectent plus très souvent.

Mais elle est là, parfaitement réelle.

L'odeur enivrante de son sang.

Peter reste le plus près possible de la haie, quand il y en a une, pour profiter au maximum de l'ombre disponible. Il essaie de ne pas trop penser à la journée qui l'attend, ni à l'effort silencieux qu'il va devoir fournir pour arriver au bout d'un vendredi qui se perd dans la masse du dernier millier de vendredis. Des vendredis qui n'ont recelé aucune émotion forte depuis qu'ils ont quitté Londres pour venir s'installer ici afin d'abandonner leur ancien mode de vie et leurs excès débridés et sanglants du week-end.

Il est prisonnier d'un cliché qui n'est pas fait pour lui. Un homme de classe moyenne, d'âge moyen, sacoche à la main, qui sent sur lui toute la pression de la pesanteur, de la moralité, et de toutes les autres forces d'oppression humaines. Près de la rue principale, l'un de ses patients âgés le dépasse sur son scooter de mobilité. Un vieil homme dont il devrait tout de même connaître le nom.

« Bonjour, docteur, dit le vieillard en souriant timidement. J'ai rendez-vous un peu plus tard. »

Peter fait mine d'être au courant tout en s'écartant de la trajectoire du scooter. « Ah oui. Tant mieux. »

Des mensonges. Toujours ces foutus mensonges. La valse-hésitation familière de l'existence humaine. « À plus tard.

– C'est ça, à tout à l'heure. »

Alors qu'il est presque arrivé au cabinet, toujours à l'abri de la haie, un camion à ordures avance lentement dans la rue vers lui. Le clignotant indique qu'il s'apprête à tourner dans Orchard Lane.

Peter jette un coup d'œil distrait aux trois hommes assis sur la banquette avant. Voyant que l'un d'entre eux le regarde fixement, Peter lui adresse un sourire dans le plus pur style de Bishopthorpe. Mais l'homme, que Peter ne croit pas connaître, se borne à le dévisager avec hostilité.

Après quelques pas, Peter s'arrête. Le camion tourne dans Orchard Street et Peter voit que l'homme est toujours en train de le fixer avec des yeux qui paraissent connaître sa véritable identité. Peter secoue légèrement la tête, comme un chat qui se débarrasse de gouttes d'eau, et monte l'allée vers le cabinet.

Elaine est là, de l'autre côté de la porte vitrée, en train de classer des dossiers de patients. Il pousse la porte pour donner le coup d'envoi d'un nouveau vendredi insignifiant.

Le jour luit sur les mourants et les morts

La fatigue s'abat sur Rowan en vagues de sommeil irrépressibles et, en ce moment même, l'une d'elles s'écrase sur lui. Ses paupières s'alourdissent et il s'imagine à la place de sa sœur, en train de parler à Eve avec autant d'aisance que n'importe qui.

Mais un chuchotis lui parvient du siège derrière lui.

« Salut, Deux de tension ! »

Rowan garde le silence. Il ne pourra plus dormir à présent. Et d'ailleurs, le sommeil est trop dangereux. Il se frotte les yeux, sort son livre de Byron et essaie de se concentrer sur un vers. N'importe lequel. Un du milieu de *Lara*.

Le jour luit sur les mourants et les morts.

Il lit et relit le vers, essayant de bannir tout ce qui lui est extérieur. Mais le bus s'arrête et Harper, le deuxième garçon que Rowan redoute le plus, monte. Harper s'appelle en fait *Stuart* Harper, mais il a laissé son prénom derrière lui au cours de l'année de première, quelque part sur le terrain de rugby.

Le jour luit sur les mourants et les morts.

Harper propulse son corps gigantesque dans l'allée centrale et Rowan l'entend s'asseoir près de Toby.

À un moment, pendant le trajet, Rowan sent quelque chose lui tapoter la tête. Quand l'objet a rebondi plusieurs fois, il se rend compte qu'il s'agit de la raquette de tennis de Toby.

« Hé, Deux de tension, ça va, tes boutons ?

– Deux de tension ! » rigole Harper.

Au grand soulagement de Rowan, Eve et sa sœur, elles, ne se retournent pas encore.

Il sent le souffle de Toby sur sa nuque.

« Hé, taré, qu'est-ce que tu lis ? Hé, Rouge-gorge… *Qu'est-ce que tu lis ?* »

Rowan pivote à demi. « Je m'appelle Rowan », articule-t-il. Enfin, à moitié, car le « Je m'appelle » n'est qu'un chuchotis croassé, sa gorge ayant été incapable de projeter le son dès le début de sa réponse.

« Couille molle », dit Harper.

Rowan se replonge dans son livre. S'efforce de se concentrer sur son vers.

Le jour luit sur les mourants et les morts.

Mais Toby insiste.

« Qu'est-ce que tu lis ? Rouge-gorge. Je t'ai posé une question. Qu'est-ce que tu lis ? »

Rowan lève avec réticence le livre que Toby lui arrache des mains.

« Pédé. »

Rowan pivote sur son siège. « Rends-moi ça.

S'il te plaît. Enfin… je peux récupérer mon livre ? »

Toby donne un coup de coude à Harper. « La fenêtre. » Harper paraît perplexe ou embarrassé, mais il se lève et fait coulisser l'étroite vitre du haut de la fenêtre. « Allez, Harper, vas-y. » Rowan ne remarque pas que le livre change de mains, mais c'est pourtant ce qui se passe, et il le voit filer vers l'arrière et atterrir sur la route comme un oiseau abattu d'un coup de feu. Childe Harold, Lara et Don Juan sont tous perdus dans l'instant.

Il veut résister à ses persécuteurs, mais il est faible et fatigué. Et puis, Eve n'a pas encore remarqué l'humiliation subie, et il ne veut rien faire qui risque d'attirer son attention.

« Oh, mon petit Rouge-gorge, je suis vraiment navré, mais je crois qu'on a perdu ton recueil de poèmes gay », dit Toby d'une voix efféminée.

Sur les sièges qui les entourent, la peur en fait rire certains. Clara se retourne, l'air perplexe. Eve aussi. Elles voient les autres rire, mais n'en comprennent pas la raison.

Rowan ferme les yeux. Voudrait pouvoir être en 1812, dans une voiture à chevaux avec Eve à côté de lui, coiffée d'un chapeau à brides.

Ne me regarde pas. Je t'en prie, Eve, ne me regarde pas.

Lorsqu'il rouvre les yeux, son vœu a été exaucé. Enfin, à moitié. Il est encore au XXIe siècle, mais sa sœur et Eve bavardent, sans plus se soucier de ce qui vient d'arriver. Il voit Clara se cramponner à la barre du siège devant elle. À l'évidence, elle ne se sent pas bien. Pourvu qu'elle ne vomisse pas dans l'autobus ! Il a beau détester être la cible de l'attention de Toby et de Harper, il ne voudrait pas qu'ils se mettent à s'intéresser à Clara. Mais, pour une raison mystérieuse, un signal invisible leur fait sentir sa peur et ils se mettent à discuter des deux filles.

« Ce soir, je me fais Eve, Harps. Je vais l'emballer, mec, je te promets.

– Sérieux ?

– T'inquiète. T'auras une meuf aussi. La sœur de l'autre enculé. Elle a un gros faible pour toi. Elle n'en peut plus.

– Hein ?

– Si je te le dis.

– Clara ?

– Imagine-la bronzée, sans ses lunettes, elle vaut le détour.

– Dis-donc, chuchote Toby une dernière fois dans le cou de Rowan. On a une question à te poser. Harper se taperait bien ta sœur. C'est quoi, déjà, son tarif pour la soirée. Dix livres ? Moins ? »

Rowan sent la rage monter en lui.

Il voudrait rétorquer, mais n'y parvient pas. Il ferme les yeux et sa vision le choque lui-même . Toby et Harper, assis sur leur siège, mais rouges et écorchés comme sur des planches anatomiques montrant la structure des muscles, et avec des touffes de cheveux encore en place. Il cligne des paupières et l'image disparaît. Rowan ne fait rien pour défendre sa sœur. Il reste assis sans broncher et ravale le dégoût qu'il s'inspire à lui-même, en se demandant ce qu'aurait fait Lord Byron.

Le placard à sécher le linge

Ce n'est qu'une photographie.

Un moment figé dans le passé.

Quelque chose de matériel qu'elle peut tenir entre ses mains, remontant à avant les appareils digitaux et qu'elle n'a jamais osé scanner pour la mettre sur son iMac. « Paris, 1992 », lit-on sur le dos, écrit au crayon. Comme s'il était besoin de préciser. Elle voudrait que cette photo n'ait jamais existé, qu'ils n'aient pas demandé à ce malheureux passant candide de la prendre. Mais elle existe bel et bien, et aussi longtemps qu'elle saura qu'elle est là, elle ne pourra ni la déchirer, ni la brûler, ni même s'abstenir de la regarder, malgré tous ses efforts.

Parce que c'est lui.

Celui qui l'a convertie.

Un sourire irrésistible qui brille dans une nuit inoubliable. Et elle, entre deux éclats de rire, méconnaissable tant elle rayonne de bonheur et d'insouciance, à Montmartre, en minijupe, les lèvres rouges et une lueur dangereuse dans ses yeux juvéniles.

« Pauvre folle », dit-elle à son moi d'avant, tout en pensant : *Je pourrais encore ressembler à ça si je le voulais, ou être presque aussi belle. Et je pourrais encore être aussi heureuse.*

Même si la photo est passée à cause des années et de la chaleur de sa cachette, elle produit toujours le même effet terrible et merveilleux.

« Reprends-toi. »

Elle la remet dans le placard. Son bras touche le chauffe-eau, et elle ne le retire pas. Le ballon est très chaud, mais elle regrette qu'il ne le soit pas davantage encore. Si seulement il était assez chaud pour la brûler, lui infliger une douleur suffisamment forte pour qu'elle puisse oublier ce goût sublime, qu'elle n'a plus eu en bouche depuis des années.

Elle se ressaisit et descend.

Entre les lattes de bois du store de la fenêtre de devant, elle aperçoit un éboueur qui remonte son allée pour prendre ses ordures. À ceci près qu'il ne les prend pas. Ou du moins, pas d'emblée. Il ouvre le couvercle de leur poubelle, déchire le plastique noir d'un des sacs et en examine le contenu.

Elle voit un des collègues de l'homme lui faire une remarque ; l'homme referme le couvercle et roule la poubelle jusqu'au camion.

Où elle est soulevée, renversée, vidée.

L'éboueur regarde la maison. Il voit Helen l'observer, mais il ne bronche même pas. Il reste là, à la regarder fixement.

Helen recule d'un pas pour s'éloigner de la fenêtre. Une minute plus tard, quand le camion poursuit sa route le long d'Orchard Lane en pétaradant, elle se sent soulagée.

Faust

Le cours d'allemand a lieu dans une grande salle vétuste au plafond haut, d'où pendent huit lampes au néon. Deux d'entre elles tremblotent, incertaines de vouloir fonctionner, ce qui n'améliore pas le mal de tête de Rowan.

Affalé sur sa chaise au fond de la classe, il écoute Mrs. Sieben lire le *Faust* de Goethe à sa manière théâtrale habituelle.

« *Welch Schauspiel!* dit-elle, les doigts joints, comme si elle savourait le goût d'un repas qu'elle avait préparé. *Aber ach, ein Schauspiel nur !* »

Elle lève les yeux de son livre pour les poser sur les adolescents aux visages perplexes, épars dans la salle.

« *Schauspiel ?* Alors ? »

Une *pièce de théâtre.* Rowan connaît le mot, mais ne lève pas la main, car il n'a jamais le courage de répondre volontairement devant toute la classe, surtout quand celle-ci compte Eve Copeland parmi ses élèves.

« Alors ? Alors ? »

Quand Mrs. Sieben pose une question, elle relève

le nez, comme un loir cherchant une odeur de fromage.

« Décomposez le nom. *Schau* et *Spiel.* Pièce pour spectacle. Une pièce. Quelque chose qu'on voit au théâtre. Goethe attaque la fausseté du monde. "Quel spectacle ! mais *ach* – hélas – ce n'est qu'un spectacle !" Goethe aimait beaucoup dire *ach*, ajoute-t-elle en souriant. C'était Monsieur Hélas. » Elle promène autour de la classe un regard qui n'augure rien de bon, et croise celui de Rowan juste au mauvais moment. « Aha, nous allons demander son concours à notre Monsieur Hélas. Rowan, pouvez-vous lire le passage de la page suivante, page 26, qui commence par… voyons… » Elle sourit en avisant une phrase : « "*Zwei Seelen wohnen, ach ! in meiner Brust*" Deux âmes vivent – ou *habitent* ou *résident,* hélas ! dans ma poitrine, ou mon cœur… Continuez, Herr Ach ! Qu'est-ce que vous attendez ? »

Rowan voit les autres qui le dévisagent. Toute la classe se tord le cou pour regarder le spectacle ridicule d'un jeune adulte pétrifié à l'idée de prendre la parole en public. Seule Eve garde la tête baissée vers son livre : peut-être essaie-t-elle de limiter l'embarras de Rowan. Un embarras qu'elle a sûrement déjà dû remarquer, la semaine dernière au cours de littérature, quand il avait été obligé de lire les vers d'Othello à sa Desdémone. (« L-l-laisse-moi voir t-t-tes yeux », avait-il marmonné, le nez dans son manuel. « Reg-g-gardemoi en face. »)

« *Zwei Seelen* », dit-il, et il entend un rire étouffé. Puis, sa voix sort, à découvert, et pour la première fois de la journée, il a l'impression d'être réveillé, mais ce n'est pas une impression agréable. C'est la vigilance des dompteurs de lions, des alpinistes malgré eux, et il sait qu'il est au bord de la catastrophe.

Il slalome entre les mots, totalement terrifié, conscient que sa langue est susceptible de fourcher à tout moment. La pause entre « *meiner* » et « *Brust* » dure cinq secondes et plusieurs vies, sa voix s'affaiblit à chaque mot, et vacille comme les ampoules au-dessus de lui.

« *Ich bin der Geist der st-stets verneint* », lit-il. *Je suis l'esprit qui toujours nie.* Malgré sa nervosité, ces paroles lui semblent curieusement familières, comme s'ils n'appartenaient pas à Johann Wolfgang von Goethe, mais à lui, Rowan Radley.

Je suis le prurit jamais gratté.

Je suis la soif jamais étanchée.

Je suis le garçon qui ne réussit jamais.

Pourquoi est-il ainsi ? Qu'est-ce qu'il nie, *lui* ? Qu'est-ce qui lui donnerait la force nécessaire pour avoir confiance dans sa propre voix ?

Il lève les yeux une seconde et regarde Eve.

Elle tient un stylo qu'elle fait rouler entre ses doigts et le fixe avec concentration, comme si elle avait le don de voyance et qu'elle pouvait y lire son avenir. Il sent bien qu'elle est gênée pour lui, et cette idée le fait défaillir. Il jette un coup d'œil à Mrs. Sieben, dont les sourcils levés lui font comprendre qu'il doit continuer malgré tout, que sa torture n'est pas encore terminée.

« *Entbehren sollst Du !* » dit-il d'une voix qui ne tient aucun compte du point d'exclamation. « *Sollst entbehren !* »

Là, Mrs. Sieben l'arrête. « Allons, dites-nous ça avec passion. Ce sont des paroles passionnées. Vous les comprenez, hein, Rowan. Allons, reprenez. Plus fort. »

À nouveau, tous les regards sont sur lui. Même celui d'Eve, une seconde ou deux. Les autres apprécient, comme les spectateurs apprécient les corridas ou les jeux cruels. Il est le taureau blessé et sanglant dont ils veulent prolonger l'agonie.

« *Entbehren sollst Du* », répète-t-il, plus fort, mais pas encore assez.

« *Entbehren sollst Du,* implore Mrs. Sieben. "*Renie-toi !*" Ce sont des paroles fortes, Rowan. Elles ont besoin d'une voix forte. »

Elle sourit chaleureusement. *Qu'est-ce qu'elle croit faire, là ?* se demande Rowan. *Me forger le caractère ?*

« *Entbehren sollst Du !*

– Plus fort. *Mit gusto*, allez *!*

– *Entbehren sollst Du !*

– Plus fort ! »

Le cœur de Rowan cogne dans sa poitrine. Il fixe les mots sur la page, les mots qu'il va devoir crier fort s'il veut que Mrs. Sieben le laisse tranquille.

« *Entbehren sollst Du ! Sollst entbehren !*
Das ist der enge Gesang. »

Il prend une grande inspiration, ferme ses yeux presque larmoyants et entend sa propre voix retentir.

« Renonce à toi-même ! Tu dois renoncer à toi-même ! Tel est le chant qui ne finit jamais ! »

Ce n'est que lorsqu'il se tait qu'il se rend compte qu'il a vociféré. Les gloussements se sont transformés en francs éclats de rire, et les autres sont écroulés sur leurs pupitres.

« Qu'est-ce qu'il y a de drôle ? demande Eve, furieuse, à Lorelei Andrews.

– Pourquoi ils sont aussi bizarres, les Radley ?

– Il n'est pas bizarre, Rowan.

– Non, tu as raison. Sur la Planète Tarée, il se fond merveilleusement dans la masse. Moi je parlais de la Terre. »

Rowan se sent encore plus honteux. Il regarde le hâle caramel de Lorelei, ses yeux de Bambi maléfique, et l'imagine en proie à la combustion spontanée.

« Bien traduit, Rowan », dit Mrs. Sieben, mettant fin à l'hilarité. Son sourire est bienveillant, maintenant. « Vous m'avez impressionnée. Je ne me doutais pas que vous traduisiez aussi bien. »

Moi non plus, se dit Rowan. Mais à cet instant précis, il aperçoit quelqu'un derrière le verre armé de la porte. Quelqu'un venant d'une autre classe et filant dans le couloir. Sa sœur, qui galope vers les toilettes, une main sur la bouche.

Derrière le rideau de courtoisie

Le vingt-sixième patient de la journée est derrière le rideau de courtoisie, en train de baisser son pantalon et son caleçon. Tout en enfilant le gant de latex, Peter s'efforce de ne pas penser à ce que son métier va exiger de lui pendant les minutes qui vont suivre. Il reste assis, tente d'imaginer un argument susceptible de pousser Clara à manger à nouveau de la viande.

Atteinte neurologique ?

Anémie ?

La carence en vitamines B et en fer peut très objectivement provoquer divers problèmes de santé. Il existe un risque auquel ils n'étaient pas exposés lorsque les enfants étaient plus jeunes, à savoir celui d'être contredits par des tiers, comme l'infirmière scolaire que Rowan avait tenu à consulter à propos de ses démangeaisons, et qui ne pensait pas qu'il s'agissait d'une photodermatose. *Cela vaut-il encore la peine ? À quoi bon tous ces mensonges ? Faut-il rendre ses enfants malades ? Le pire, c'est qu'ils croient qu'il s'en moque, mais la vérité, c'est qu'on ne le laisse pas régler le problème comme il le voudrait.*

« Merde. » Il articule le mot sans bruit. « Putain de merde. »

Bien entendu, Peter est médecin depuis assez longtemps pour savoir que le réconfort a une valeur thérapeutique en soi. Il a lu de nombreux articles sur les effets placebo et les tours de passe-passe. Il est au courant des études démontrant la façon dont l'oxazépam agit plus efficacement sur l'anxiété quand le comprimé est vert, et sur la dépression quand il est jaune.

C'est parfois ainsi qu'il se justifie à lui-même ses mensonges. Il colore simplement la vérité, comme une pilule.

Mais cette fois-ci, il a plus de mal.

Tandis qu'il est assis à attendre le vieillard, un poster de son tableau d'affichage lui saute à la figure comme toujours.

Une grosse goutte de sang rouge, en forme de larme. Puis ces mots, typographiés en grosses lettres, dans la police de la sécurité sociale : AUJOURD'HUI, SOYEZ UN HÉROS : DONNEZ VOTRE SANG.

L'horloge fait tic-tac.

Un bruit de vêtements. Le vieillard s'éclaircit la voix.

« Je suis prêt, docteur. »

Peter se glisse derrière le rideau et fait ce qu'il a à faire.

« Rien d'anormal de ce côté-là, Mr. Bamber. Il faut juste mettre un peu de crème. »

Le vieil homme remonte son caleçon et son pantalon et paraît sur le point de pleurer de honte. Peter ôte son gant et le dépose avec soin dans la petite poubelle prévue à cet effet. Le couvercle se rabat avec un bruit sec.

« Ouf, dit Mr. Bamber. Tant mieux. »

Peter regarde le visage du patient. Les taches de vieux, les rides, les cheveux hirsutes, les yeux un peu laiteux. L'espace d'un instant, Peter éprouve une telle répulsion à la perspective de raccourcir délibérément sa durée de vie qu'il en a la gorge nouée.

Il se détourne et avise un autre poster sur son mur. Un qu'Elaine a dû mettre. Avec l'image d'un moustique et une mise en garde contre la malaria à l'intention des touristes.

UNE SEULE MORSURE SUFFIT

Il a envie de fondre en larmes.

Quelque chose de maléfique

Clara a les paumes moites.

Et l'impression qu'il y a quelque chose d'abominable en elle. Un poison qu'il faut qu'elle expulse. Quelque chose de vivant, de maléfique, qui prend le pouvoir.

D'autres filles entrent dans les toilettes et l'une essaie d'ouvrir la porte de sa cabine. Clara ne bouge pas et s'efforce de respirer malgré son mal au cœur, ce qui n'empêche pas la nausée de monter très vite.

Qu'est-ce qui m'arrive ?

Elle vomit à nouveau et entend des voix au-dehors.

« Alors, miss Boulimie, tu dois avoir jeté ton déjeuner maintenant. » Un silence. Et puis : « Ah, ça pue ! »

Elle reconnaît la voix. C'est celle de Lorelei Andrews.

On frappe des coups légers à la porte. Puis Lorelei reprend la parole, mais sur un ton plus doux cette fois. « Ça va, là-dedans ? »

Clara hésite, puis répond « Oui.

– Clara, c'est toi ? »

Clara ne répond pas. Lorelei et une autre fille gloussent.

Clara attend qu'elles soient parties pour tirer la chasse. Dans le couloir, elle aperçoit Rowan appuyé contre le mur carrelé. Elle est contente de voir son visage, le seul qu'elle puisse vraiment supporter pour l'instant.

« Je t'ai vue courir dans le couloir. Ça va ? »

À cet instant précis, Toby Felt passe, et donne un petit coup dans le dos de Rowan avec sa raquette de tennis. « Je sais bien que tu ne penses qu'à ça, Deux de tension, mais quand même, c'est ta *sœur* ! *Ça le fait pas.* »

Rowan ne trouve rien à répondre, ou du moins rien qu'il ait le courage de dire tout haut.

« C'est un gros lourd, dit Clara d'une voix faible. Je me demande ce qu'Eve lui trouve. »

Elle voit que sa remarque a fait de la peine à son frère et regrette d'avoir ouvert la bouche.

« Je croyais que tu m'avais dit qu'il ne lui plaisait pas, dit-il timidement.

– C'est ce que je pensais. Je me disais qu'il ne pouvait pas plaire à une fille qui a un cerveau tout à fait fonctionnel, mais peut-être bien que si, finalement. »

Rowan fait un effort pour paraître indifférent. « Oh, j'en ai rien à cirer, tu sais. Elle a bien le droit de trouver à son goût qui elle veut. On est en démocratie. »

La cloche sonne et ils se dirigent vers le dernier cours de la journée, histoire pour Rowan, maths pour Clara.

« Oublie-la, conseille Clara. Si tu veux que je cesse d'être sa copine, tu n'as qu'à le dire. »

Rowan soupire et la regarde, incrédule. « Ne sois donc pas ridicule. Elle me plaisait un peu, c'est tout. Mais c'était rien. »

Eve arrive sans bruit derrière eux à ce moment-là.

« Qu'est-ce qui n'était rien ?

– Rien, répond Clara, sachant que son frère serait trop mal à l'aise pour répondre.

– Rien n'était rien. En voilà, une pensée nihiliste.

– Nous sommes d'une famille de nihilistes », dit Clara.

Fatalement, si vous vous êtes abstenu toute votre vie, vous ne savez pas ce que vous manquez. Mais la soif est là malgré tout, enfouie, et sous-jacente en permanence.

Manuel de l'Abstinent
(deuxième édition, p. 120).

Salade thaï de légumes verts au poulet mariné, sauce piment et citron

« Joli collier », se sent obligé de dire Peter à Lorna après avoir regardé son cou un peu trop longtemps.

Heureusement, Lorna a un sourire flatté et porte la main à ses perles toutes simples. « Oh, c'est Mark qui me l'a offert il y a des années. Il l'a acheté sur un marché à Sainte Lucie. Pendant notre voyage de noces. »

On dirait que c'est une première nouvelle pour Mark, qui semble seulement s'aviser que sa femme porte un collier quelconque. « Tiens ? Je ne m'en souviens pas. »

Lorna paraît meurtrie. « Si, dit-elle tristement, je t'assure. »

Peter essaie de se concentrer sur autre chose. Il regarde sa femme ôter le scellofrais de l'entrée de Lorna, puis Mark boire de petites gorgées de son sauvignon blanc avec une lenteur si soupçonneuse qu'on croirait qu'il a été élevé dans un vignoble de la vallée de la Loire.

« Alors, Toby y est à cette fête, finalement ?

demande Helen. Clara y est allée. Pourtant, elle n'était pas très en forme. »

Peter se souvient que Clara est venue le trouver il y a une heure pendant qu'il regardait ses e-mails. Elle lui a demandé si elle pouvait sortir et il lui a répondu « Oui » distraitement, sans faire vraiment attention à ce qu'elle disait. Helen lui avait jeté un regard méprisant quand il était descendu, mais elle préparait son porc en cocotte et s'était abstenue de tout commentaire. Peut-être cette question à Lorna est-elle une pierre dans son jardin à lui. Et peut-être a-t-elle raison. Peut-être aurait-il dû refuser, mais il n'est pas Helen. Il ne peut pas être toujours sur le qui-vive.

« Aucune idée », répond Mark, qui se tourne vers Lorna. « Il y est allé ? »

Lorna hoche la tête, et semble réticente à parler de son beau-fils. « Oui, je crois, si tant est qu'il nous dise où il va. » Elle reporte son attention sur la salade, que Helen vient de servir. « Ah, voilà. C'est une salade thaï de légumes verts au poulet mariné, sauce piment et citron. »

Peter entend, mais cela ne déclenche aucun signal d'alarme. Helen a déjà avalé une bouchée et il se dit qu'il peut s'y risquer.

Il pique de petits morceaux de poulet et du cresson en sauce, met la fourchette dans sa bouche et, en moins d'une seconde, s'étouffe.

« Seigneur ! » exhale-t-il en regardant Helen. Qui comprend, mais n'a pas pu le prévenir. Elle a trouvé le moyen d'avaler le tout et est en train de se rincer la bouche au vin blanc pour faire passer le goût.

Lorna est très inquiète. « Il y a quelque chose qui ne va pas ? C'est trop épicé ? »

Il n'avait pas senti l'odeur. Elle devait être couverte par le piment et tout le reste, mais le goût âcre et immonde est si fort sur la langue de Peter qu'il suffoque avant même que la bouchée n'atteigne sa gorge. Il se lève, la main sur la bouche et se détourne des autres convives.

« Eh bien dis donc, Lorna, dit Mark d'une voix durcie par l'agressivité, qu'est-ce que tu lui as fait, à cet homme ?

– C'est l'ail ! » ne peut s'empêcher de crier Peter, entre deux hoquets, comme s'il vitupérait un ennemi invaincu. « Il y en a beaucoup ! » Il passe son doigt sur sa langue pour tenter d'en ôter la cause de sa détresse. Alors, il se rappelle son vin. Il se tourne et saisit son verre, qu'il avale cul sec. À travers les larmes qui lui emplissent les yeux, il aperçoit Lorna : l'air navré, elle fixe le saladier contenant les restes de l'entrée qui fâche. « Il y en a dans la sauce, et un peu dans la marinade. Je suis vraiment désolée. Je ne savais pas que tu… »

Comme toujours, Helen a la répartie rapide : « Peter est un peu allergique à l'ail. Aux échalotes aussi. Il survivra, j'en suis sûre.

– Ah bon, dit Lorna, sincèrement intriguée. Bizarre. C'est un excellent anti-oxydant. »

Peter prend sa serviette, tousse dans le tissu puis reprend une lampée de vin blanc, qu'il fait circuler comme un bain de bouche, et qu'il finit par avaler aussi.

« Désolé, dit-il en reposant le verre vide sur la table. Je suis vraiment désolé. »

Sa femme le regarde avec un mélange de sympathie et de réprobation et porte à sa bouche une feuille de salade qui a échappé à la sauce.

Copeland

« Vous faites un voyage, cette année ? » demande Helen à ses invités.

Mark hoche la tête. « Probablement. Peut-être en Sardaigne.

– La Costa Smeralda », ajoute Lorna, qui regarde Peter en passant un doigt sur le rebord de son verre à vin.

« Oh, en *Sardaigne* ! s'exclame Helen, qui sent un rare frisson de bonheur la traverser. C'est splendide. On y est allés passer une nuit jadis, tu te souviens, Peter ? »

Les Felt ont l'air surpris. « Une nuit ? » demande Mark d'un ton assez soupçonneux. « Tiens ? Vous n'y avez passé qu'une nuit ? »

Helen se rend compte de son impair. « Pardon, on a pris un vol de nuit », reprend-elle, tandis que son mari lève les sourcils d'un air de dire « Comment vas-tu te dépêtrer de celle-là ? » « C'était magnifique, l'arrivée sur Cagliari… avec toutes les lumières, cette vue. Non, on est restés une semaine. On est plutôt partisans des courts séjours, mais un aller et retour dans la nuit, ce serait vraiment limite ! »

Elle rit, un peu trop fort, puis se lève pour aller

chercher le plat de résistance. Du porc en cocotte sans ail, qu'elle se promet de manger sans commettre de gaffe inutile.

Je n'ai qu'à parler du livre que je suis en train de lire, se dit-elle. *Là, je serai en terrain sûr. Après tout, on n'a jamais volé jusque chez Mao pour une folle nuit.*

Mais ses angoisses s'avèrent inutiles. Car Mark passe tout le temps où ils mangent le plat principal à pérorer sur ses investissements immobiliers. « Je l'ai acheté au moment où le marché était le plus bas, et pour moi, ça a été tout bénéfice », dit-il à propos d'un appartement dont il est propriétaire à Lowfield Close. Puis il se penche sur la table comme s'il allait révéler le secret du saint Graal. « L'ennui, c'est que quand on achète pour louer, on peut choisir ses biens, mais pas ses locataires.

– Ça, c'est vrai, répond Helen, sentant que Mark attend une réaction.

– Et le premier type qui s'est présenté, le seul, a été une catastrophe. Une cata intégrale. »

Peter n'écoute qu'à moitié. Il est bien trop occupé à repousser les pensées qui lui viennent à propos de Lorna tout en mastiquant son porc. Il évite même de croiser son regard, garde les yeux sur son assiette, les légumes, le jus brun.

« Une catastrophe ? » reprend Helen, qui fait de son mieux pour paraître s'intéresser à ce que raconte Mark.

Lequel hoche solennellement la tête. « Jared Copeland. Vous le connaissez ? »

Copeland. Helen réfléchit. Ce nom lui dit quelque chose en effet.

« Il a une fille, ajoute Mark. Une blonde. Elle s'appelle Eve, je crois.

– Ah oui, Clara est amie avec elle. Je ne l'ai vue qu'une fois, mais elle m'a paru charmante. Une fille intelligente.

– En tout cas, son père est un drôle de type. Alcoolo, sans doute. Il était dans la police. À la P.J., je crois. Mais à le voir, on ne le dirait jamais. Bref, il s'est retrouvé au chômage et il a décidé de quitter Manchester pour s'installer à York. Ne me demandez pas pourquoi, mais s'il veut me louer un appartement, je ne vais pas l'en empêcher. L'ennui, c'est qu'il n'a pas le fric. Il m'a juste payé son dépôt de garantie et c'est tout. Voilà deux mois qu'il est là et je n'ai toujours pas vu la couleur d'un loyer.

– Oh là là ! Quand même, le pauvre, dit Helen avec une sympathie authentique, il a dû lui arriver quelque chose.

– C'est ce que j'ai dit », intervient Lorna.

Mark lève les yeux au ciel. « Je ne suis pas une œuvre de charité. Je l'ai prévenu que si je n'avais pas l'argent dans huit jours, c'était terminé. Les sentiments n'entrent pas en ligne de compte ici, Helen. Je suis un homme d'affaires, moi. Bref, il m'a assuré que je n'avais pas à m'inquiéter, qu'il avait un nouveau boulot. » Il a un petit sourire suffisant. « *Éboueur !* De la P.J. aux ordures ! Je ne m'adresserais pas à lui pour des conseils de carrière. »

Helen se rappelle l'éboueur qui a examiné ses ordures ce matin.

Son mari, lui, n'a pas fait le lien. Il n'a pas entendu l'allusion à l'éboueur parce qu'à ce moment-là, il a senti quelque chose contre son pied. Et maintenant, son cœur bat à cent à l'heure parce qu'il se rend compte que c'est Lorna. Le pied de Lorna. Un geste fortuit, sans doute. Mais le pied reste là, contre le sien, et se frotte même, exerçant une tendre pression contre le cuir.

Il la regarde.

Elle sourit, timidement. Peter laisse son pied tout en pensant aux barrières entre eux.

Chaussures, chaussettes, peau.

Devoir, mariage, raison.

Il ferme les yeux et s'efforce de limiter ses fantasmes au sexe. À ce qui est normal. Humain. Mais il a du mal.

Il bat en retraite, rapatrie lentement son pied sous sa chaise, et Lorna baisse les yeux vers son assiette vide. Mais son sourire reste en place.

« C'est du bizness, dit Mark, qui se gargarise du mot. Et nous avons une année lourde côté finances. Gros travaux prévus dans la maison.

– Vous avez des projets ? » demande Helen.

Mark toussote, comme s'il allait faire une déclaration d'impact national. « On voudrait s'agrandir. En haut. Faire une cinquième chambre. Peter, je passerai te montrer les plans avant de demander le permis de construire. Ça risque de faire de l'ombre sur une partie de ton jardin.

– Ça ne posera sûrement aucun problème », répond Peter, brusquement ragaillardi par le frisson de l'aventure. « Vous savez, pour nous, l'ombre est plutôt un plus. »

Helen lui pince la jambe le plus fort qu'elle peut.

« Bien, dit-elle en rassemblant les assiettes, qui veut du dessert ? »

Tarentule

Malgré le feu, il fait froid dans le champ, mais personne ne semble s'en soucier.

Les autres dansent, boivent, fument des joints.

Assise par terre, Clara fixe le feu de joie impromptu à quelques mètres devant elle. Elle est gênée par la chaleur et la lumière des flammes qui lèchent la nuit comme pour la manger. Même si elle n'était pas malade, cela n'aurait rien changé au fait qu'elle se sent malheureuse depuis une heure, en tout cas depuis que Toby Felt est arrivé en roulant les mécaniques et n'a cessé de servir à Eve de la vodka médiocre, et un baratin encore plus médiocre. Finalement, ça a payé. Ils s'embrassent maintenant, et Clara voit la main de Toby ramper sur le dos de son amie comme une tarentule à cinq pattes.

Ce qui ajoute encore au désagrément de la soirée, c'est Harper. Depuis les dix dernières minutes, penché en arrière, il regarde Clara de ses yeux injectés et avides, ce qui aggrave encore le malaise de celle-ci.

Son estomac remonte, et elle a l'impression que le sol se dérobe sous elle.

Il faut qu'elle parte.

Elle essaie de rassembler assez d'énergie pour se lever quand Eve se déscotche de la bouche de Toby pour lui parler à elle.

« Oh, là là, ce que tu es pâle, Clara, dit Eve, ivre mais inquiète. Tu veux qu'on rentre ? On pourrait partager un taxi. Je vais en appeler un. »

Derrière elle, Clara voit Toby exhorter Harper, et se demande vaguement ce qu'il lui dit.

« Non, ça va », parvient-elle à articuler assez fort pour se faire entendre malgré la techno. « Je téléphone à ma mère dans deux minutes. Elle viendra me chercher.

– Tu ne veux pas que je l'appelle ? »

Toby tire Eve par sa chemise.

« Non, ça ira.

– Tu es sûre ? » demande Eve, qui la regarde avec des yeux de biche saoule.

Clara hoche la tête, incapable de parler. Si elle parle, elle sait qu'elle vomira. Alors elle inspire pour avoir de l'air pur dans les poumons, mais cela n'améliore rien du tout.

Puis, tandis qu'Eve et Toby se remettent à s'embrasser, la nausée s'intensifie dans son estomac et commence à se mélanger à une douleur aiguë et violente.

Ça n'est pas normal.

Clara ferme les yeux et, du plus profond des ténèbres d'elle-même, rassemble la force nécessaire pour se lever et s'éloigner de tous ces gens qui dansent béatement et de ces couples qui s'embrassent.

Signal

Deux minutes plus tard, Clara franchit un échalier pour gagner le champ voisin. Elle veut téléphoner à sa mère, mais son portable ne capte aucun signal, et elle continue à marcher. Pas directement vers la route – elle ne veut pas s'exposer à la vue des participants –, mais vers le champ adjacent, qui lui permettra de s'échapper plus discrètement.

Elle reprend son portable. Le logo de la petite antenne est toujours barré.

Elle continue à marcher et remarque que des vaches sont couchées dans le champ. Ce ne sont que des formes sans tête dans l'obscurité, comme des dos de baleines jouant dans l'océan. Elles ne redeviennent des vaches que lorsqu'elle s'approche d'elles et qu'elles se réveillent, puis s'éloignent d'elle aussi vite qu'elles peuvent. Elle continue d'avancer, se dirige en diagonale vers la route au loin, tandis que derrière elle les voix de ceux qui sont restés se brouillent et s'effacent ainsi que la musique, se dissipant dans l'air de la nuit.

Jamais Clara ne s'est sentie aussi malade. Et dans une vie de conjonctivites, de migraines de trois jours et de diarrhées récurrentes, c'est un exploit. Elle éprouve à nouveau le même sentiment très net : *elle n'aurait pas dû venir*. Elle devrait être dans son lit, recroquevillée en position fœtale sous sa couette, à geindre sans que personne ne l'entende. Et elle revient encore, cette effroyable nausée qui lui fait regretter vivement de ne pouvoir s'échapper de son propre corps.

Il faut qu'elle s'arrête.

Il faut qu'elle s'arrête pour vomir.

C'est alors qu'elle entend un bruit. Un halètement lourd.

Le feu semble à des kilomètres maintenant. On ne distingue plus qu'une lueur rouge au loin, derrière la haie touffue et broussailleuse qui sépare les deux champs.

Elle voit une silhouette massive qui bondit sur la terre du champ.

Et qui halète « Hé là ! » Une voix d'homme. « Clara. »

C'est Harper. Elle a tellement envie de vomir qu'elle ne s'inquiète pas trop de savoir pourquoi il l'a suivie. Elle est trop malade pour se souvenir de ses regards concupiscents et se dit qu'il n'est peut-être pas du tout en train de la suivre. Ou que peut-être elle a laissé tomber quelque chose et qu'il le lui rapporte.

« Qu'est-ce qu'il y a ? » demande-t-elle en se redressant.

Il s'approche d'elle. Sourit largement sans dire un mot. Il est saoul grave, pense-t-elle. Mais pas elle. Harper est un gros lourd et une brute, mais elle l'a toujours jugé incapable de penser par lui-même. Et comme Toby n'est pas là pour lui souffler des idées, ça devrait aller.

« Tu es jolie », dit-il en oscillant comme un grand arbre scié à la base du tronc.

Sa voix grave et nasale l'oppresse, aggrave sa nausée.

« Mais non. Pas du tout. J'ai…

– Je me demandais si tu voulais faire un tour.

– Hein ?

– Ben, tu sais, faire un tour. »

Elle a les idées confuses et se demande à nouveau ce que Toby a raconté à son copain. « Mais tu vois bien que je suis en train de marcher !

– C'est bon, dit-il en souriant. Je sais que je te plais. »

Là, elle perd pied. Incapable d'invoquer sa panoplie habituelle d'excuses polies et utiles pour le tenir à distance. Tout ce qu'elle peut faire, c'est continuer à avancer.

Mais voilà que Harper se plante en face d'elle, lui barrant le chemin, et il sourit comme s'ils s'amusaient de la même blague. Une blague qui pourrait dégénérer. Il marche à reculons pendant qu'elle avance, et reste devant elle alors que ce qu'elle souhaite par-dessus tout, c'est être seule. Ou alors, avec ses parents. D'un coup, là, maintenant, il a l'air dangereux et, dans l'ivresse son visage révèle son potentiel maléfique d'être humain. Elle se demande si les singes et les chiens de laboratoire ont la même réaction qu'elle quand ils se rendent brusquement compte que les savants ne sont pas là pour les aider.

« Oh, écoute, articule-t-elle, laisse-moi tranquille. »

Il semble mécontent, comme si elle essayait délibérément de le blesser. « Je sais que je te plais. Arrête de faire ton cinéma. »

Son cinéma.

Les mots tournoient dans la tête de Clara jusqu'à devenir un son sans signification. Elle est sûre de sentir la terre tourner sur son axe.

Elle s'efforce de rassembler ses esprits.

Il y a une route déserte au bout du champ.

Une route qui mène à Bishopthorpe.

À ses parents.

À sa maison.

Loin de lui.

Il faut qu'elle appelle ses parents. Il faut, il faut, il faut…

« Oh, putain ! »

Elle a vomi sur les baskets de Harper.

« Elles sont neuves ! » proteste-t-il.

Elle s'essuie la bouche et se sent un peu plus normale.

« Pardon », dit-elle, se rendant compte à présent qu'elle est extrêmement vulnérable, si loin de la fête et pas assez près de la route.

Elle passe devant lui, pressant résolument le pas, et continue à descendre sur le terrain en pente en direction de la route. Mais il la suit toujours.

« Allez, c'est bon. Je suis pas fâché. »

Elle l'ignore et compose le numéro de ses parents, mais dans sa hâte, elle se trompe et va sur menu au lieu d'aller sur « contacts ».

Il la rattrape. « J'ai dit "c'est bon". »

Sa voix a changé. Il a l'air furieux, bien qu'il déguise ses paroles avec un rire.

« Je suis malade. Laisse-moi tranquille. »

Elle clique sur « carnet d'adresses ». Le voilà, le numéro, qui s'affiche sur l'écran avec une exactitude rassurante. Elle appuie sur le bouton.

« Je vais te guérir, moi. Allez, viens, je sais que je te plais. »

Elle a le téléphone à l'oreille. Il sonne. À chaque bêlement mécanique, Clara prie pour que ses parents décrochent. Mais au bout de trois ou quatre sonneries, le téléphone lui est ôté des mains. Harper le lui a arraché brutalement. Il l'éteint.

Là, c'est grave. Elle a beau se sentir très mal, elle comprend que la plaisanterie est en train de mal tourner. Elle est une fille, et lui, il a deux fois sa taille. Il peut lui faire n'importe quoi. A cinq kilomètres, son père et sa mère sont en train de dîner avec les Felt en discutant tranquillement. Jamais cinq kilomètres ne lui ont paru aussi loin.

« Qu'est-ce que tu fais ? »

Elle voit son mobile disparaître dans la poche du jean de Harper. « J'ai ton téléphone. Un Samsung de merde. »

C'est un gosse. Un môme de trois ans dans un corps de monstre.

« Rends-le-moi, s'il te plaît. Il faut que j'appelle maman.

– Il est dans ma poche. Viens le chercher.

– S'il te plaît, rends-le-moi. »

Il s'approche. Passe un bras autour d'elle. Elle essaie de lui résister, mais sent qu'il utilise sa force et resserre son étreinte. Elle sent son haleine alcoolisée.

« Je sais que je te plais, dit-il. Eve l'a dit à Toby. »

Clara sent le cœur lui manquer, puis s'emballer. Direction la panique. « S'il te plaît, dit-elle une dernière fois.

– Merde, enfin, qu'est-ce que tu as ? C'est toi qui m'as dégueulé dessus. Tu es aussi tordue que ton frère. »

Il essaie de l'embrasser. Elle détourne la tête.

Elle entend la voix de Harper, dure comme une pierre. « Quoi ? Tu te trouves trop bien pour moi ? Ça me ferait mal. »

Alors, elle appelle au secours. Il a le bras autour d'elle et sa main appuie sur le corps dont il veut jouir.

« Au secours ! » crie-t-elle en tournant la tête vers là d'où elle est venue. Les mots n'atteignent que les vaches, qui la regardent avec une terreur qu'elle partage. Harper est lui aussi en proie à la panique. Elle le voit à son visage, à son sourire désespéré, à ses yeux apeurés. Incapable d'imaginer une meilleure solution, il lui met la main sur la bouche. Clara regarde la route. Aucune voiture. Aucun signe de vie. Elle crie sous sa main, mais il ne sort qu'un petit bruit étouffé que même les vaches ne perçoivent pas. En l'entendant, lui, il resserre sa pression et lui meurtrit la mâchoire.

Il lui appuie derrière les jambes, juste sous les genoux et la fait tomber.

« Tu te prends pour qui, hein ! dit-il en étouffant toujours ses cris. Je vais te montrer, moi ! » Elle sent le poids de son corps sur le sien. Il glisse sa main pour dégrafer le premier bouton de son jean.

A ce moment précis, la peur de Clara vire à la rage. Elle donne des coups de poing dans le dos de Harper, lui tire les cheveux et lui mord la paume de la main.

Quand elle sent le goût du sang, elle mord plus fort.

« Aïe ! Salope ! Aïe ! »

Quelque chose change.

L'esprit de Clara s'aiguise.

Brusquement, toute peur a disparu.

Plus de nausée.

Plus de faiblesse.

Juste le sang. Le goût merveilleux du sang humain.

Une soif dont elle n'avait jamais été consciente est en train de s'étancher, et elle éprouve le soulagement d'un désert qui reçoit les premières gouttes d'une pluie délectable. Elle s'y abandonne, à ce goût, et n'entend même pas le hurlement de Harper lorsqu'il arrache sa main d'un coup sec. Elle voit quelque chose de noir et brillant, et se rend compte que c'est la blessure qu'elle lui a faite. Une large plaie ouverte là où devrait se trouver sa paume. Il la regarde avec une terreur absolue, et elle ne se demande pas pourquoi. Elle ne se pose pas la moindre question.

Une fureur déchaînée, incontrôlable s'empare d'elle et elle passe à l'attaque, le pousse soudain et le plaque au sol afin de continuer à jouir de ce goût.

Le hurlement étouffé de Harper s'éteint progressivement ainsi que la douleur démente qu'elle lui a infligée. Tout s'abolit pour Clara, hormis le plaisir singulier et intense du sang de Harper. Il coule en elle, noie la faible créature pour laquelle elle se prenait, et fait surgir un être nouveau, son moi authentique et vigoureux.

Elle se sent puissante. Le monde ne recèle aucune peur, pas plus que son corps ne recèle de douleur ni de nausée.

Elle reste perdue dans l'instant. Sent l'intensité de ce présent, affranchi du passé et du futur, et continue à se nourrir sous la voûte réconfortante d'un ciel obscur et sans étoiles.

Le sang, le sang

Helen se lève pour répondre au téléphone, mais il s'arrête de sonner avant même qu'elle soit sortie de la salle à manger. Curieux, pense-t-elle, et elle a la sensation qu'il se passe quelque chose d'anormal. Elle retourne à ses invités et voit Mark Felt porter à sa bouche une copieuse cuillerée de pudding aux fruits rouges.

« Délicieux, Helen. Tu devrais donner la recette à Lorna. »

Laquelle lui lance un regard, manifestement sensible à la pique. Elle ouvre la bouche, la referme, puis elle l'ouvre à nouveau, mais finalement, ne dit rien.

« Ma foi, répond Helen avec diplomatie, je trouve que j'ai un peu trop forcé sur les groseilles rouges. J'aurais mieux fait de prendre un dessert tout prêt chez Waitrose[1]. »

Ils entendent filtrer la musique de Rowan, à l'étage, un morceau morose et suicidaire accompagné à la guitare, que Peter et Helen ont entendu des années auparavant à Londres lors de leur pre-

1. Supermarché haut de gamme en Grande-Bretagne.

mier rendez-vous. Helen distingue tout juste les paroles : « Je veux me noyer dans les flots exquis de ton sang rouge » et sourit sans le vouloir, en se rappelant comme elle s'était amusée ce soir-là.

« En fait, je voulais aller te voir », dit Lorna à Peter. La voix d'une chatte en train de se frotter contre un radiateur.

« Ah oui ? »

Les yeux de Lorna ne le quittent pas. « C'est au médecin que je m'adresse. Tu sais, je pensais prendre rendez-vous pour te consulter.

– Rendez-vous avec un généraliste à l'ancienne ? répond Peter. Ça n'est pas un peu conventionnel pour une réflexologue ? »

Lorna sourit : « Il ne faut négliger aucune approche, à mon sens.

– Oui, c'est vrai que tu... »

Avant que Peter ait terminé, le téléphone sonne une seconde fois.

« *Encore !* » dit Helen. Elle repousse sa chaise et quitte la pièce.

Dans l'entrée, elle remarque l'heure à la petite horloge perchée à côté du téléphone. Onze heures moins cinq.

Elle décroche et entend la respiration de sa fille à l'autre bout du fil. On dirait qu'elle a couru.

« Clara ? »

Quelques instants s'écoulent avant que Clara dise quoi que ce soit. Au début, elle semble incapable de former des mots cohérents. On dirait qu'elle doit réapprendre à parler.

« Clara, qu'est-ce qui se passe ? »

Quand les mots arrivent enfin, Helen sent qu'un monde s'achève.

« C'était juste le sang. Je ne pouvais pas m'arrêter. Le sang, le sang… »

Silence

Rowan a passé toute la soirée dans sa chambre, à travailler à un poème sur Eve, mais sans arriver à rien.

Il s'avise alors que la maison semble bien silencieuse. Il n'entend plus les voix polies et contraintes de ses parents et de leurs invités. Mais il entend autre chose. Un moteur qui tourne. Il regarde entre ses rideaux juste à temps pour voir le monospace dévaler l'allée et filer dans Orchard Lane.

Bizarre.

Ses parents ne conduisent jamais aussi vite et, se demandant vaguement si la voiture vient d'être volée, il remet son T-shirt, qu'il avait ôté pour faire péniblement trois pompes, et descend l'escalier.

Béla Lugosi

Les arbres défilent à toute vitesse dans le noir tandis que Helen sort du village. Elle a tenu à conduire parce qu'elle savait que Peter éclaterait dès qu'elle lui dirait ce qui s'est passé, mais bien qu'il soit sur le siège du passager, elle a préféré attendre qu'ils soient sortis du village. Cela lui paraissait plus facile ainsi, loin des maisons et des allées de leur nouvelle vie. Maintenant, elle lui a dit que l'inévitable était arrivé, et il vocifère pendant qu'elle tente de se concentrer sur ce qu'elle fait et garde l'œil fixé sur la route déserte devant eux.

« Bordel de merde, Helen ! Elle sait ?

– Non.

– Alors, comment explique-t-elle ce qui s'est passé ? »

Helen prend une grande inspiration et s'efforce d'être aussi précise que possible. « Le type essayait de la violer, et elle l'a attaqué. Mordu. Elle n'arrêtait pas de parler du sang, du goût du sang. Elle était incohérente.

– Mais elle n'a pas dit…

– Non. »

La réponse de Peter est exactement celle à laquelle elle s'attendait. Et qu'elle sait devoir accepter. « Il faut qu'on lui dise. Qu'on leur dise à tous les deux. Il faut les mettre au courant.

– Je sais. »

Peter secoue la tête et lui lance un regard furieux qu'elle s'efforce d'ignorer. Elle se concentre sur la route pour être bien sûre de ne pas rater l'embranchement. Malgré tout, elle ne peut s'empêcher d'entendre sa voix qui lui crie à l'oreille.

« Dix-sept ans. Et c'est maintenant que tu sais qu'on aurait dû leur dire ! Je rêve. Non, mais *je rêve !* » Il sort un mobile de sa poche et compose un numéro. Il prend une grande inspiration, s'apprête à parler, puis hésite une seconde. *Un répondeur.*

« C'est moi », finit-il par dire à la machine. « Je sais que ça fait longtemps. » *Non, il ne laisse pas un message ! Ça n'est pas possible !* « Mais je crois qu'on a besoin de toi. Clara a fait une bêtise et nous ne pouvons vraiment pas régler ça tout seuls. » *Si. Il téléphone à son frère !* « Merci de nous rappeler dès que tu auras… »

Helen détache ses yeux de la route et une main du volant pour saisir le portable. Ils manquent de percuter les arbres.

« Qu'est-ce que tu fabriques, enfin ? »

Elle appuie sur le bouton « arrêt ». « Tu avais promis de ne jamais l'appeler.

– Qui ?

– Tu téléphonais à Will.

– Helen, il y a un cadavre. Nous ne sommes plus capables de gérer les complications de ce genre.

– J'ai apporté la pelle », dit-elle, tout à fait consciente du ridicule de la chose. « On n'a pas besoin de ton frère. »

Ils se taisent pendant quelques secondes, car ils arrivent à l'embranchement, où ils tournent.

Will ! Il a téléphoné à Will !

Et le vrai problème, c'est qu'elle sait que pour Peter, c'est un geste parfaitement logique. La route devient plus étroite et les arbres semblent beaucoup plus proches ; ils se penchent un peu comme des invités coiffés de chapeaux délirants à un mariage de minuit.

Ou à un enterrement.

« Il pourrait emporter le corps très loin d'ici, dit Peter après quelques instants. Il pourrait être ici en dix minutes. Et nous sortir d'affaire. »

Les mains de Helen se crispent sur le volant, et elle sent le désespoir l'étreindre à nouveau.

« Tu avais promis, lui rappelle-t-elle.

– Oui, je sais, acquiesce Peter. Nous avons fait beaucoup de promesses. Mais c'était avant que notre fille joue les Béla Lugosi avec un type pendant une fête au milieu de nulle part. Je ne sais d'ailleurs pas pourquoi tu l'as laissée y aller.

– C'est à toi qu'elle a demandé la permission, mais tu n'écoutais pas. »

Peter reprend le fil de ses réflexions.

« Il est toujours en activité, dit-il. À Manchester. Il m'a envoyé un e-mail à Noël dernier. »

Helen est sidérée. « Un e-mail ? Tu ne m'en as jamais parlé.

– Ça t'étonne ! » dit-il comme elle ralentit : les indications de Clara avaient été pour le moins vagues.

« Elle peut être n'importe où sur cette route », dit Helen.

Peter désigne un point par la fenêtre. « Regarde. »

Helen voit un feu dans l'un des champs et des silhouettes distantes. Elle ne doit plus être bien loin maintenant. Helen prie en silence pour que personne d'autre ne soit allé à la recherche de Clara ni du garçon.

« Si tu ne veux pas qu'il s'en mêle, je vais le faire moi-même, déclare Peter. Je vais emporter le corps loin d'ici. »

Elle repousse l'idée. « Ne sois pas ridicule. De toute façon, tu ne pourrais pas. Tu ne pourrais plus. Ça fait dix-sept ans que tu n'as plus volé.

– Je pourrais si je buvais du sang. Je n'en aurais pas besoin de beaucoup. »

Helen regarde son mari, incrédule.

« Je pense seulement à Clara, dit-il en continuant à fixer le bord de la route. Tu te souviens de ce que c'est. De ce qui se passe. Ce ne serait pas la prison pour elle. Ils…

– Non, dit fermement Helen. *Non !* On prend le corps et on l'enterre. On va dans les landes et on l'enterre. Comme les humains.

– Comme les humains ! » C'est tout juste s'il ne lui rit pas au nez. « Grands dieux !

– Peter, ce n'est pas le moment de se relâcher. Si tu bois du sang, tout peut dégénérer.

– D'accord, d'accord. Tu as raison. Mais avant qu'on règle ce problème, je veux savoir quelque chose.

– Quoi donc ? » demande-t-elle. Même un soir comme celui-ci – surtout un soir comme celui-ci –, Helen ne peut s'empêcher de redouter ce genre de propos.

« Je veux savoir si tu... si tu m'aimes. »

Helen n'en croit pas ses oreilles tant la question est déplacée dans la crise qu'ils sont en train de vivre. « Peter, ce n'est pas le...

– Helen, il faut que je sache. »

Elle est incapable de répondre. C'est étrange. Il y a des mensonges faciles et d'autres qui ne le sont pas.

« Peter, je refuse de jouer à tes petits jeux égoïstes ce soir. »

Son mari hoche la tête et avale la remarque, qui lui donne sa réponse. C'est alors que Helen aperçoit quelque chose, quelqu'un, devant eux, quelqu'un d'accroupi dans les buissons.

« C'est elle. »

Clara sort pour se montrer, et tout devient réel. Ses vêtements, propres quand elle a quitté la maison, sont trempés de sang. Son pull et sa veste de velours côtelé en sont luisants, et son visage et ses lunettes, barbouillés. Elle se protège les yeux de la lumière violente des phares.

« Oh mon Dieu, Clara ! dit Helen.

– Helen, les phares. Tu vas l'aveugler. »

Elle les coupe, puis gare la voiture sur le bas-côté tandis que leur fille reste plantée au même endroit et baisse lentement le bras. Quelques secondes plus tard, Helen sort de la voiture et regarde du côté du champ et du corps qu'elle ne peut voir, gisant à terre. Il fait froid maintenant. Le vent est âpre, car il a soufflé sans discontinuer sur la mer et les landes avant d'arriver jusqu'à eux. Les cheveux de Clara volent en tous sens derrière sa tête, dégageant son visage fini et rond comme celui d'un bébé.

Je l'ai tuée, se dit Helen en remarquant l'expression hébétée qui, plus que le sang, donne au visage de sa fille toute son horreur. *J'ai tué toute notre famille.*

Le garçon gît sur le sol devant Peter. Dans un tel état qu'il ne peut qu'être mort. Les bras levés au-dessus de la tête, comme s'il se rendait. Elle lui a dévoré la gorge, la poitrine et même une partie du ventre. Sa chair ouverte luit, presque noire, bien que des nuances plus ou moins sombres indiquent des organes différents. Ses intestins débordent comme des anguilles qui fuient.

Même au bon vieux temps, après les bringues les plus effrénées, il était rare de laisser un cadavre dans cet état. Mais il ne peut le nier : il n'est pas aussi épouvanté qu'il devrait l'être. Il sait qu'après avoir commencé, Clara n'a pas dû pouvoir s'arrêter, et que parce qu'ils lui ont menti sur sa vraie nature, ce qui est arrivé est en réalité leur faute. De plus, la vue du sang le fascine, et il en ressent à nouveau les effets hypnotiques familiers.

Le sang, le sang exquis…

Il se ressaisit et s'efforce de se rappeler ce qu'il est en train de faire. Il doit transporter le corps jusqu'à la voiture, selon les instructions de Helen.

Oui, c'est ça. Il s'accroupit et passe les bras sous le dos et les jambes de l'adolescent et essaie de le soulever. Impossible. Il n'est plus assez fort aujourd'hui. Le garçon est charpenté comme un homme. Et un costaud. Un joueur de rugby baraqué.

Il faudrait au moins deux personnes pour le transporter. Il regarde Helen. Elle enveloppe leur fille dans une couverture et la tient étroitement serrée contre elle. Les bras de Clara pendent mollement.

Non, il peut s'en tirer tout seul. Il suffira de traîner le corps et d'effacer les traces. On a prévu de la pluie. S'il pleut assez fort, les traces disparaîtront. Mais l'ADN ? Dans les années quatre-vingt, personne n'avait à s'en soucier. Will saurait comment tourner la difficulté. Pourquoi Helen a-t-elle réagi si bizarrement à son sujet. Quel était son problème ?

Il saisit les chevilles et commence à le tirer sur le sol. Trop dur, trop lent.

Il s'arrête pour reprendre son souffle et regarde le sang sur ses mains. Il avait promis à Helen de ne jamais envisager ce qu'il songe maintenant à faire. Ça brille et vire légèrement du noir au violet. Des phares tremblotent à travers la haie au loin. La voiture avance lentement, comme si le conducteur cherchait quelque chose. Puis il entend Helen, qui doit avoir vu les antibrouillard par-dessus l'épaule de Clara.

« Peter, crie-t-elle. Quelqu'un vient ! »

Il l'entend faire monter Clara dans la voiture, puis le héler à nouveau. « Peter, laisse le corps où il est. »

Le cadavre de l'adolescent est plus près de la route maintenant, et quand la voiture passera, il sera facilement visible, éclairé par des feux qui semblent être des antibrouillards. Il tire désespérément sur le corps, ignorant les douleurs qui lui vrillent le dos. Pas moyen. Ils n'ont que quelques secondes, pas quelques minutes.

« Non », dit-il.

Il regarde encore le sang sur ses mains avant que Helen le rejoigne.

« Ramène Clara à la maison. Je m'occupe de ça. J'en suis parfaitement capable.

– Non, Peter…

– Rentre à la maison. File. Fais ce que je te dis, Helen, file tout de suite ! »

Elle ne hoche même pas la tête. Remonte dans la voiture et démarre.

Peter regarde les antibrouillards s'approcher lentement et se lèche la main pour goûter ce à quoi il n'a pas touché depuis dix-sept ans. Et la chose se produit. La force monte dans son corps, faisant disparaître toutes les petites douleurs. Il sent ses os et ses dents s'ajuster presque instantanément, tandis qu'il se retrouve dans toute son intégrité après la métamorphose. C'est une libération incroyable, comme s'il se déshabillait après avoir été coincé pendant des années dans une même tenue qui le bridait.

La voiture approche toujours.

Il plonge la main dans la gorge béante du garçon et lèche le sang riche et délicieux. Puis il le soulève, remarquant à peine son poids et, prenant son envol, s'élève au-dessus des champs ténébreux.

Vite, vite, de plus en plus vite.

Il s'efforce de ne pas y prendre plaisir, de rester concentré sur sa tâche. Il continue à voler et s'oriente par la seule réflexion.

Voilà ce qui se passe quand on boit du sang. Cela efface la frontière entre pensée et action. Penser, c'est faire. Vous vivez à part entière : l'air file le long de votre corps tandis que vous regardez les villages et les bourgs mornes au sol, transformés en jolies grappes de lumière, et que vous quittez la terre pour survoler la mer du Nord.

Alors, ici et maintenant, il peut laisser la sensation l'envahir.

Le plaisir grisant d'être en vie, d'habiter le présent, sans redouter les conséquences, le passé ni l'avenir, oublieux de tout, hormis de la vitesse de l'air et du sang sur sa langue.

À des milles au large, là où il ne voit aucune ombre noire de navire au-dessous de lui, il lâche le corps et décrit des cercles dans l'air en le regardant tomber vers l'eau. Puis il se lèche à nouveau la main. Se suce les doigts goulûment et ferme les yeux pour savourer le goût.

Ça, c'est l'allégresse !

Ça, c'est la vie !

L'espace d'un instant, dans le ciel, il envisage de continuer son chemin. Il pourrait aller en Norvège, où il y avait jadis à Bergen une importante communauté de vampires ; peut-être existe-t-elle encore. Ou il pourrait aller quelque part où la police est laxiste. En Hollande, peut-être. Dans un endroit où il n'y a pas d'unités secrètes d'arbalétriers. Il pourrait fuir, vivre seul et satisfaire tous les désirs qui lui viennent. Être libre et seul. N'était-ce pas pour lui l'unique façon possible de vivre ?

Il ferme les yeux et revoit le visage de Clara, celui qu'elle avait, debout au bord de la route. Elle semblait si égarée, si vulnérable, en quête de cette vérité qu'il ne lui avait jamais révélée. C'était en tout cas ce qu'il avait voulu voir.

Non.

Même après avoir bu du sang, il n'est plus l'homme qu'il a laissé derrière lui, quelque part dans le trou noir entre ses vingt et ses trente ans. Il n'était pas son frère. Il doute pouvoir jamais l'être.

Plus maintenant.

Il décrit lentement un arc de cercle dans l'air froid et regarde l'océan en contrebas, vaste nappe d'argent reflétant une lune brisée.

Non, je suis un homme rangé, se dit-il. Et il prend à contrecœur le chemin du retour, ramenant avec lui sa conscience lourde.

Tout en conduisant, Helen jette de fréquents regards à sa fille, tétanisée, sur le siège voisin.

Elle a toujours redouté un événement de ce genre. S'est tourmentée maintes fois en imaginant des scénarios similaires. Mais maintenant que le pire s'est produit, elle a une impression d'irréel.

« Je veux que tu saches que ce n'est pas ta faute », dit-elle. Dans le rétroviseur, elle voit encore derrière elle la voiture aux antibrouillards allumés. « Tu sais, Clara, c'est lié à… à cette *pathologie.* Elle existe chez nous tous, mais elle est… à l'état *latent* depuis des années. Tu es née avec. Rowan aussi. Ton père et moi, Papa et moi, nous avons préféré vous la cacher. Nous nous sommes dit que si vous n'étiez pas au courant, eh bien… Que la culture l'emporterait sur la nature, voilà ce que nous avons cru… »

Elles passent devant le champ où l'on danse toujours autour du feu lointain qui faiblit. Helen sait que c'est son devoir de continuer, d'expliquer, de proposer à sa fille des mots, des mots, encore des mots. Ponts sur le silence. Voiles sur la vérité. Alors qu'elle se sent s'écrouler à l'intérieur.

« … mais ce penchant… il est très fort… fort comme un requin. Et il est toujours là, même quand l'eau est tout à fait calme. Il est là. Sous la surface. Prêt à… »

Dans le rétroviseur, les antibrouillards lointains s'arrêtent et s'éteignent. Helen éprouve un très léger soulagement à l'idée de ne plus être suivie.

« Mais tu sais, ajoute-t-elle en reprenant le contrôle de sa voix, ne t'inquiète pas. Ne t'inquiète pas, car nous sommes forts, nous aussi, et nous allons surmonter ceci. Et tout rentrera dans l'ordre. Je te le promets. C'est… »

Helen voit le sang qui sèche sur le visage de Clara, lui barbouillant le nez et le menton.

On dirait du camouflage.

Combien de sang a-t-elle bu ?

En se posant cette question, maintenant, Helen éprouve une peine infinie. Avoir construit quelque chose, un édifice à la structure aussi soigneusement élaborée qu'une cathédrale, et savoir qu'il va s'effondrer en écrasant tous les êtres et les choses qui comptent.

« Je suis quoi ? » demande Clara.

C'en est trop. Helen n'a aucune idée de la façon dont elle peut lui répondre. Elle essuie les larmes qui lui sont montées aux yeux. Elle finit par trouver d'autres mots. « Tu es celle que tu as toujours été. Tu es toi. *Clara.* Et… »

Un souvenir isolé s'immisce dans son esprit. Elle se revoit en train de tapoter sa fille d'un an pour la faire se rendormir après l'un de ses cauchemars fréquents. Et de chanter « Do do, l'enfant do » une centaine de fois pour la calmer.

Elle voudrait se retrouver à ce moment-là, et pouvoir chanter une berceuse appropriée.

« Je suis désolée, ma chérie, dit-elle tandis que des arbres sombres défilent à la fenêtre. Mais ne t'inquiète pas. Non, non. Je te le promets, tout va rentrer dans l'ordre. »

Mon nom est Will Radley

Dans un parking de supermarché à Manchester, une femme plonge des yeux pleins de désir silencieux dans ceux du frère de Peter. Elle n'a absolument aucune idée de ce qu'elle est en train de faire. Dieu sait quelle heure il est, et elle se trouve dans le parking avec lui, avec cet homme incroyable au charme hypnotique. Son dernier client de la journée. Un homme qui était venu à sa caisse sans rien d'autre dans son panier que du fil dentaire et des lingettes.

« Bonjour, Julie », avait-il dit en lisant son nom sur son badge.

À première vue, il avait l'air patibulaire, avec sa dégaine de rocker hirsute d'un groupe ringard, toujours persuadé que l'imper crasseux était un look génial. Et il était plus âgé qu'elle, mais quand elle avait essayé de deviner son âge, elle n'y était pas arrivée.

Et pourtant, même à ce premier coup d'œil, elle avait senti quelque chose s'éveiller en elle. Le demi-coma délibéré où elle se plongeait dès le début de son service, et qui persistait malgré tous les articles qui lui passaient entre les mains et tous les tickets de caisse qu'elle débitait, s'était brusquement dissipé et elle s'était sentie étrangement vivante.

Toutes ces sottises auxquelles croient les filles plus romantiques : le cœur qui s'accélère, le sang qui monte à la tête et la fait tourner, une impression de chaleur et de légèreté au creux de l'estomac.

Ils avaient lié conversation sur le mode de la drague, mais maintenant qu'elle était dehors dans le parking, elle ne savait plus trop sur quoi avait porté l'échange. Son piercing à la lèvre ? Oui, il aimait bien son clou, mais trouvait que les mèches violettes dans ses cheveux teints en noir n'étaient pas une très bonne idée, ajoutées au clou et au maquillage pâle.

« Le look gothique t'irait bien si tu en faisais un peu moins. »

Jamais elle n'acceptait ce genre de conneries de la part de Trevor, son copain ; pourtant, elle les avait acceptées de la part de cet inconnu. Comme elle avait accepté de le retrouver dix minutes plus tard sur le banc devant le magasin, au risque d'alimenter les commérages en se faisant remarquer par tous ses collègues qui rentraient chez eux.

Ils avaient parlé. Étaient restés assis tandis que les voitures partaient l'une après l'autre. Cela lui semblait n'avoir duré que quelques minutes, mais ça devait faire largement plus d'une heure. Et brusquement, sans préambule, il se lève, lui fait signe de l'imiter, et ils errent sur le parking. Voilà qu'elle se retrouve appuyée contre un vieux camping-car Volkswagen tout cabossé. Presque le seul véhicule restant.

Elle devrait être avec Trevor. Il va se demander où elle est passée. Ou peut-être pas. Peut-être qu'il est en train de jouer sur la console à World of Warcraft, et ne pense pas du tout à elle. Mais dans un cas comme dans l'autre, quelle importance ? Elle veut continuer à entendre cette voix. Cette voix chaude, assurée et démoniaque. « Alors, je te plais ? demande-t-elle.

– Tu me donnes faim, si tu veux savoir, répond l'homme.

– Tu devrais m'inviter à dîner. Si tu as faim, je veux dire. »

Il sourit sans vergogne. « Je me disais que tu devrais venir chez moi. »

Il la regarde de ses yeux sombres, et elle oublie le froid, oublie Trevor, oublie tout ce dont on est censée se souvenir quand on parle à un inconnu dans un parking.

« D'accord. C'est où, chez toi ?

– Tu es appuyée dessus », lui dit-il.

Cela la fait rire, elle ne peut plus s'arrêter. « D'ac-cord ! », s'exclama-t-elle en donnant une tape sur le flanc du camping-car. Elle n'a pas l'habitude d'expériences aussi aventureuses, surtout en sortant du travail.

« D'ac-cord », mime-t-il.

Elle a envie de l'embrasser, mais essaie de résister. De fermer les yeux et de voir le visage de Trevor. Qui n'apparaît pas.

« Il faut sans doute que je te dise que j'ai un copain. »

L'homme ne paraît pas contrarié par la nouvelle. « J'aurais dû l'inviter à dîner. » Il lui tend une main, et elle la prend.

Le portable de l'homme se met à sonner. Elle reconnaît la mélodie. *Sympathy for the Devil.*

Il ne répond pas. La fait contourner l'arrière du camping-car et ouvre la porte. Elle regarde à l'intérieur, où, dans un désordre incroyable s'entassent vêtements, livres écornés et vieilles cassettes. Elle aperçoit des bouteilles de vin rouge, pleines et vides, à même le sol à côté d'un matelas sans draps.

Elle le regarde et se rend compte que jamais elle n'a été aussi attirée par un homme. Il lui fait signe d'entrer. « Bienvenue au château.

– Qui es-tu ? demande-t-elle.

– Mon nom est Will Radley, si c'est ce que tu veux savoir. »

Elle n'en est pas sûre, mais acquiesce, puis s'agenouille pour pénétrer dans le camping-car.

Il se demande si elle en vaut vraiment la peine. L'ennui, lorsqu'on atteint un certain stade, c'est que le plaisir lui-même, la conquête facile des objets du désir, devient une routine comme une autre. Et l'ennui avec la routine, comme toujours, est qu'elle engendre le même ennui dont souffrent tous les autres – tous les sceptiques et les abstinents.

Elle regarde la bouteille. Cette fille, cette Julie, qu'il a été si facile d'attirer jusqu'ici, et qui a peu de chances d'avoir aussi bon goût, loin de là, que celle dont il est en train d'avaler quelques gorgées, Isobel Child, la deuxième sur sa liste des vampires les plus délectables. Mais ce soir, il n'est pas d'humeur à voir Isobel, ni à supporter que l'un de ces suceurs de sang qui redoutent la police lui dise comment il doit vivre.

« Alors, qu'est-ce que tu fais ? lui demande Julie.

– Je suis prof de fac. Enfin, j'étais. Personne ne veut plus que j'exerce. »

Elle allume une cigarette et tire une grande bouffée à travers le filtre, toujours intriguée par la bouteille qu'il tient.

« Qu'est-ce que tu bois ?

– Du sang de vampire. »

Julie trouve ça hilarant. Elle rejette la tête en arrière pour rire à loisir, ce qui donne à Will une vue imprenable sur son cou. Une peau pâle qui va à la rencontre d'un maquillage plus pâle encore. Ce qu'il préfère en général. Elle a un petit grain de beauté près de la gorge. La trace turquoise d'une veine sous le menton. Il inspire par le nez et réussit à percevoir faiblement son odeur, celle des flots de rhésus négatif mal nourri et chargé en nicotine qui circulent en elle.

« Du sang de vampire ! » Sa tête rebascule en avant « Très drôle !

– Je pourrais appeler cela sirop, nectar ou suc vital si tu préfères. Mais je vais te dire : en règle générale, je n'aime pas beaucoup les euphémismes.

– Alors, dit-elle, riant toujours, pourquoi bois-tu du sang de vampire ?

– Parce que ça renforce mes pouvoirs. »

Cela lui plaît. Elle s'imagine être dans un jeu de rôle. « Oh, là là. Exerce tes pouvoirs sur moi, monsieur Dracula. »

Il cesse de boire, rebouche la bouteille et la repose par terre. « Je préfère le comte Orlak, mais Dracula fera l'affaire. »

Elle le regarde, coquette. « Alors tu vas me mordre ? »

Il hésite. « À ta place, Julie, je serais prudente avec mes souhaits. »

Elle s'approche, s'agenouille sur lui et ses lèvres tracent une ligne de baisers de son front à ses lèvres.

Il se dégage, enfouit la tête dans son cou, inhale ce qu'il s'apprête à goûter et s'efforce de neutraliser le parfum bon marché qu'elle porte.

« Vas-y, dit-elle sans se douter que c'est sa dernière requête. *Mords-moi.* »

Lorsque Will en a terminé avec Julie, il la regarde, gisant dans son uniforme trempé de sang, et a une sensation de vide, comme un artiste observant une de ses œuvres mineures.

Il regarde son téléphone et entend le premier et unique message que contient sa boîte vocale.

La voix de son frère.

C'est Peter qui l'appelle à l'aide.

Peter !

Le petit Petey !

Ils ont besoin de son aide parce qu'apparemment, Clara a fait une grosse bêtise.

Clara, c'est la fille, se rappelle-t-il. *La sœur de Rowan.*

Mais le message s'arrête. Il n'entend plus que la tonalité. Et tout redevient comme d'habitude : il est seul dans son camping-car, avec une fille morte, des bouteilles de sang et une petite boîte à chaussures emplie de souvenirs.

Il retrouve le numéro en consultant ses appels récents et le compose. Sans succès. Peter a coupé son téléphone.

Bizarre, vous avez dit bizarre ?

Il rampe sur le corps de Julie sans même songer à tremper un doigt dans son cou pour boire encore son sang. La boîte à chaussures est rangée entre le siège du conducteur et sa bouteille de sang favorite, qu'il garde enveloppée dans un vieux sac de couchage.

« Petey, Petey, Petey », dit-il en ôtant l'élastique qui entoure la boîte à chaussures pour regarder non pas les lettres et les photographies familières, mais le numéro écrit à l'intérieur du couvercle. Copié sur celui qui était écrit sur un reçu, qui lui-même avait été recopié sur un e-mail de Peter lu dans un cybercafé de Lviv, où Will avait passé Noël dernier avec certains membres de la branche ukrainienne de la société Sheridan après une grande fête en Sibérie.

C'est le seul numéro de téléphone fixe qu'il ait jamais noté.

Il compose le numéro. Et attend.

La solitude infinie des arbres

Parvenu au rez-de-chaussée, Rowan s'avise non seulement qu'il n'y a plus personne dans la salle à manger, mais que ses parents n'ont pas débarrassé les coupes. Même le pudding aux fruits rouges est resté sur la table.

À la vue du jus rouge sombre qui coule du centre, Rowan se dit qu'il a faim et se remplit une coupe. Puis il va dans le salon et s'installe devant la télévision pour manger. Il regarde son magazine d'actualités préféré sur la BBC, *Newsnight Review*. Il y a chez les intellectuels assis dans des fauteuils et discutant de pièces de théâtre, de livres et d'expositions de peinture quelque chose qui l'apaise, et ce soir ne fait pas exception à la règle. Pendant que Rowan mange son pudding sur le canapé, ils discutent d'une nouvelle mise en scène de *La Mégère apprivoisée* version SM. Lorsqu'il a terminé, il s'avise que, comme d'habitude, il a encore faim. Il reste à sa place cependant, vaguement inquiet au sujet de ses parents. *Clara a dû leur téléphoner pour qu'ils aillent la chercher. Mais pourquoi ne l'ont-ils pas prévenu qu'ils s'absentaient ?*

Les intellectuels célèbres examinent maintenant

un livre intitulé *La Solitude infinie des arbres*, d'Alistair Hobart, dont le roman, *Quand chante le dernier moineau*, lui a valu un prix littéraire.

Rowan a un but secret dans la vie : il veut écrire un roman. Il a des idées, mais aucune ne semble tenir le choc de l'écriture.

L'ennui, c'est que toutes ses idées semblent un peu trop sinistres. Elles tournent toujours autour du suicide, de l'apocalypse ou, de plus en plus souvent, d'une sorte de cannibalisme. En général, l'histoire se situe il y a deux siècles. Mais il a donné pour cadre le futur à une de ses idées, la plus optimiste, celle qui traite de la fin imminente du monde. Une comète se dirige vers la terre, après diverses tentatives intergouvernementales infructueuses pour l'arrêter, et les gens sont résignés à mourir dans une centaine de jours. La seule chance de survivre est de participer à une loterie massive et globale dont les cinq cents heureux gagnants auront un billet pour une station spatiale où ils formeront une communauté qui survivra en autarcie. Rowan l'imagine en gros comme une sorte de serre en orbite autour de Vénus. Alors un adolescent maigre de dix-sept ans, souffrant d'allergies cutanées, gagne un billet, mais finit par l'échanger contre une semaine de plus sur terre avec la fille qu'il aime. Le garçon va s'appeler Ewan. La fille, Eva.

Il n'en a pas encore écrit un seul mot. Au fond de lui-même, il sait bien qu'il ne sera pas romancier. Il vendra des espaces publicitaires ou peut-être, avec un peu de chance, il travaillera dans une galerie, deviendra rédacteur publicitaire ou quelque chose d'analogue. Encore qu'il ait peu de chance d'y réussir, compte tenu de son peu de talent pour les entretiens. Pour son dernier boulot – serveur en habit le dimanche après-midi à l'hôtel des Saules à Thirsk pour les mariages –, l'entretien avait viré à la catastrophe et s'était terminé par une crise d'hyperventilation. Bien qu'il ait été le seul candidat, Mrs. Hodge-Simmons avait beaucoup hésité à l'engager, et ses doutes s'étaient confirmés le jour où Rowan avait fini par s'endormir debout en servant à la table des mariés et par verser de la sauce sans s'en rendre compte sur la jupe de la mère du marié.

Il se gratte le bras, et voudrait bien être à la place d'Alistair Hobart. Eve serait sûrement amoureuse de lui s'il passait dans un débat sur une chaîne de télévision nationale. Puis, au moment où Kirsty Wark, la présentatrice, commence à conclure, le téléphone sonne.

L'un des combinés, qui n'a pas été remis sur son support, se trouve près du vase de la table basse à côté du canapé, hors de sa base. Il le prend.

« Allô ? »

Il entend une respiration à l'autre bout du fil. « Allô ? Qui est là ? Allô ? »

À l'évidence, l'interlocuteur a décidé de ne rien dire.

« Allô ? » Il entend un petit bruit. Une sorte de claquement de langue, peut-être, suivi d'un soupir. « Allô ? »

Rien. Juste le bourdonnement inquiétant de la tonalité. Puis il entend la voiture s'arrêter dans l'allée.

Lotion à la calamine

Eve voit un homme qui traverse le champ et s'approche d'eux. Ce n'est que lorsqu'il l'appelle qu'elle se rend compte qu'il s'agit de son père. Elle est tellement gênée qu'elle a l'impression d'être anéantie et se ratatine sur elle-même à mesure qu'il approche.

Toby lui aussi l'a remarqué.

« Qui est-ce ? Ça n'est pas... ?

– Mon père.

– Qu'est-ce qu'il fait ?

– Je n'en sais rien », répond-elle, alors qu'elle le sait parfaitement. Il est en train de la griller socialement. Elle essaie de limiter les dégâts en se levant et en allant à sa rencontre.

Elle se retourne, adresse à Toby un sourire d'excuse en marchant à reculons sur l'herbe. « Il faut que j'y aille. »

Jared regarde le petit top de sa fille et la peau nue qu'il dévoile. Une peau qu'il avait enduite de lotion à la calamine un jour où Eve était tombée dans les orties pendant des vacances en famille.

Dans la voiture, l'air est vicié par le parfum et l'alcool. Il sait que n'importe quel autre père ou mère accepterait ceci comme normal de la part d'une adolescente, mais les autres ne savent pas ce qu'il sait, à savoir que la frontière entre le mythe et la réalité est tracée par des gens en qui on ne peut avoir confiance.

« Tu sens l'alcool », lui dit-il d'un ton plus furieux qu'il ne le voudrait.

« Écoute, papa, j'ai dix-sept ans. C'est vendredi soir, j'ai droit à un minimum de liberté. »

Il essaie de se calmer. Il veut qu'elle pense au passé. S'il peut le lui remettre en mémoire, cela l'y ancrera et l'aidera à rester en terrain sûr.

« Eve, tu te rappelles quand nous…

– J'y crois pas, que tu aies pu faire ça, dit-elle sans même parvenir à le regarder. C'est humiliant. Tu te crois au Moyen Âge ? Tu me prends pour Raiponce ou quoi ?

– Tu avais dit onze heures, Eve. »

Eve regarde sa montre. « Oh là là ! J'ai une demi-heure de retard, et alors ? » Elle se rend compte qu'il a dû partir de la maison vers onze heures dix.

« Quand je pense que je t'ai vue avec ce type, en train de te conduire comme… » Il secoue la tête.

Eve regarde les haies qui défilent et aimerait être née dans la peau d'un oiseau, une petite grive ou un étourneau ou autre, pour pouvoir s'envoler et ne plus penser à tout ce qu'elle a en tête.

« Ce *type*, c'est Toby Felt, dit-elle, le fils de Mark Felt. Il va parler à son père. À propos du loyer. Je lui ai dit que tu avais du travail maintenant et que le mois prochain, tu pourrais payer deux mois. Il va le dire à son père et tout sera réglé. »

Jared perd son contrôle. Elle a dépassé la mesure. « Ah oui ? Tu as acheté ses bonnes grâces ? C'est ça ?

– Quoi ?

– Je ne veux pas que ma fille se prostitue dans un champ le vendredi soir pour nous acheter les faveurs de notre propriétaire. »

La remarque met Eve en rage. « Je ne me prostituais pas. Non mais je rêve ! Je n'étais pas censée dire quoi que ce soit ?

– Non, Eve. Tu n'avais rien à dire.

– Et après ? On n'a pas de toit, il va falloir qu'on déménage encore et qu'on recommence tout ce cirque ? Autant aller directement dans un gîte pourri. Ou trouver un abribus confortable pour dormir. Parce que si tu ne te réveilles pas, et que tu n'arrêtes pas de penser aux conneries que tu ressasses, papa, eh bien oui, je serai bien obligée de *me prostituer* pour qu'on bouffe ! »

Les mots ne sont pas plutôt sortis qu'elle les regrette. Son père est au bord des larmes.

L'espace d'un instant, Eve ne voit plus l'homme qui l'a humiliée devant ses amis. Non, elle voit un homme qui a souffert autant qu'elle. Alors elle se tait et regarde les mains de son père, posées sur le volant, et l'infinie tristesse de l'alliance qu'il n'enlèvera jamais.

Minuit dix

Rowan s'appuie contre le sèche-linge pendant que sa mère s'occupe de Clara dans la douche du rez-de-chaussée.

« Je ne sais vraiment plus quoi penser », dit-il à travers la porte

C'est une litote. Il y a quelques instants, sa mère est revenue avec sa sœur, qui était couverte de ce qui ressemblait à du sang. Et elle en était vraiment *couverte*, comme un nouveau-né, c'est à peine si on la reconnaissait. Elle semblait hébétée et impassible. Comme hypnotisée.

« Oh écoute, Rowan, dit sa mère qu'il entend ouvrir la douche ; on parlera de tout ça tout à l'heure. Quand papa rentrera.

– Où est-il ? »

Sa mère ne répond pas et il l'entend s'adresser à sa sœur barbouillée de sang. « Elle est encore un peu froide. C'est bon, ça vient. Tu peux y aller. »

Il fait une nouvelle tentative. « Où est papa ?

– Il ne va pas tarder. Il… Il a eu une affaire à régler.

– Une affaire à régler ? On est quoi ? La Mafia ?

– Je t'en prie Rowan. Pas maintenant. »

Sa mère a l'air à cran, mais il ne peut s'empêcher de poser d'autres questions.

« Qu'est-ce que c'est que ce sang ? Qu'est-ce qui lui est arrivé ?... Clara, qu'est-ce qui se passe ?... Maman, pourquoi ne dit-elle rien ? C'est pour ça qu'on reçoit des coups de fil bizarres ? »

Là, il semble avoir fait mouche. Sa mère ouvre la porte de la salle d'eau et regarde Rowan droit dans les yeux.

« Des coups de fil ? » demande-t-elle.

Rowan hoche la tête. « Il y a eu un appel. De quelqu'un qui n'a pas voulu parler. Cinq minutes avant que vous reveniez. » Il regarde l'inquiétude envahir le visage de sa mère.

« Non, dit-elle. Oh, mon Dieu, non !

– Maman, qu'est-ce qui se passe ? »

Il entend sa sœur se mettre sous la douche.

« Allume le feu », dit sa mère.

Rowan regarde sa montre. Il est minuit dix, mais sa mère insiste. « Va chercher du charbon dehors et allume le feu, tu veux ? »

Helen attend que son fils obtempère, et regrette que le hangar à charbon ne soit pas plus loin afin d'avoir un peu plus de temps pour remettre ses idées en place. Elle va au téléphone pour vérifier le numéro de l'appel entrant. Elle sait déjà que c'était lui. Elle ne connaît pas le numéro que lui donne la voix froide et désincarnée, mais elle sait que si elle appelle, elle entendra la voix de Will.

La panique lui martèle la tête pendant qu'elle le compose.

On décroche.

« Will ? » dit-elle.

Et il est là au bout du fil. Sa voix est aussi réelle qu'elle l'a toujours été, jeune et très vieille à la fois.

« Ah, je l'ai fait des milliers de fois, ce rêve… »

D'une certaine façon, c'est la pire épreuve de cette soirée. Elle a si longtemps lutté pour effacer son existence, éviter de lui parler, d'entendre cette voix profonde étancher en elle une soif cachée, couler dans son âme comme une rivière.

« Ne viens pas, lui dit-elle, et son murmure est pressant. Will, c'est très important. Ne viens pas ici. »

Rowan a dû remplir le seau à charbon et il doit être en train de revenir vers la maison.

« Normalement, ça ne se passe pas tout à fait comme ça, dit Will. Dans mon rêve. »

Helen sait qu'elle doit bien se faire comprendre et empêcher que les choses ne se mettent en branle. « Nous n'avons pas besoin de toi. Tout est réglé. »

Le rire de Will fait grésiller la ligne.

Elle se rend compte qu'elle est à deux doigts de s'écrouler. Elle regarde l'une de ses aquarelles dans l'entrée. Celle d'un pommier. Elle devient floue et Helen s'efforce de rajuster sa vision.

« Je me porte comme un charme, Hel. Et toi ? » Il marque une pause. « Ça t'arrive de repenser à Paris ?

– Reste où tu es, ça vaut mieux. »

La douche s'arrête. Clara doit en sortir. Et il y a un autre bruit. La porte de derrière. Rowan.

Et toujours, la même voix démoniaque à son oreille. « Ah, maintenant que tu le dis, toi aussi tu m'as manqué. En dix-sept ans, on a tout le temps de se sentir seul. »

Elle ferme les yeux très fort. Il est conscient de son pouvoir. Il sait qu'il peut tirer doucement sur un fil et faire que tout se détricote. « Je t'en prie », fait-elle.

Il ne répond pas.

Elle ouvre les yeux sur Rowan, debout devant elle avec un seau à charbon rempli. Il regarde le téléphone, puis sa mère dont il voit la mine implorante et terrifiée.

« C'est lui, hein ? demande Will.

– Il faut que j'y aille », dit-elle en appuyant sur le bouton rouge.

Le visage de Rowan hésite entre le soupçon et la confusion. Helen se sent toute nue devant lui.

« Tu peux mettre le feu en route ? »

C'est tout ce qu'elle parvient à dire. Mais son fils reste planté là, sans parler ni bouger pendant quelques secondes.

« S'il te plaît », dit-elle.

Il hoche la tête, comme s'il comprenait quelque chose, puis se détourne.

Un certain type de faim

La nuit se déroule au rythme de la panique.

Peter rentre.

Il brûle ses vêtements et ceux de Clara sur le feu qui flambe dans la cheminée.

Ils disent la vérité à Rowan. Ou la moitié de la vérité. Or même cette moitié, il n'arrive pas à la croire.

« Elle a tué Harper ? Tu as *tué* Stuart Harper ? Avec tes *dents* !

– Oui, dit Peter. C'est exact.

– Je sais que tout ceci semble très bizarre », ajoute Helen.

Rowan pousse un gémissement incrédule. « "Bizarre", maman, tu parles d'un euphémisme !

– Je sais. Ça fait beaucoup à assimiler. »

Il ne reste plus à Peter que son pantalon à brûler. Il le roule en boule, le jette dans le feu, et appuie sur le tissu de coton avec le tisonnier pour bien s'assurer qu'il n'en reste rien. Il a l'impression de regarder une autre vie disparaître.

C'est alors que Clara se décide à parler d'une petite voix frêle mais qui ne tremble pas.

« Qu'est-ce qui m'est arrivé ? »

Ses parents se tournent pour la regarder. Elle est assise, vêtue de la robe de chambre verte qu'ils lui ont achetée quand elle avait douze ou treize ans, mais qui lui va encore. Or ce soir, elle semble différente. Ils se rendent compte que quelque chose a disparu, remplacé par autre chose. Qu'elle n'est pas aussi effrayée qu'elle devrait l'être. Elle baisse ses lunettes sur son nez, puis les remonte, comme si elle vérifiait sa vue.

« Il t'a provoquée, lui dit Helen en lui passant une main rassurante sur le genou. Ce garçon t'a provoquée. Ça a engendré une réaction. Tu sais, c'est pour ça que tu étais malade. Tu ne mangeais pas de viande. Cette affection, cette pathologie, c'est nous qui te l'avons transmise, tu comprends. Elle est parfois héréditaire et fait surgir un certain type de faim très délicate à gérer. »

Les mots se mettent soudain au garde-à-vous dans l'esprit de Peter.

Affection !

Pathologie !

Un certain type de faim !

Clara regarde sa mère, perplexe. « Je ne comprends pas.

– Ah, c'est une curieuse caractéristique biologique… »

Ça suffit, se dit Peter. Il arrête sa femme et regarde sa fille dans les yeux.

« Nous sommes des vampires, Clara », lui dit-il.

« *Peter !* » Le chuchotement péremptoire de Helen ne l'arrêtera plus maintenant, et il répète sa phrase d'une voix ferme.

« Des vampires. Voilà ce que nous sommes. »

Il regarde ses deux enfants et voit que Clara semble assimiler mieux que Rowan. Après ce qu'elle vient de faire, il sait que cette vérité est susceptible de la réconforter. Mais Rowan l'a prise comme une claque en pleine figure. Il a l'air abasourdi.

« C'est une… *métaphore* ? » demande-t-il, se cramponnant à la réalité qu'il connaît.

Peter secoue la tête.

Rowan secoue la tête aussi, mais en signe d'incrédulité. Il sort à reculons. Ils ne disent rien en l'entendant monter.

Peter regarde Helen, s'attendant à ce qu'elle soit furieuse. Mais non. Triste, inquiète, mais peut-être est-elle un peu soulagée elle aussi. « Tu ferais bien de monter le voir, dit-elle.

– Oui, dit Peter. J'y vais. »

Crucifix, chapelets et eau bénite

Pendant dix-sept ans, les parents de Rowan lui ont menti sans discontinuer. Ce qui veut dire, il en prend conscience, que toute sa vie a été une longue illusion.

« C'est pour ça que je ne peux pas dormir, dit-il à son père, assis à côté de lui sur son lit. Non ? C'est pour ça que j'ai tout le temps faim. Et que je dois mettre de l'écran total. »

Son père acquiesce. « En effet. »

Rowan pense à quelque chose. À l'affection cutanée dont on lui a dit qu'il souffrait. « Photodermatose !

– Il fallait bien que je te dise quelque chose, réplique Peter. Je suis médecin.

– Tu as menti. Jour après jour. Tu as menti. »

Rowan remarque une trace de sang sur la joue de son père. Peter le voit aussi. Il lèche son pouce et essaie d'enlever la tache en frottant.

« Tu es un garçon sensible, Rowan. Nous ne voulions pas te faire de peine. La vérité n'est pas aussi bizarre que les gens le croient. » Il désigne le miroir sur le mur. « Nous avons des reflets. »

Des reflets ! Quelle différence, quand on ne

reconnaît pas la personne qui vous regarde dans la glace ?

Rowan ne dit rien.

Il ne veut pas de cette conversation. Déjà, il lui faudrait un siècle pour assimiler les événements de cette nuit, mais son père insiste, et poursuit avec autant de désinvolture que s'il parlait d'une MST mineure ou de la masturbation.

« Toutes ces histoires sur les crucifix, les chapelets et l'eau bénite, ce ne sont que balivernes et superstitions. Des légendes inventées par les catholiques. Pour l'ail, en revanche, c'est vrai, à l'évidence. »

Rowan pense à la nausée qu'il éprouve chaque fois qu'il passe devant un restaurant italien, ou se trouve devant quelqu'un qui a mangé de l'ail, ou encore à la fois où il a failli vomir en mangeant un morceau de baguette à l'houmous achetée au Glouton Affamé.

C'est vrai qu'il est taré.

« Je veux mourir », dit-il.

Son père se gratte la mâchoire et exhale un lent et long soupir.

« Ça t'arrivera bien un jour. Sans consommer de sang, même avec toute la viande que nous essayons de manger, nous sommes très désavantagés. Tu sais, si nous ne t'avons pas mis au courant, c'est que nous ne voulions pas te déprimer.

– Papa, nous sommes des tueurs ! Harper ! Elle l'a tué. Je n'arrive pas à y croire !

– Tu sais, dit Peter, tu peux très bien vivre comme un être humain normal jusqu'à la fin de tes jours. »

C'est la meilleure.

« Un être humain normal ! *Un être humain normal !* » Rowan en rit presque en prononçant la phrase. « Qui a la peau qui le gratte en permanence, qui n'arrive jamais à dormir et ne peut même pas faire dix pompes d'affilée ! » Quelque chose le frappe soudain. « C'est pour ça qu'à l'école, on me prend pour un martien. Ils ont senti quelque chose, non ? Ils sentent qu'à un niveau inconscient, je veux leur sucer le sang. »

Rowan s'appuie contre le mur et ferme les yeux pendant que son père continue sa conférence d'introduction au vampirisme. Apparemment, de nombreux hommes célèbres étaient des vampires. Peintres, poètes, philosophes. Son père énumère :

Homère

Ovide.

Machiavel.

Le Caravage.

Nietzsche.

Presque tous les romantiques, sauf Wordsworth.

Bram Stoker. (Il avait fait sa propagande anti-vampires pendant ses années d'abstinence.)

Jimi Hendrix.

« Et les vampires ne sont pas immortels, continue Peter, mais s'ils observent un régime strict en consommant du sang et en évitant la lumière, ils peuvent vivre très longtemps. On connaît des vampires de plus de deux cents ans. Et certains des plus stricts mettent en scène leur mort prématurée, comme celle de Byron sur un champ de bataille en Grèce, soi-disant à cause de la fièvre des marais.

Après quoi, ils changent d'identité environ tous les dix ans.

– Byron ? » s'enquiert Rowan. Malgré lui, il est réconforté par cette information.

Son père opine et pose une main réconfortante sur le genou de son fils. « Aux dernières nouvelles, il est toujours vivant. Je l'ai rencontré dans les années quatre-vingt. Il faisait le DJ avec Thomas de Quincey à une fête dans leur grotte d'Ibiza. Ils étaient connus sous le nom de Don Juan et DJ Opium. Je me demande s'ils font toujours des leurs. »

Rowan regarde son père et remarque qu'il ne l'a jamais vu aussi animé. Il reste sur sa joue une trace de sang qu'il n'a pas réussi à effacer complètement.

« N'empêche que nous sommes des monstres, dit Rowan.

– Tu es un jeune homme intelligent, délicat et doué. Tu n'es pas un monstre. Tu es quelqu'un qui a surmonté beaucoup de difficultés sans le savoir. La vérité, Rowan, c'est que l'envie du sang est compulsive. La sensation qu'il donne provoque très vite une accoutumance. Elle te possède. Le sang te donne une force considérable, une sensation de puissance incroyable et te fait croire que tu peux tout faire ou tout créer. »

Rowan voit que son père est momentanément perdu, obnubilé par un souvenir. « Papa, demande-t-il avec angoisse, as-tu déjà tué quelqu'un ? »

À l'évidence, Peter est troublé par la question. « J'ai essayé d'éviter de le faire. J'ai essayé de m'en tenir à du sang qui pouvait être obtenu par d'autres moyens. Comme à l'hôpital. Tu sais, la police n'a jamais officiellement reconnu notre existence, mais elle avait des unités spéciales. Qui existent sans doute encore, je n'en sais rien. Nous avons connu des gens qui ont disparu sans laisser de traces. Tués. Alors, nous avons essayé de faire très attention. Mais le sang humain est meilleur frais, et parfois le besoin était si fort, et la sensation qu'il nous procurait... l'"énergie", comme on dit... » Il regarde Rowan, et ses yeux avouent à son fils ce qui reste non dit.

« Ce n'est pas une vie, poursuit-il d'une voix où transparaît une tristesse résignée. Ta maman avait raison. Elle a raison. Mieux vaut vivre comme nous le faisons maintenant. Même si cela signifie que nous mourrons plus tôt, même si la plupart du temps, nous nous sentons mal fichus. Mieux vaut bien se conduire. Ah, attends, je vais te chercher quelque chose. »

Il disparaît et revient quelques instants plus tard avec à la main un vieux livre broché à l'austère couverture grise. Il le tend à Rowan, qui regarde le titre.

« Qu'est-ce que c'est ?

– Ça aide. C'est un livre écrit par un groupe d'abstinents dans les années quatre-vingt. Lis-le. Il contient toutes les réponses. »

Rowan feuillette les pages usées, cornées. De vrais mots sur du vrai papier, qui rendent toute l'affaire plus réelle. Il lit deux phrases.

« Nous devons apprendre que les choses que nous désirons sont très souvent celles qui pourraient nous

mener à notre perte. Nous devons apprendre à renoncer à nos rêves pour préserver notre réalité. »

Dire que ce livre était caché dans la maison pendant toutes ces années. Quoi d'autre encore ?

Peter soupire. « Tu vois, nous sommes abstinents. Nous ne tuons plus ni ne convertissons plus personne. Aux yeux du monde extérieur, nous sommes des êtres humains comme les autres. »

Convertir ? Le mot suggère la religion. Comme si on pouvait vous convaincre d'y adhérer ou de la renier.

Du coup, Rowan veut savoir autre chose. « Alors tu es devenu vampire après avoir été converti ? »

Il est déçu lorsque son père secoue la tête. « Non. Je suis né comme ça. Les Radley sont vampires de génération en génération. Depuis des siècles, Radley est un nom de vampire. Cela signifie "De la prairie rouge", ou quelque chose d'analogue. Et je suis bien sûr qu'en l'occurrence, le rouge n'a rien à voir avec les coquelicots. Mais ta maman…

– A été convertie ? »

Son père hoche la tête. À son expression, Rowan voit que quelque chose l'attriste. « Elle voulait devenir comme nous à l'époque. Elle n'a pas été convertie contre sa volonté. Mais aujourd'hui, je crois qu'elle ne peut pas me le pardonner. »

Rowan s'allonge sur son lit et ne dit rien. Il fixe le flacon de l'inutile médicament pour dormir qu'il prend chaque soir depuis des années. Son père reste un moment assis près de lui à attendre dans un calme que ne trouble aucune parole, à écouter craquer doucement les tuyaux qui alimentent le radiateur.

Monstre, pense Rowan quelques minutes plus tard en lisant le manuel que lui a donné son père. *Toby ne croit pas si bien dire. Taré ! Je suis un taré. Une erreur de la nature.*

Puis il pense à sa mère. Qui a fait le choix de devenir un vampire. Quelle idée insensée. *Vouloir* être un monstre.

Enfin, Peter se lève et Rowan le voit remarquer quelque chose dans le miroir. Il se lèche le pouce, ôte la trace de sang qui restait sur sa joue, et lui adresse un sourire embarrassé. « Enfin, on reparlera de tout ça demain. Il faut juste essayer d'être forts et de surmonter l'épreuve. Pour Clara. Nous ne voulons rien faire qui puisse éveiller les soupçons. »

Ça fait longtemps qu'on les a éveillés, pense Rowan pendant que son père ferme la porte.

Un genre Christian Bale

Toby Felt est sur son vélo, et il vide les dernières gouttes de vodka au goulot.

Un éboueur !

Grotesque. Toby se jure que si jamais il devient éboueur, il se tuera. Se jettera dans le ventre d'un de ces camions verts et attendra d'être réduit en bouillie avec le reste des détritus et ordures.

Mais il sait qu'il ne finira pas vraiment comme ça. Parce que dans la vie, les gens se divisent en deux catégories : les forts, comme Christian Bale et lui, et les faibles, comme Rowan Radley et le père d'Eve. Et le rôle des forts, c'est de tourmenter les faibles. C'est comme ça qu'on garde le dessus. Si vous laissez les faibles tranquilles, vous finirez vous-même par en devenir un. C'est comme dans le Bangkok futuriste de *Resident Evil*, dans la scène où les zombies arrivent et vous mangent tout vifs. Il faut tuer ou être tué.

Quand il était petit, il fantasmait toujours sur la conquête de Bishopthorpe. Pas nécessairement par des zombies, mais par quelque chose.

Des nazis voyageurs du temps.

Des aliens réfugiés.

Quelque chose.

Et de toute façon, dans cette réalité de jeux vidéo, tout le monde s'était désintégré, même son père à la fin, mais lui, il était toujours là, dernier homme debout, et il les tuait tous. Comme Batman. Ou un Terminator. Ou comme Christian Bale. (Il ressemblait un peu à Christian Bale, disaient les gens. Enfin, d'après sa mère. Sa vraie mère. Pas cette pétasse stupide avec laquelle il était obligé de vivre à présent.) Il les tuait à la mitraillette, au lance-flammes, au combat à mains nues, ou il leur lançait des grenades avec sa raquette de tennis, bref, la dose. Et maintenant, il sait qu'il fait partie des forts, parce qu'il peut se faire une fille comme Eve, alors qu'un taré comme Rowan Radley reste chez lui à lire des poèmes.

Il approche du panneau du village. Il tend la bouteille à bout de bras comme s'il voulait reprendre une balle de volée avec sa raquette de tennis et la fracasse contre le métal.

Il trouve ça marrant comme tout et regarde ce qui reste de la bouteille dans sa main. La vue du verre brisé lui donne une idée. Une minute plus tard, il passe devant Lowfield Close et décide de faire un détour. Il avise, garée devant le bâtiment, la petite Corolla minable que le père d'Eve conduisait ce soir. Il jette un coup d'œil circulaire puis descend prestement de son vélo et le couche sur la route. Il tient à la main la bouteille brisée.

Il s'accroupit à côté de la voiture et appuie le morceau de verre le plus pointu contre un pneu. Il essaie de l'enfoncer et de lui imprimer un mouvement de va-et-vient, mais en vain. Alors, avisant une pierre descellée à côté d'un mur de jardin, il la ramasse, remonte sur son vélo et, le pied sur la pédale, lance la pierre dans le pare-brise, vers le siège du passager.

Le bruit du verre brisé le dessaoule au lieu de lui fournir le frisson de plaisir attendu.

Il file et pédale à toute vitesse vers chez lui avant que quiconque ait pu se lever pour tirer les rideaux.

SAMEDI

Le sang ne satisfait pas les désirs. Il les amplifie.

Manuel de l'Abstinent
(deuxième édition, p. 54).

Bonheur de la grève déserte

Peu de choses sont aussi belles qu'une autoroute déserte à quatre heures du matin.

Les lignes blanches et les panneaux lumineux signalent leurs instructions éclatantes, aussi indifférents à l'attention que leur portent les humains que les mégalithes de Stonehenge au destin des pitoyables abstinents des temps anciens qui les ont transportés à grand-peine à travers la plaine de Salisbury.

Les choses restent.

Les gens meurent.

Vous pouvez suivre les panneaux et les systèmes que vous êtes censé suivre, ou renoncer à toute société et vivre selon vos instincts. Qu'avait dit Lord Byron un an ou deux après sa conversion ?

Charme des bois inviolés,
Bonheur de la grève déserte !

Et ailleurs, dans le même chant :

Oh, que ne puis-je avoir le désert pour refuge,
Avec pour égérie une amie de lumière,

Rejeter dans l'oubli toute la race humaine,
Et sans en haïr un seul, n'aimer, n'adorer qu'elle.

N'adorer qu'elle. Voilà la malédiction de beaucoup de vampires. Ils recherchent une multitude, mais ne désirent vraiment qu'une seule femme.

Oui, songe Will, *Lord B est insurpassable.*

Mais Jim Morrison le talonne, admet Will, en tapotant sur son volant au rythme de *Twentieth Century Fox.* Et Hendrix ne se défend pas mal non plus. Comme les Stones quand le vampire était encore avec le groupe. Tout ce rock des années soixante, shooté à l'ego et au sang, que leur père, à Peter et à lui, leur faisait écouter quand ils étaient tout petits.

Will remarque que le ronron du moteur commence à devenir rauque, et un regard sur la jauge lui révèle qu'il n'a plus beaucoup d'essence. Il s'arrête à un garage ouvert vingt-quatre heures sur vingt-quatre et fait le plein.

Parfois, il paie son essence. Parfois non. L'argent ne compte absolument pas pour lui. Il pourrait avoir des millions s'il voulait, mais que pourrait lui acheter l'argent qui soit aussi bon que ce qu'il peut goûter gratis ?

Ce soir, il se sent d'humeur à payer, alors il entre dans la station-service avec son dernier billet de vingt livres. (Trois soirs plus tôt, il était allé à une soirée de speed-dating au Tiger Tiger Bar, à Manchester, où il avait rencontré une fille avec un cou comme il les aimait et deux cents livres fraîchement retirées du distributeur.)

Un jeune homme est assis derrière le comptoir, à lire *Nuts*[1]. Il ne remarque Will que lorsque celui-ci est devant lui et pousse le billet sous son nez.

« Pompe numéro 3, dit-il.

– Hein ? » demande le garçon, ôtant l'un des écouteurs de son iPod. Will distingue vaguement le bourdonnement ténu de la *house* qu'il écoutait ; on dirait le pouls secret de la nuit, son murmure.

« Voilà pour la pompe 3 », reprend Will.

Le jeune hoche la tête en mâchonnant son chewing-gum, et enregistre les données sur la caisse.

« Il n'y a pas assez », dit-il.

Will ne répond pas, mais le regarde.

« Ça fait vingt livres et sept pence, répète le garçon.

– Pardon ? »

Le jeune perçoit sa propre peur, mais sans enregistrer ce qu'elle lui dicte. « Vous avez un peu dépassé.

– De sept pence.

– Oui.

– J'ai dépassé de sept pence ? Tant que ça ?

– Oui. »

Will tapote le visage de la reine sur le billet. « C'est tout ce que j'ai, malheureusement.

– Nous prenons les cartes. Visa, Mastercard, Delta…

– Je n'ai pas de carte bleue. Je n'ai aucune carte. »

1. Magazine de charme britannique.

Le jeune hausse les épaules. « Oui, bon, c'est vingt livres sept pence. » Il suce sa lèvre supérieure pour bien souligner le fait incontournable qu'il vient d'énoncer.

Will le regarde, ce garçon assis là, avec son blouson de survêtement, son magazine et son iPod, ses essais malencontreux de coiffure et de barbe pour se donner un look inédit, créé de toutes pièces par lui-même. Mais dans son sang, il doit y avoir le goût de ses origines lointaines, de la longue lutte acharnée pour la survie de centaines de générations, les échos d'ancêtres dont il n'a jamais entendu parler, des traces de temps plus merveilleux et plus épiques encore, un soupçon des semences premières qui lui ont donné vie.

« Ça compte vraiment pour toi, ces sept pence ? lui demande Will.

– Pour le directeur, ça compte. »

Will soupire. « Il y a des soucis plus sérieux, tu sais ! »

Il se pose des questions au sujet de ce garçon. Parfois certains savent inconsciemment qui il est et inconsciemment ils font tout pour que ça leur arrive. Est-ce le cas ?

Will s'éloigne et regarde son fantôme gris sur l'écran de vidéosurveillance. Il va jusqu'à la porte, mais ne l'ouvre pas.

« Vous ne pouvez pas partir sans avoir payé la totalité. »

Will sourit, franchement amusé par la mesquinerie typique du profane qui se manifeste là. « Sérieusement, c'est à ça que tu estimes ta vie ? À sept pence ? Mais qu'est-ce qu'on peut acheter avec sept pence ?

– Je ne vous laisse pas partir. La police est en route, mon vieux. »

Will songe à Alison Glenny, chargée de mission auprès de la direction de la police du Grand Manchester, qui veut sa peau depuis des années. *Eh oui, la police est toujours en route*, se dit-il.

Il retourne vers le comptoir. « Tu as une petite sympathie pour moi ? C'est ça ? Tu vois, ce que je crois, moi, c'est que cette petite discussion entre nous représente un enjeu beaucoup plus grand. Je crois qu'en réalité, tu es un garçon très solitaire, qui a un boulot très solitaire. Un boulot où on se met à avoir envie de certaines choses. De compagnie humaine, de… contacts…

– Dégage, pédé ! »

Will sourit. « Parfait. Très convaincant, le numéro d'hétéro. À cent pour cent. Dis-moi, qu'est-ce que tu as le plus redouté : que je te tues ou que tu y prennes plaisir ?

– La police arrive.

– Très bien. Dans ce cas, tu ferais bien de m'ouvrir ta caisse.

– Hein ?

– J'ai dit "Ouvre la caisse". »

Le garçon tend la main sous le comptoir, sans lâcher Will des yeux, et en sort un couteau de cuisine.

« Ah, le couteau. L'arme phallique d'intrusion et de pénétration.

– Vous allez foutre le camp, oui ?

– L'ennui, c'est qu'avec un type comme moi, tu aurais besoin de quelque chose de beaucoup plus gros. Quelque chose qui pourrait me transpercer. »

Will ferme les yeux et fait appel à tous ses pouvoirs familiers. Il se métamorphose en un instant et commence à prendre possession de l'esprit de l'autre.

Le garçon le regarde. La peur se transforme en faiblesse, puis en soumission absolue.

« Tu vas poser le couteau, ouvrir le tiroir-caisse et me donner quelques-uns des petits portraits sur papier de la reine qui sont rangés là-dedans. »

Le garçon est désorienté. La bataille perdue est inscrite sur son visage. Sa main tremble, le couteau s'incline, tombe sur le comptoir.

« Ouvre le tiroir. »

Il ouvre le tiroir.

« Maintenant, donne-moi l'argent. »

Une poignée de billets de dix et vingt livres dérisoires passe par-dessus le comptoir.

Cela devient trop facile. Will désigne l'arrière du comptoir.

« Tu vas appuyer sur ce petit bouton et débloquer la porte. »

Le garçon passe à nouveau la main sous le comptoir et appuie sur un interrupteur.

« Tu veux que je te caresse la main ?

Le garçon hoche la tête. « S'il vous plaît. » Une main atterrit sur le comptoir. Constellée de taches de rousseur, les ongles rongés.

Will lui caresse la main et trace un petit huit sur la peau. « Voilà, quand je serai parti, tu diras à la police que c'était une erreur. Et quand ton patron te demandera où est passé l'argent, tu diras que tu ne sais pas parce que tu ne sauras pas. Mais tu te rendras peut-être compte alors qu'il est dans la poche d'un homme meilleur. »

Il s'éloigne, pousse la porte et sort. Une fois dans son camping-car, Will sourit en voyant le garçon remettre ses écouteurs sur ses oreilles, sans aucun souvenir de ce qui vient de se passer.

Œufs brouillés

« Ne viens pas ici. S'il te plaît. »

Autour de la table, personne n'entend la prière de Helen, murmurée en direction des œufs brouillés qu'elle remue dans la casserole. Noyés dans le ronron de Radio 4, les mots ne risquent pas d'être entendus.

Tout en continuant à tourner, Helen pense aux mensonges qu'elle a inventés. Des mensonges qui ont commencé quand ses enfants étaient au berceau, et qu'elle a dit à ses amies du National Childbirth Trust[1] qu'elle allait passer au lait maternisé parce que la sage-femme craignait des « problèmes de lactation ». Elle n'avait pu se résoudre à admettre que, même avant que leurs dents poussent, les enfants mordaient si fort qu'ils la faisaient saigner. À cet égard, Clara avait été pire que Rowan, et Helen avait avoué, penaude, à ses amies adeptes de l'allaitement au sein qu'elle se rabattait sur le biberon au bout de trois semaines seulement.

Elle sait que Peter a raison.

1. Organisation de conseils et d'aide aux femmes enceintes, qui préconise notamment l'allaitement au sein.

Elle sait que Will a des contacts et certains dons. Quel est le mot pour désigner l'un d'eux, déjà ? *Suggestionner*. Il était capable de suggestionner ses interlocuteurs. Un pouvoir d'hypnose puisé dans tout le sang consommé. Mais il y a des choses que Peter ignore encore. Il ne mesure pas ce avec quoi il joue.

Les œufs sont trop cuits, elle s'en rend compte et doit racler le fond qui a attaché, puis se retourne pour servir à chacun sa part sur un toast.

Son fils la regarde, déconcerté par ce simulacre de normalité.

« C'est samedi. Le jour des œufs brouillés, explique-t-elle. C'est samedi.

– Petit déjeuner chez les vampires.

– Ça va, Rowan », dit Peter tandis qu'une part d'œufs brouillés atterrit mollement sur sa tranche de pain grillé.

Helen offre des œufs à Clara qui accepte d'un hochement de tête, s'attirant un soupir méprisant de son frère.

« Bien, dit Helen en s'asseyant. Votre père et moi avons discuté. Si nous voulons faire front en famille et éviter les ennuis, nous devons agir comme nous le ferions en temps normal. Ce que je veux dire, c'est que les gens vont commencer à parler de ce qui s'est passé hier soir et à poser des questions. La police aussi, probablement. Mais pour l'instant, ce n'est pas encore une affaire de personne disparue, donc rien de plus grave à plus forte raison. Il faut que vingt-quatre heures soient écoulées… »

Elle regarde Peter pour qu'il l'appuie.

« Votre maman a raison », dit-il. Et ils regardent tous Clara manger ses œufs brouillés.

« Tu manges des œufs, commente Rowan. Les œufs, ça vient des poules, et les poules sont des êtres vivants.

– Je ne m'en serais pas douté, dit Clara en haussant les épaules.

– Écoute, il faut qu'elle revienne à son régime normal », intervient Peter.

Rowan se souvient du ton léger de son père la veille lorsqu'il lui dévidait sa liste de vampires célèbres. Puis de Clara, expliquant ses principes végétaliens la semaine dernière à la même heure.

« Personne ne se souvient plus du discours sur la Shoah des poulets auquel on a eu droit la semaine dernière ?

– Ceux-ci sont élevés en liberté », dit sa mère.

Clara lance à Rowan un regard acéré. Sans les lunettes, ses yeux luisent avec une vivacité nouvelle. Rowan lui-même est forcé de s'avouer qu'il ne lui a jamais vu meilleure mine. Ses cheveux ont l'air plus brillants, son teint est plus coloré, sa posture même a changé. Au lieu d'avoir la tête docilement penchée en avant, les épaules voûtées, elle se tient droite comme une danseuse et sa tête repose sur son cou avec la légèreté d'un ballon à l'hélium. On dirait qu'elle échappe aux lois de la pesanteur.

« Et alors ? » lui demande-t-elle.

Rowan regarde son assiette. Il ne va rien pouvoir avaler.

« C'est ça qui arrive ? Tu goûtes au sang et tes principes disparaissent en même temps que tes lunettes ?

– Il faut qu'elle mange des œufs, intervient Helen. S'en abstenir n'a rien arrangé à son problème.

– C'est vrai », renchérit Peter.

Rowan secoue la tête. « On dirait que ça ne lui fait ni chaud ni froid. »

Helen et Peter échangent un regard. Rowan a visé juste, indiscutablement.

« Écoute, Rowan, je t'en prie. C'est important. Je sais que tu as eu beaucoup de choses à assimiler. Mais nous devons aider Clara à se remettre de sa crise, dit sa mère.

– À t'entendre, on croirait qu'il s'agit d'asthme. »

Peter lève les yeux au ciel en entendant sa femme. « Helen, elle a pris une grande quantité de sang. C'est un peu extrême de croire que nous pouvons nous conduire en tout comme si de rien n'était.

– Oui, tu as raison, admet-elle. Mais nous allons le faire quand même. Passer le cap. Et pour ça, il faut continuer. Comme d'habitude. Papa ira travailler. Lundi, vous irez au lycée. Mais aujourd'hui, peut-être que Clara devrait rester à la maison. »

Clara pose sa fourchette. « Je dois sortir avec Eve.

– Clara, je…

– Maman, c'était prévu. Si je n'y vais pas, ça paraîtra bizarre.

– Ah oui, en effet, il faut se comporter normalement », dit Helen.

Rowan hausse les sourcils et mange ses œufs. Mais quelque chose semble perturber Clara.

« Pourquoi a-t-on toujours Radio 4 branché alors que personne n'écoute ? C'est agaçant. C'est pour prouver qu'on est des bourges ou quoi ? »

Rowan regarde la personne qui a pris possession de sa sœur aujourd'hui. « La ferme, Clara.

– Toi, la ferme.

– Non mais je rêve. Tu ne ressens rien ? »

Peter soupire. « Les enfants, je vous en prie.

– Tu ne pouvais pas saquer Harper, de toute façon », dit Clara en observant son frère comme si c'était lui qui avait un comportement bizarre.

Rowan prend ses couverts, puis les repose. Il est épuisé, mais la colère le réveille. « Il y a des tas de gens que je ne peux pas saquer. Tu vas liquider le village pour moi ? Il suffit de demander ? C'est ça ? Alors, je te signale que l'autre jour, la bonne femme de chez le traiteur ne m'a pas rendu correctement la monnaie… »

Helen regarde son mari, qui tente de nouveau de calmer le jeu.

« Les enfants », dit-il en levant les mains, paumes ouvertes. Mais Rowan et Clara sont absorbés par leur dispute.

« Je me suis défendue. Et toi, si tu n'avais pas du sang de navet, tu serais bien mieux dans ta peau.

– Du sang de navet. Super. Merci, madame la comtesse Clara de Transylvanie pour cette pensée du jour.

– Va te faire foutre.

– *Clara !* » Cette fois, c'est Helen qui intervient, versant son jus d'orange à côté de son verre.

Clara repousse sa chaise qui racle le sol et prend la porte, furieuse. Ce qu'elle n'a jamais fait de sa vie.

« Allez tous vous faire foutre. »

Rowan s'appuie au dossier de sa chaise et regarde ses parents. « C'est maintenant qu'elle se transforme en chauve-souris ? »

La gent damnée

Alors, nous y voilà. Le septième cercle de l'enfer.

En traversant le village au volant de sa voiture, Will enregistre tout ce que la grand-rue a à offrir. Un magasin de chaussures d'enfants peint en violet et appelé Clochette, un pub à l'aspect sage et un petit traiteur bien comme il faut. *Un sex-shop ?* Non, un magasin de déguisements pour profanes qui, ne se supportant pas eux-mêmes, sont persuadés qu'une soirée en perruque afro et pattes d'eph pailletées soulagera leur mal de vivre. Puis un pharmacien en guise de plan B. Même avec l'encapuchonné de service qui promène son chien psychotique et récalcitrant, tout a un air douillet parfaitement oppressant qui donne l'impression d'une vie vécue en sourdine. Il s'arrête au feu pour laisser traverser un vieux couple. Les deux lèvent lentement une main fragile pour le remercier.

Il poursuit sa route, passe devant un bâtiment bas en retrait de la route, et à demi-caché par des arbres. Un cabinet médical, annonce le panneau de sécurité sociale à l'extérieur. Il imagine son frère là-dedans, jour après jour, entouré de corps malades, inmordables.

C'est par moi que l'on va dans l'éternelle souffrance, songe-t-il, se remémorant ce passage de Dante. *C'est par moi que l'on va parmi la gent damnée. Abandonnez tout espoir, vous qui entrez ici.*

Il y est. Un petit panneau noir et blanc, presque caché par les feuilles vertes de buissons exubérants.

Orchard Lane.

Will ralentit et tourne à gauche. Il frémit quand le soleil bas, rasant les toits des maisons cossues, le cueille.

L'univers lent et tranquille que suggérait la grand-rue est ici encore plus lent et plus tranquille. Les maisons individuelles du début et de la fin du dix-huitième siècle, construites avant que Byron ne fasse croire à sa première mort, ont toutes dans leur allée des voitures bien astiquées et discrètement coûteuses. Elles paraissent prévues pour n'aller nulle part, comme si elles se contentaient de ruminer sur leur âme technologique.

Une chose est certaine, se dit-il. *Un camping-car remontant à l'époque de Woodstock va se remarquer comme le nez au milieu de la figure dans ce secteur.*

Il se gare en face de la maison, sur un étroit bas-côté herbu.

Il regarde le numéro 17. Une grande maison élégante, individuelle et à deux pignons ; elle ne peut cependant rivaliser avec celle d'à côté, qui est encore plus grande. Il regarde le monospace des Radley. *La voiture idéale pour famille normale, heureuse.* Oui, de l'extérieur, ils sauvegardent les apparences.

Est-ce l'effet du soleil ? Il se sent faible. Il n'a pas l'habitude d'être éveillé à cette heure-là. *C'est peut-être une erreur.*

Il a besoin de force.

Alors, comme toujours quand il a cette sensation, il tend une main derrière lui et attrape le sac de couchage roulé. Il plonge la main au milieu toujours tiède et en sort une bouteille de sang rouge sombre.

Il en caresse l'étiquette, regarde sa propre écriture.

L'ÉTERNELLE, 1992

Un rêve intact et parfait dans une bouteille.

Il ne l'ouvre pas. Ne l'a jamais fait. Jamais une occasion assez exceptionnelle ou extrême ne s'est présentée. Il lui suffit de la regarder, d'en toucher le verre, de penser au goût qu'aurait son contenu. Du goût qu'il avait, tous ces milliers de nuits auparavant. Au bout d'une ou deux minutes, il range la bouteille dans le sac de couchage et remet celui-ci où il était, à l'arrière.

Après quoi il sourit et sent monter en lui une chaleur qui pourrait être le bonheur, car d'ici quelques instants, il va la revoir.

Jolie

Clara regarde les posters accrochés à son mur.

Le basset tragique.

Le singe dans sa cage.

Le mannequin dont le manteau de fourrure laisse derrière lui une trace sanglante sur le podium. Elle les voit très nettement. En regardant ses doigts, elle distingue les lunules à la base de chaque ongle et peut compter les plis de sa peau sur les articulations. Et elle n'éprouve pas la moindre nausée.

En fait, elle se sent parfaitement en forme. Plus éveillée et pleine de vitalité qu'elle ne l'a jamais été. *J'ai tué Harper hier soir.* Un fait choquant, mais qui ne la choque pas. C'est juste un fait naturel, comme tout le reste. Et elle ne pourrait éprouver de culpabilité à ce sujet car elle n'a rien fait de mal délibérément. De toute façon, à quoi sert la *culpabilité* ? Toute sa vie, elle s'est sentie coupable sans raison réelle. Coupable de faire faire du mauvais sang à ses parents à cause de son régime. Coupable d'oublier de temps en temps de trier ses déchets. Coupable d'inspirer du dioxyde de carbone et d'en priver les arbres.

Non. Clara Radley en a fini avec la culpabilité.

Elle pense à ses posters. Quelle idée d'afficher des machins aussi laids ! Pourquoi ne pas les remplacer par quelque chose de plus joli ? Elle s'agenouille sur sa couette et les décroche.

Puis, une fois que le mur est nu, elle s'amuse devant sa glace à faire apparaître ses canines et les voir s'allonger, devenir plus pointues.

Dracula.

Pas Dracula.

Dracula.

Pas Dracula.

Dracula.

Elle étudie ses crocs blancs et recourbés. Elle en sent la forme, en appuie la pointe contre son doigt. Une grosse perle de sang apparaît, luisante comme une cerise. Elle le goûte et jouit de l'instant avant de reprendre une apparence tout à fait humaine.

Pour la première fois de sa vie, elle se rend compte qu'elle est jolie. *Je suis jolie.* Et elle reste là, bien droite, souriante et fière, savourant sa beauté, ses posters contre la vivisection froissés à ses pieds.

L'une des autres métamorphoses qu'elle a remarquées, c'est qu'elle se sent très légère. Hier et tous les jours qui ont précédé, elle avait toujours eu conscience d'un poids sur elle, elle avançait en traînant les pieds et se tenait les épaules en avant, ce qui agaçait ses professeurs. Mais aujourd'hui, elle ne sent plus aucun poids. Et en se concentrant sur cette légèreté, elle remarque que ses pieds ne touchent plus le tapis, mais flottent juste au-dessus des posters froissés.

C'est alors qu'elle entend la sonnette de l'entrée et redescend sur le sol.

N'invitez jamais chez vous un vampire pratiquant, même si c'est un ami ou un membre de votre famille.

Manuel de l'Abstinent
(deuxième édition, p. 87).

Décoré avec goût

Debout dans l'entrée, Helen assiste à l'événement en spectatrice. Elle laisse son mari inviter l'arrivant à entrer et lui donner l'accolade. Il sourit et tourne vers elle un visage qui n'a rien perdu de son pouvoir.

« Oui, ça fait longtemps », dit Peter, dont la voix paraît lointaine alors qu'il se trouve tout près.

Will garde les yeux fixés sur Helen tout en prolongeant l'accolade. « Tu parles d'un message, Pete ! Aide-moi, Obi-Wan Kenobi, tu es mon seul espoir.

– C'est vrai, dit Peter, gêné. On a vécu un cauchemar. Mais c'est réglé. »

Will ignore la remarque et se concentre sur Helen, qui trouve soudain l'entrée excessivement étroite. Les murs et les aquarelles se rapprochent de plus en plus, la claustrophobie l'étreint, et elle se sent prête à exploser lorsque Peter ferme la porte et que Will l'embrasse sur la joue.

« Eh bien ! Helen ! On dirait qu'on s'est quittés hier !

– Ah oui ? répond-elle, crispée.

– Mais oui. » Il sourit et regarde autour de lui.

« Décoré avec goût, tout ça. Et les enfants, quand est-ce qu'on me les présente ? »

Gêné, Peter lâche. « Eh bien, euh, maintenant. »

Quant à Helen, toute volonté anéantie, elle le conduit à la cuisine, la mine aussi sombre qu'un croque-mort. Clara n'est pas là, ce que Helen regrette en un sens, ne serait-ce que pour lui éviter d'affronter seule le regard interrogateur de Rowan.

« Qui est-ce ? demande-t-il.

– Ton oncle.

– Mon oncle ? Quel oncle ? »

Rowan est perplexe. On lui a toujours dit que ses parents étaient enfants uniques. Et voilà qu'apparaît l'oncle mystère, et que son père lui annonce avec un sourire penaud : « Eh bien voilà, c'est mon frère, Will. »

Meurtri, Rowan ne répond pas au sourire de son oncle. Helen devine ce qu'il pense : *Encore un mensonge dans une vie qui en est pétrie.*

À son grand désarroi, Will s'installe dans la chaise de Peter et regarde le paysage exotique qui s'offre à lui : paquets de corn-flakes et pain racorni dans le porte-toasts.

« Alors, c'est ça, le petit déjeuner », dit Will.

Helen regarde avec désespoir la scène sous ses yeux. Elle est déchirée par le besoin urgent de dire mille choses à Will et l'impossibilité de lui adresser la parole. Il faut qu'il parte. Peter doit lui dire de partir. Elle tire sur la chemise de son mari en sortant de la pièce.

« Il faut qu'il parte de chez nous.

– Calme-toi, Helen. Ça va.

– Je n'en reviens pas, que tu aies laissé ce message. Je n'en reviens pas que tu aies fait une chose pareille. C'est une énorme erreur. »

Furieux maintenant, Peter se pétrit le front d'une main. « Mais bon sang, Helen ! C'est mon frère. Je ne comprends pas pourquoi tu pètes un plomb en le voyant. »

Helen essaie de ralentir son débit, de parler d'une voix normale tout en jetant un coup d'œil par l'entrebâillement de la porte. « Je ne pète pas un plomb. Je me sens plombée. C'est que… Mais enfin, la dernière fois qu'on l'a vu, on était… *tu sais bien*. Il représente notre passé. Le mal qu'on a laissé derrière nous en nous installant ici.

– Tu dramatises. Écoute, il peut nous aider. Tu sais, on risque de sérieux ennuis. Avec toute cette affaire de Clara. Et tu te souviens de ses talents. De sa façon d'être avec les gens, avec la police. Il peut être très persuasif, charmer ses interlocuteurs.

– Les suggestionner ? C'est ça que tu préconises ?

– Peut-être, oui. »

Elle regarde son mari et se demande combien de sang il a avalé la nuit précédente. Assez pour oublier ses priorités, apparemment.

« Eh bien pour l'instant, il est sous notre toit, en train de *charmer* notre fils, qui est vulnérable. Il peut lui raconter n'importe quoi. »

Peter la regarde comme si elle était en pleine hystérie. « Helen. Réfléchis. Les vampires ne peuvent pas suggestionner d'autres vampires. Il ne peut pas faire croire à Rowan une chose qui n'est pas vraie. »

Sa remarque ne fait qu'accroître l'agitation de Helen. Elle secoue furieusement la tête. « Il faut qu'il s'en aille. Il faut qu'il s'en aille. Allez. Fais-le partir. Avant qu'il ne… » Elle s'interrompt et se rappelle que Peter ignore presque tout. « Je t'en prie, fais-le partir. »

Rowan regarde son oncle mordre dans un toast de pain complet froid.

Il se rend compte qu'il y a chez lui une légère ressemblance avec son père, mais il est obligé de se livrer à de sérieux remaniements d'images dans sa tête pour le voir vraiment. Il faut qu'il fasse abstraction de la barbe de trois jours, de l'imperméable et des vieilles santiags noires. Qu'il étoffe un peu le visage de Will et son tour de taille, ajoute environ dix ans à sa peau, l'imagine avec des cheveux plus courts, troque le T-shirt Nico contre une chemise à col et l'imagine avec le regard éteint. Moyennant quoi, en faisant tout ça, il pourrait arriver à obtenir un personnage ressemblant vaguement à son père.

« Les hydrates de carbone », dit Will en parlant du pain grillé qu'il mâche sans chercher à fermer la bouche. « J'ai tendance à négliger ce groupe d'aliments. »

La gêne qu'éprouve Rowan à se retrouver assis à la table du petit déjeuner avec un inconnu débraillé qui est aussi un proche parent réussit à freiner un peu sa colère. Il reste à la table en s'efforçant de ne pas alimenter la conversation.

Will avale sa bouchée et agite le reste du toast vaguement en direction de Rowan. « Tu n'avais jamais entendu parler de moi, hein ? Quand je suis entré, tu as fait une tête...

– Non.

– Il ne faut pas trop en vouloir à tes parents. Je ne leur reproche rien, tu sais. Il y a tout un passé derrière ça. Les liens du sang, c'est la meilleure et la pire des choses. Tes parents n'ont pas toujours eu des principes, tu comprends.

– Alors vous êtes toujours... euh... »

Son oncle fait semblant d'être embarrassé. « *Un vampire* ? Le mot est une provocation, et il est associé à trop de clichés, de romans pour filles. Mais oui. J'avoue. Vampire et pratiquant. »

Rowan regarde les miettes et les petits reliefs d'œufs brouillés restés dans son assiette. Est-ce la colère ou la peur qui lui fait battre le cœur si vite ? Mais il réussit à exprimer l'idée qu'il a en tête. « Et... euh... les valeurs morales dans tout ça ? »

Son oncle soupire, comme s'il était déçu. « Lesquelles choisir, voilà le hic. En ce moment, le marché est un peu saturé. Rien que d'y penser, ça me donne la migraine. Moi, je m'en tiens au sang. C'est plus simple. Avec le sang, on sait exactement où on en est.

– Alors vous assassinez les gens à votre gré ? C'est ça ? »

Will ne dit rien. Il a juste l'air déconcerté. Rowan frémit, comme la terre qui recouvre un corps encore en vie. C'est alors que son père revient dans la cuisine, l'air gêné. *Non*, se dit Rowan*, c'est Will l'aîné, à l'évidence.*

« Will, on peut se parler ?

– Oui, Peter, on peut. »

Sans bouger, Rowan les regarde quitter la pièce. Son eczéma flambe de plus belle, et il se gratte le bras à grands traits furieux et violents. Pour la deuxième fois en moins de douze heures, il souhaite mourir.

Will regarde le tableau aux couleurs sourdes et raffinées accroché dans l'entrée. Une aquarelle à moitié abstraite représentant un pommier, avec un petit H marron dans le coin en bas.

Mais c'est Will que Peter regarde, lui. Il a à peine changé, et il doit toujours mener la même vie. Son frère aîné paraît au moins dix ans de moins que lui, il a une lueur canaille dans le regard et l'air d'être de plain-pied avec quelque chose que Peter a depuis longtemps perdu, mais quoi ? *La liberté ? Le goût du danger ? Celui de la vie ?*

« Écoute, Will, commence-t-il, mal à l'aise. Je sais que tu as fait l'effort de venir ici et c'est un geste que nous apprécions beaucoup, crois-moi, mais tu vois... »

Will hoche la tête. « Un pommier. On n'a jamais assez de pommiers.

– Pardon ?

– Tu sais que ce sont toujours les pommes qui récoltent toute la gloire, pas vrai ? dit Will, comme s'ils reprenaient une conversation qu'ils venaient d'avoir. Toujours ces putains de pommes. Alors que c'est l'arbre lui-même qui est intéressant. Le bon vieux pommier originel. »

Peter comprend ce à quoi Will fait allusion. « Ah oui. C'est un tableau de Helen.

– Mais je dois reconnaître que... *de l'aquarelle* ? J'aimais bien ses huiles, au temps où elle peignait des nus. Elle avait de la griffe à l'époque.

– Écoute, ce qu'il y a... », dit Peter, qui a le plus grand mal à transmettre le message de Helen.

Will, son frère qu'il n'a pas vu depuis bientôt deux décennies, a été *invité* chez eux. Et désinviter des vampires, à plus forte raison des parents du même sang, n'est jamais chose facile.

« Mon petit Peter, c'est super, mais on ne pourrait pas faire la mise à jour un peu plus tard ?

– Pardon ? »

Bâillement théâtral de Will. « La journée a été rude, dit-il. Et j'ai dépassé l'heure où je me couche d'habitude. Mais ne t'en fais pas et ne sors pas le lit à eau. Je risquerais de le percer pendant mon sommeil, tu sais, si je fais certains rêves. D'ailleurs, j'en ai pas mal en ce moment, de ceux-là. » Will met ses lunettes de soleil et embrasse à nouveau son frère sur la joue. « Tu m'as manqué, petit frère. »

Il sort de la maison.

« Mais... », dit Peter, conscient qu'il est trop tard.

La porte se referme. Il la regarde, frustré, et se rappelle le passé, où Will avait toujours une longueur d'avance. Il regarde le nuage flou de feuilles et les tout petits points rouges figurant les pommes. Il n'est pas d'accord avec Will. Il trouve que la technique de sa femme s'est améliorée avec les années, est devenue plus subtile, plus maîtrisée. Il aime bien la clôture au premier plan, quelques coups de pinceau, des lignes brunes rappelant le tronc. Ces derniers temps, les clôtures sont devenues un thème important dans son travail, et il l'a interrogée là-dessus un jour. Étaient-elles là pour protéger ou pour limiter ? Elle n'avait pas répondu. Elle n'avait pas su quoi dire. Sans doute avait-elle pris cela pour un coup de dents, ce qui était peut-être le cas, mais ne visait assurément pas sa peinture en soi. D'ailleurs, il l'avait encouragée à exposer dans ce salon de thé de Thirsk et avait été vraiment surpris qu'elle n'ait rien vendu. (Il lui avait dit qu'elle ne demandait pas assez cher. Des prix plus élevés auraient cautionné la valeur de ses toiles, d'autant que Thirsk n'était pas exactement le centre effervescent du monde de l'art.)

« Qu'est-ce qu'il a dit ? » La voix de sa femme, tendue, impatiente, le sort de sa torpeur pensive.

« Il n'écoutait pas. Il est sorti, c'est tout. »

Helen semble plus contrariée qu'irritée par l'information.

« Oh, Peter, il faut qu'il s'en aille. »

Il hoche la tête, se demandant comment ils vont pouvoir obtenir cela, et pourquoi cela semble être aux yeux de Helen le problème majeur à affronter ce week-end. Plus important que la disparition d'un adolescent, les ragots des habitants du village et la police.

Elle est là, à moins d'un mètre ; bien qu'il n'y ait pas de clôture entre eux, elle pourrait tout aussi bien être un point à l'horizon. Il s'avance et veut lui poser une main rassurante sur l'épaule, mais avant que son geste ait abouti, elle s'est détournée et est repartie vers la cuisine remplir le lave-vaisselle.

Schéma tantrique d'un pied droit

Chez les voisins des Radley, au 19, Orchard Lane, tout est silencieux.

Couchée à côté de son mari, Lorna Felt a une légère gueule de bois mais elle est détendue, et pense à la mine effarée de Peter après la discrète avance qu'elle lui a faite sous la table. Elle regarde le tableau en face du lit de leur chambre. Le schéma tantrique d'un pied droit, une gravure d'un *yantra* hindou du dix-huitième siècle répertoriant toute la structure interne et les points énergétiques du pied, qu'elle avait achetée sur e-Bay.

Mark n'était pas d'accord pour qu'elle l'accroche au mur, bien entendu. Pas plus qu'il n'était d'accord pour que ses clients à elle ôtent leurs chaussettes dans son salon à lui.

Malgré tout, elle se blottit contre lui tandis qu'il s'éveille.

« Bonjour, murmure-t-elle d'une voix sensuelle à son oreille.

– Mmmouais, 'jour », répond-il.

Nullement découragée, elle glisse la main sous son T-shirt et lui caresse la peau avec des doigts légers comme des plumes. Elle les glisse plus bas, déboutonne son boxer et flatte son pénis flasque aussi tendrement que s'il était une souris apprivoisée. Et ces caresses douces et attentives produisent l'effet voulu sur Mark. Il l'embrasse et ils vont droit au but. Lequel s'avère décevant pour Lorna, comme très souvent – un trajet direct de A à B, alors qu'elle aimerait une exploration un peu plus complète de l'alphabet.

Sans qu'il sache pourquoi, quand Mark ferme les yeux et décharge en elle, il a une image très nette du canapé de ses parents. Celui qu'ils avaient pris en location-vente le jour du mariage de Charles et Diana, en guise de célébration. Il le revoit tel qu'il est resté pendant un an, avec son emballage plastique, au cas où quelqu'un aurait eu envie de s'y vautrer confortablement, au risque de le salir. (« Il faut que tu apprennes à *respecter* les objets, Mark. Tu sais combien il a coûté ? »)

Ils restent étendus, chacun absorbé dans ses pensées. Lorna a de nouveau la tête qui tourne un peu.

« Si seulement on pouvait passer la journée au lit », dit Mark lorsqu'il a retrouvé son souffle. Mais il ne parle pas sérieusement. Il n'a pas fait une grasse matinée depuis qu'il a dix-huit ans.

« Oui, on pourrait passer *un peu plus* de temps ensemble, hein ? », dit Lorna.

Mark soupire, puis secoue la tête. « Il faut que… J'ai des choses… cette sale affaire de loyer… »

Mark sort du lit et passe dans la salle de bains. La main de Lorna reste du côté du lit qu'il occupait et sent l'inutile chaleur qu'y a laissé son corps.

En l'entendant faire pipi bruyamment dans la cuvette, elle décide de prendre rendez-vous en urgence avec Peter (il *faut* que ce soit Peter). Et elle sait qu'aujourd'hui, elle aura peut-être le courage de demander à son voisin ce qu'elle a envie de lui demander depuis le jour où elle a senti sur elle son regard intense, assoiffé, à leur barbecue de l'an dernier.

Elle décroche donc le téléphone de la chambre. Elle entend la voix de Toby sur la ligne. L'appareil en main, elle écoute en silence, ce qu'elle a déjà fait quand elle cherchait des preuves de la haine que lui vouait son beau-fils. *Pourquoi Mark ne la soutenait-il jamais quand il s'agissait de Toby ? Pourquoi ne s'apercevait-il pas du mépris que son fils lui témoignait ? Pourquoi Mark avait-il refusé de l'écouter et de le mettre en pension à l'école Steiner de York ? « C'est ça, quand il sera grand, il deviendra intermittent du spectacle au chômage »*, avait-il rétorqué. Et le sujet avait été clos.

« Bonjour. Stuart est là, Mrs. Harper, s'il vous plaît ? »

Puis elle entend Mrs. Harper. « Stuart ! Stuart ! *Stuart ?* » Ce dernier « Stuart » est si sonore que Lorna est obligée d'éloigner le téléphone de son oreille. « Stuart, paresseux, lève-toi, c'est Toby au téléphone. »

Mais on n'entend pas sur la ligne le moindre son de la part de Stuart Harper.

Fringues neuves

Eve est couchée. Elle porte le T-shirt qu'elle avait mis la nuit où sa mère a disparu, il y a deux ans. Elle l'aurait jeté sans cette circonstance particulière : il est déteint, plein de trous autour du cou, là où elle l'a mâchonné, et le logo célèbre un groupe qui ne l'intéresse plus.

Mettre le T-shirt à la poubelle aurait signifié couper encore un pont entre le Temps d'Avant et le Temps d'Après. Or il ne reste plus tellement de ponts entre les deux depuis qu'ils se sont installés ici.

Leur ancienne maison de Sale était très différente de cet endroit. Pour commencer, c'était une vraie maison, pas un petit deux-pièces conçu pour abriter des hôtes de passage. Elle avait une âme et chaque coin de chaque pièce contenait des souvenirs de sa mère. L'appartement était minable et engendrait un type de tristesse plus glaciale, la tristesse moderne des briques et des maisons de retraite.

Bien entendu, Eve comprenait en partie la situation. Elle savait qu'après la mise au chômage de son père, ils n'avaient plus les moyens de continuer à payer les traites de la maison. Mais tout de même.

Pourquoi aller s'installer dans un autre comté ? Pourquoi aller de l'autre côté des Pennines, à près de cent kilomètres de la cuisine où sa mère et elle dansaient en écoutant de vieilles chansons à la radio ?

Pourquoi abandonner le vieux lit où sa mère venait s'asseoir et parler des poèmes et des livres qu'elle étudiait pour préparer son diplôme ? Et où elle posait des questions à Eve sur le lycée, ses amis et ses petits copains ?

Elle ferme les yeux et la voit, dans la galerie de son esprit, avec ses cheveux courts et le bon sourire qu'Eve ne remarquait même pas. Là-dessus, son père entre dans sa chambre et brise le souvenir en lui disant qu'elle n'a pas le droit de sortir de tout le week-end.

« Hein ? », croasse-t-elle d'une voix qui signe la gueule de bois dont elle souffre.

« Désolé, Eve. Juste ce week-end. Tu restes à la maison. »

Il a encore le manteau qu'il avait mis pour aller Dieu sait où et un visage aussi rébarbatif qu'un barrage routier.

« Pourquoi ? » C'est tout ce qu'elle trouve à demander maintenant ; et comme toujours, sa question ne reçoit pas de réponse satisfaisante.

« Écoute, Eve, je te dis que tu ne dois pas sortir. Et si j'insiste, c'est parce que c'est important. »

Voilà. C'est tout ce à quoi elle a droit, et il sort.

Une ou deux minutes plus tard, le mobile d'Eve vibre sur la petite table. Elle regarde l'écran et voit s'afficher le nom de Clara. Avant de décrocher, elle sort du lit, ferme la porte et allume la radio.

Quand elle répond enfin, elle remarque que la voix de son amie est différente. Au lieu de son mode habituel combinant l'autodérision et la douceur, elle parle avec une assurance et une décontraction plus marquées.

« Alors, señorita, on va faire les filles dans les magasins aujourd'hui ?

– Je ne peux pas, lui dit Eve. Je suis bouclée.

– Bouclée ? Tu as dix-sept ans. Il ne peut pas faire ça. C'est illégal.

– Eh bien si. Légal ou pas, il s'en tape. Et de toute façon, j'ai pas de thune.

– Pas grave. Je paierai pour toi.

– Je ne peux pas. À cause de lui. Sérieux.

– Tu ne lui appartiens pas. »

La façon dont Clara a dit cela lui ressemble tellement peu qu'Eve se demande un moment si elle parle bien à son amie. « Tu as l'air différente aujourd'hui.

– Oui, dit la voix décontractée dans l'oreille d'Eve. Je me sens mieux. Mais j'ai vraiment besoin de nouvelles fringues.

– Hein ? Tu ne vomis plus ?

– Non. C'est fini. Mon père dit que c'était un virus. Un truc dans l'air. »

Eve entend frapper. « Il y a quelqu'un à la porte, dit-elle à Clara.

– Je sais, j'ai entendu.

– Mais comment ? Je viens juste d'entendre, moi… Enfin, il faut que j'y aille. Mon père ne répond pas.

– D'accord, dit Clara. Je passerai, alors.

– Non, je ne pense pas que ce soit une… »

Avant qu'elle ait pu finir sa phrase, Clara a raccroché. Alors, Eve sort de sa chambre pour aller répondre à la porte.

Elle fait semblant de ne pas entendre son père dans le salon, qui lui souffle : « Eve, n'y va pas. »

Elle ouvre et voit leur propriétaire qui penche vers elle son visage gras et la toise avec la mine arrogante et déterminée de l'homme qui n'est pas là pour plaisanter.

« Ton père est là ?

– Non, il est sorti.

– Tiens, comme par hasard. Eh bien dis-lui que je ne suis vraiment pas content. Il me faut le loyer des deux derniers mois d'ici la semaine prochaine. Sinon, vous devrez aller vous loger ailleurs.

– Il a trouvé du travail, lui dit Eve. Il va pouvoir vous payer maintenant, mais peut-être pas la semaine prochaine. Est-ce que, euh, est-ce que Toby vous a expliqué ?

– Toby ? Non, pourquoi ?

– Il avait dit qu'il vous expliquerait. »

Là-dessus, Mr. Felt lui sourit, mais de façon déplaisante. Face à ce sourire, Eve se sent idiote, comme si elle était la chute d'une histoire drôle qu'elle ne comprend pas.

Il se tourne, prêt à partir.

« La semaine prochaine, dit-il fermement. Sept cents livres. »

Petite crise de panique

Pendant le trajet du bus qui l'emmène à la ville, Clara a senti quelque chose. Une odeur exotique, intense, qu'elle n'avait jamais remarquée auparavant sur cette ligne 6, toujours bondée. Elle en a été désorientée au point de se sentir soulagée chaque fois que les portes s'ouvraient et que l'air frais lui parvenait pour lui remettre les sensations en place.

Et voilà que l'odeur lui chatouille à nouveau les narines, la submergeant, dans la cabine d'essayage de Topshop. Une étrange odeur grisante qui lui rappelle l'extase éprouvée la veille.

Et elle se revoit. Penchée sur le corps de Harper, inclinant la tête comme un vélociraptor vers ses blessures bouillonnantes afin de sucer sa vie jusqu'à extinction. Ce souvenir la fait trembler, mais elle ne sait si c'est d'horreur devant l'acte commis ou de jouissance à l'idée de pouvoir éprouver à nouveau cette sensation.

Elle se rend compte que cette odeur est celle du sang. Le sang qui coule dans tous les corps en train de se déshabiller dans les autres cabines.

Des filles qu'elle ne connaît pas, en plus de celle qu'elle connaît – celle qu'elle a réussi, à force de persuasion, à faire sortir de chez elle où son père voulait la garder.

Clara quitte les vêtements qu'elle essaie ; dans un état voisin de la transe, elle se sent attirée vers la cabine voisine de la sienne, prête à tirer les rideaux. Mais la panique lui donne la chair de poule, comme une ombre froide, juste à temps. Elle a des picotements dans les muscles, son cœur cogne.

Prenant conscience de ce qu'elle s'apprêtait à faire, elle se met à courir. Sort des cabines d'essayage en trombe, traverse le magasin, bousculant au passage un mannequin habillé façon années quatre-vingt avec un petit top et des crucifix en strass. Elle le renverse et il atterrit sur un portant, formant une sorte de pont.

« Pardon », dit Clara, hors d'haleine, mais sans s'arrêter. Les étiquettes électroniques déclenchent la sonnerie d'alarme lorsqu'elle sort, mais elle ne peut rebrousser chemin. Elle a besoin d'air pour dissiper son désir.

Un bruit de talons martelant le ciment résonne dans sa tête. Quelqu'un la poursuit. Elle s'engage dans une allée, passe devant des poubelles qui débordent, mais voit devant elle un mur en briques rouges. Un cul-de-sac.

Le préposé à la sécurité l'a acculée. Il parle dans le micro accroché à sa poche de chemise et s'avance vers elle.

« C'est bon, Dave. Je l'ai chopée. C'est juste une ado. »

Clara reste immobile, le dos au mur. « Je suis désolée, dit-elle. Je n'avais pas l'intention de voler quoi que ce soit. J'ai eu une petite crise de panique, c'est tout. J'ai de l'argent. Je peux… »

Le type de la sécurité sourit comme si elle venait de faire une plaisanterie. « Oui, ma belle. Tu expliqueras tout ça au poste. Mais je ne suis pas sûr qu'ils te croiront, tu sais. »

Il pose une main lourde sur son bras. Comme la main s'appuie, Clara fixe l'avant-bras où un tatouage représente une sirène dont le visage à l'encre bleue la regarde avec une sorte de compréhension mélancolique. Le garde commence à la tirer vers la rue. Lorsqu'ils atteignent l'extrémité de l'allée, Clara entend les pas des gens qui font leurs courses, et le bruit de leurs talons semble s'accélérer, un peu comme s'ils dansaient une gigue irlandaise. La main la serre plus fort et elle sent une bouffée de colère désespérée monter en elle. Elle tente de se dégager.

« Oublie », dit le garde.

Sans y penser, elle sort ses crocs. « Ne me touchez pas », lance-t-elle.

Il la lâche brusquement, comme si elle venait de le brûler. Il la regarde et se rend compte qu'elle sent l'odeur de son sang. Sa peur le consume, sa bouche s'ouvre et il s'éloigne à reculons, mains tendues en avant, repoussant l'air comme s'il voulait amadouer un berger allemand.

Clara observe la peur qu'elle a provoquée chez cet adulte et, prenant conscience de ce pouvoir terrible, se met à trembler.

Les femmes et les enfants d'abord

La matinée de Peter au cabinet se déroule dans le flou. Les patients viennent, ils s'en vont, et lui, il consulte machinalement. À mesure que passe la journée, il pense de plus en plus à la sensation éprouvée lorsqu'il s'élançait dans l'air hier, cette joie rapide, en apesanteur. Il a de plus en plus de mal à se concentrer sur le présent. Sur des choses telles que l'apparition de Mr. Bamber à la porte, le lendemain même de son examen rectal.

« Bonjour », dit Peter, qui pourrait être encore au-dessus de la mer du Nord tant la voix de son patient lui paraît lointaine. « Comment allez-vous ?

– Pas trop bien, à vrai dire, annonce le vieil homme en s'asseyant sur la chaise en plastique orange. C'est les antibiotiques. Ils me détraquent. »

Il se tapote le ventre pour préciser la partie de son corps concernée. Peter vérifie ses notes.

« Ah bon. Normalement, l'amoxycilline a peu d'effets secondaires. »

Mr Bamber soupire entre ses dents. « Ça perturbe mon contrôle. C'est plutôt gênant. Quand il faut que j'y aille, faut que j'y aille. On se croirait dans *Les Briseurs de barrages*. »

Le vieil homme gonfle les joues et mime le bruit d'un barrage qui explose. Peter se serait volontiers passé de cette information. Il ferme les yeux, se frotte les tempes pour apaiser un mal de tête qui avait disparu depuis des heures mais revient sournoisement.

« Eh bien soit, réussit-il à articuler. Je vais vous changer votre ordonnance et vous prescrire une dose plus faible. On verra ce que ça donne. »

Peter griffonne une ordonnance illisible, la tend et, avant d'avoir eu le temps de dire « ouf », il a un autre patient devant lui. Et un autre.

La bibliothécaire gênée avec une mycose vaginale.

L'homme à la toux incontrôlable.

Une patiente grippée.

Le vieux bonhomme en veste de cricket, qui ne bande plus.

Un hypocondriaque couvert de grains de beauté et qui, à force de chercher sur Google, est persuadé qu'il a un cancer de la peau.

Margaret, la postière, qui lui souffle au visage sa mauvaise haleine pour qu'il fasse un diagnostic (Non, Margaret, je vous assure, ça se remarque à peine).

À deux heures et demie de l'après-midi, Peter a déjà envie de filer. C'est samedi, quand même.

Samedi !

Sa-me-di.

Trois syllabes qui étaient jadis source d'une excitation délicieuse. En regardant la goutte de sang géante et bien rouge sur son mur, il se souvient de ce que signifiaient les samedis autrefois, quand Will et lui fréquentaient le Stoker Club de Dean Street à Soho, un club privé pour suceurs de sang militants, avant de se rendre parfois à Leicester Square en quête de chair fraîche, et de regarder ce qui était proposé. Ou parfois, s'ils s'étaient déjà gorgés de SV, ils s'envolaient au-dessus de la capitale, réglaient leur trajectoire de vol sur les méandres de la Tamise avant de filer pour un week-end débridé de vampires.

Valence. Rome. Kiev.

Parfois, ils chantaient la chanson stupide qu'ils avaient écrite, ados, pour leur groupe, les Hémo Globules. Il ne se la rappelle plus aujourd'hui. Plus tout à fait.

Mais c'était un mode de vie insouciant, immoral. Il avait été heureux de rencontrer Helen et de mettre la pédale douce. Naturellement, jamais il ne s'était douté qu'il cesserait complètement de boire du sang, frais ou non. Pas avant que Helen soit enceinte et exige qu'il revoie ses priorités. Non, il n'avait rien vu venir. Il n'avait pas prévu cet avenir de maux de tête et de monotonie, ces journées assises sur un fauteuil pivotant déglingué à attendre qu'un énième hypocondriaque entre dans son cabinet.

« Entrez », dit-il d'un voix lasse après avoir entendu les petits coups discrets frappés à sa porte.

Il ne lève même pas la tête. Il reste là, à griffonner des tubes de perfusion sur son bloc d'ordonnances, jusqu'au moment où il remarque un parfum vaguement familier. Il ferme quelques instants les yeux pour en savourer l'arôme, et quand il les rouvre, il voit Lorna, rayonnante de santé, en jean moulant et petit pull. On la dirait sortie des pages glacées du catalogue Boden[1] de Helen. Il se lève pour l'embrasser sur la joue, comme dans un dîner.

« Tiens, Lorna ! Tu sens bon.

– Ah oui ?

– Oui », répond-il, s'efforçant de se concentrer sur le seul parfum. « Très champêtre. Comment vas-tu ?

– Je t'avais dit que je prendrais rendez-vous.

– Oui, en effet. Assieds-toi. »

Elle s'installe sur la chaise. Un mouvement gracieux, se dit-il. On dirait une chatte. Une chatte birmane ondoyante, mais pas effarouchée.

« Et Clara, elle va bien ? demande-t-elle posément.

– Ah oui, Clara, elle… tu sais. Elle est jeune, elle se cherche… Tu connais les ados… »

Elle hoche la tête, pensant à Toby. « Mmoui.

– Alors, de quoi s'agit-il, déjà ? »

Il espère à moitié qu'elle a un trouble susceptible de le dégoûter. De désamorcer l'énergie qui circule entre eux. Des hémorroïdes, une colite, quelque chose de ce genre. Mais ses symptômes sont tellement convenables, féminins et victoriens, qu'ils ne font qu'ajouter à son charme. Elle lui dit qu'il lui arrive parfois de se sentir défaillir, qu'elle a des éblouissements quand elle se lève trop vite. Pendant

1. Catalogue de VPC pour vêtements.

un instant, il se dit égoïstement que peut-être, elle invente tout cela.

Il s'efforce néanmoins de rester professionnel.

Il règle le brassard du tensiomètre autour du bras de Lorna et commence à le gonfler. Elle lui sourit avec une confiance coquette pendant qu'il lutte contre son désir à la vue de ses veines.

De beaux sillons bleus et minces sous sa peau couleur pêche.

Inutile.

Il ne peut pas s'en empêcher.

Il perd pied, se laisse piéger par l'instant. Il ferme les yeux et se voit en train de se pencher vers le bras de Lorna, ce qui la fait glousser.

« Qu'est-ce que tu fais ? demande-t-elle.

– Il faut que je te goûte.

– M'écoutes ? »

Elle voit ses crocs et hurle. Il enfonce les dents dans son avant-bras retourné. À cause de la pression sur les veines, le sang gicle partout. Sur le visage de Peter, sur Lorna, sur le tensiomètre, sur les posters.

« Ça va, Peter ? »

La voix de Lorna dissipe le fantasme.

Il n'y a pas de sang sur Peter, ni ailleurs, et il cligne des yeux pour dissiper l'hallucination.

« Oui, très bien. »

Il lit la tension affichée, défait les sangles et s'efforce de rester professionnel.

« Tout est normal, dit-il, en luttant pour ne pas la regarder ni respirer par le nez. Je suis sûr que tu n'as rien de grave. Ton taux de fer doit être un peu bas. Enfin, je préfère être prudent et te prescrire des analyses de sang. »

Lorna fait la grimace. « On va me piquer !

– Eh oui. Malheureusement, on n'a pas encore trouvé mieux pour les prises de sang.

– Je suis allergique aux piqûres. Une vraie femmelette. »

Peter la regarde à nouveau et sent son cœur s'accélérer. Il s'éclaircit la voix et réussit à articuler : « Tu t'adresseras à Elaine à la réception. Elle te donnera un rendez-vous avec l'infirmière. »

Lorna s'apprête à ouvrir la porte quand elle se retourne. Elle veut dire quelque chose. Elle a une expression timide et canaille que Peter trouve à la fois craquante et alarmante.

« Ils font des soirées jazz », dit-elle enfin. Sa voix est aussi lisse et engageante que la surface huilée d'un lac. « Au Fox and Crown, un pub près de Farley. De la musique live. Les lundis, je crois. Je me disais qu'on pourrait y aller. Mark est à Londres le lundi, et il rentre tard. Alors je me suis dit, comme ça, qu'on pourrait y aller. »

Il hésite, se rappelle le contact de son pied contre le sien la veille. Se souvient du goût du sang qui, peu après, avait lavé sa culpabilité. Il sent à nouveau la frustration de toutes ces cartes déclinant « Je t'aime », envoyées à sa femme au fil de toutes ces années sans jamais avoir un retour. Il rassemble toutes ses forces pour secouer doucement la tête. « C'est que… »

Elle se suce la lèvre, hoche la tête, puis sa bouche s'étire lentement, comme se déploient les ailes d'un oiseau blessé, et elle esquisse une sorte de sourire. Elle n'est pas prête à essuyer un refus complet. « D'accord. Au revoir, Peter. »

Tandis que la porte se referme, ses regrets noient son soulagement. « Bye, Lorna. C'est ça, au revoir. »

Message aux convertis : NE REPRENEZ JAMAIS CONTACT AVEC CELUI QUI VOUS A CONVERTIS. Il vous sera toujours difficile d'ignorer les sentiments que vous éprouvez envers l'être dont le sang a provoqué un changement aussi radical dans votre nature. Mais le voir en personne est susceptible de provoquer une avalanche d'émotions dont vous ne pourrez peut-être jamais vous remettre.

Manuel de l'Abstinent
(deuxième édition, p. 133).

Le bateau sans rames

L'une des conséquences bien connues d'une consommation excessive de sang est l'impact profond produit sur vos rêves. En règle générale, cet effet est positif, et le vampire pratiquant moyen fait de somptueux rêves en technicolor, hautement jouissifs, pleins de nus pulpeux et de détails exotiques qui changent à chaque fois. Will Radley ne faisait pas exception à la règle. Dans ses rêves revenaient en abondance les détails des lieux qu'il avait visités – et il était allé *partout* (même si c'était seulement de nuit) – auxquels s'en ajoutaient quelques autres, venus des confins de son imagination. Mais ces temps derniers, il avait des cauchemars, ou plutôt le même cauchemar qui revenait toujours, et dont seuls changeaient de façon infime quelques détails du cadre et des événements.

Ce cauchemar, il l'a fait, ce samedi-ci.

Le voilà.

Il se trouve dans un bateau à rames, mais sans rames, et flotte sur un lac de sang.

Il y a un rivage rocheux, tout autour de lui, et une femme très belle, debout sur les rochers, pieds nus, qui lui fait signe d'approcher.

Il veut la rejoindre, mais il ne sait pas nager, alors il se sert de ses mains comme avirons et s'éclabousse de sang jusqu'au moment où il heurte quelque chose.

Une tête sort, une femme aux yeux révulsés, la bouche ouverte, émerge de l'eau rouge.

Aujourd'hui, cette femme, c'est Julie, la fille du supermarché d'hier.

Il se rassied dans le bateau sans rames, et d'autres visages morts surgissent. Tous ont les yeux révulsés, la bouche béante et, plus bas, des blessures fatales au cou. Tous les hommes et les femmes qu'il a tués.

Des centaines de têtes – rencontres de speed-dating, serveuses croates, une étudiante française suivant un programme d'échange, satellites du Stoker Club et du Narcisse noir, gardiennes de chèvres sibériennes, Italiennes au cou de cygne, innombrables Russes et Ukrainiennes – dansant comme des bouées sur le sang.

La femme est encore là sur le rivage, cependant, elle le regarde toujours et l'invite à la rejoindre, mais cette fois, il la reconnaît. C'est Helen telle qu'elle était il y a dix-sept ans, et maintenant qu'il sait que c'est elle, il veut plus que jamais être avec elle.

Un bruit mouillé.

Quelqu'un nage dans le sang. Puis quelqu'un d'autre, qui éclabousse en nageant éperdument le crawl sur le ventre.

Ce sont les corps. Les morts, qui viennent le chercher.

Julie est la plus proche. Il voit ses yeux morts rouler vers l'avant et son bras sortir du lac pour s'accrocher au bateau.

Puis, comme elle se hisse à l'intérieur, il entend quelqu'un d'autre cogner au fond du bateau, essayer de le briser.

Il regarde sur le rivage. Helen est partie. À sa place se trouve Alison Glenny, cette fille suffisante aux cheveux ras, la chargée de mission qui dirige les opérations anti-vampires de la police. Elle hoche la tête, comme si tout se déroulait selon un plan préétabli.

Les corps entourent le bateau et rejoignent Julie, ils sortent les bras du lac, se hissent dans le bateau, et les coups frappés dessous se font de plus en plus fort. Leurs bras vont l'atteindre, mais il ferme les yeux, puis les rouvre. Il est dans son camping-car, les rideaux pour aveugler les fenêtres bien tirés.

Un simple rêve.

Toujours le même vieux rêve.

Il empoigne son couteau et ouvre la porte arrière pour voir qui frappe. C'est Helen.

« Justement, je rêvais à… » Elle a l'œil rivé sur le couteau. « Pardon, dit-il avec un sourire d'excuse. J'ai pas mal de SV là-dedans. Dont de l'exceptionnel. Je me suis fait agresser par des vampires en Sibérie. De gros enfoirés danois. Les bons vieux crocs ne sont d'aucun secours dans ces cas-là, comme tu le sais. » Puis il lui fait signe d'approcher, comme elle dans son rêve. « Viens profiter de l'ombre. »

Helen ferme les yeux pour repousser la requête. Puis elle parle à mi-voix, pour que les voisins n'entendent pas. « Ce que Peter essayait de te faire comprendre, c'est qu'il veut que tu t'en ailles. Nous n'avons pas besoin de toi.

– Oui, maintenant que tu me le dis, je l'ai trouvé un peu distant. Tu ne pourrais pas lui toucher deux mots, Hel ? »

Helen est sidérée. « Hein ? »

Will n'aime pas beaucoup la situation : il est accroupi, comme Quasimodo, dans son camping-car. Il ne doit pas être à son avantage. « Tu es vraiment habituée à ce soleil à présent. Entre, assieds-toi.

– Je n'y crois pas ! dit-elle, exaspérée. Tu veux que je parle à Peter pour qu'il te laisse rester ?

– Jusqu'à lundi seulement, Hel. Ce qui se passe, c'est que j'ai intérêt à garder un profil bas.

– Tu n'as rien à faire ici. Peter et moi, on veut que tu partes.

– Pour être franc, j'ai un peu forcé la dose. J'ai avantage à me mettre… au vert. À Manchester, il y a pas mal de parents et de maris furieux. Un en particulier. »

Et c'est vrai, même si ce n'est plus une nouveauté depuis longtemps. L'an dernier, il avait appris de source sûre que quelqu'un cherchait le « professeur Will Radley ». Quelqu'un dont les griefs remontaient à l'époque où il enseignait à la fac, sans doute. Un père ou un veuf fou de douleur, voulant vengeance. Il ne s'en soucie pas plus que d'Alison

Glenny, mais c'est un motif de tension entre lui et les membres de la société Sheridan.

« Quelqu'un a posé des questions. Je ne sais pas qui c'est, mais il ne lâche pas. Alors, si je pouvais juste…

– Mettre ma famille en danger ? Non, c'est hors de question. »

Will descend du camping-car et plisse les yeux en voyant les oiseaux effrayés évacuer un arbre voisin, et Helen scruter la rue avec une angoisse analogue à la leur. Il suit son regard et aperçoit une vieille dame avec une canne.

« Ouh là là, j'ai besoin d'un écran total sérieux », dit-il en clignant des yeux sous le soleil.

Il tient toujours le couteau.

« Qu'est-ce que tu fais ? » demande Helen.

La vieille dame arrive à leur hauteur.

« Bonjour.

– Bonjour, Mrs. Thomas », répond Helen.

Mrs. Thomas sourit à Will, qui lève négligemment la main tenant le couteau et l'agite. Il sourit et la salue aussi.

« Mrs. Thomas. »

Cela l'amuse de mettre Helen dans tous ses états ; et de fait, elle est atterrée. Alors que Mrs. Thomas ne paraît pas avoir remarqué le couteau, ou du moins, s'en inquiéter.

« Bonjour », répond aimablement la voix cassée, et la vieille dame continue son chemin d'un pas ferme. Derrière elle, Helen adresse à Will un regard noir. Il décide de l'asticoter un peu plus en faisant semblant de s'apercevoir seulement qu'il a toujours le couteau à la main.

« Oups ! »

Il lance le couteau d'un geste désinvolte dans le véhicule, et sent son visage le démanger à cause de la lumière. Quand il se retourne, il voit Helen regarder la maison voisine d'où sort Mark Felt qui, muni d'un seau et d'une éponge, se met à laver sa voiture. Au grand amusement de Will, le voisin paraît un peu inquiet de voir Helen en conversation avec un personnage aussi inquiétant.

« Ça va, Helen ?

– Oui, Mark, très bien. »

Tout en passant l'éponge sur le toit de sa coûteuse voiture, le dénommé Mark regarde Helen d'un œil légèrement soupçonneux. « Et comment va Clara ? » demande-t-il d'un ton presque agressif tandis que l'eau savonneuse dégouline sur les fenêtres.

Alors, qu'est-ce qu'ils ont raconté aux voisins ? se demande Will en observant le numéro fébrile de Helen.

« Elle va bien, maintenant. Ah là là, ces adolescents ! » répond-elle.

Il y a encore un moment amusant, celui où Helen se rend compte qu'elle devrait le présenter au voisin, mais elle n'arrive pas à s'y résoudre. Il la regarde essayer de donner le change à son voisin et s'interroge à son sujet comme il s'interrogerait à propos d'un livre familier traduit dans une langue étrangère.

« Tant mieux, dit Mark, l'air peu convaincu. Je suis content. À quelle heure Peter termine-t-il au cabinet ? »

Helen hausse les épaules, visiblement pressée de conclure la conversation. « Le samedi, ça dépend. Vers cinq heures. Quatre, cinq heures…

– Bon. »

Helen fait un signe de tête et sourit, mais Mark n'en a pas encore terminé. « Je voudrais passer lui montrer les plans à un moment ou à un autre. Demain, ce serait mieux. Tout à l'heure, je vais au golf.

– D'accord », dit Helen en se retournant vers Will. Qui essaie de maîtriser son sourire suffisant.

« On continue cette conversation à la maison », chuchote-t-elle.

Il hoche la tête et la suit vers la porte d'entrée. *« Un peu direct, mais ça ne me dérange pas. C'est toi qui as pris l'initiative. »*

Paris

Une minute plus tard, confortablement installé sur le canapé du salon décoré avec goût, Will admire un vase. Helen, détournée de lui, observe le patio et le jardin. Elle est toujours sublime sans le savoir, bien qu'elle ait décidé de choisir la voie rapide pour le vieillissement. Mais même si elle était vieille et ridée comme une pomme, il la désirerait toujours.

Il pense à elle comme à une poupée russe. Cette enveloppe provinciale, tendue, contient d'autres Helen, meilleures. Il le sait. Cette Helen avec qui il a jadis survolé la mer, main sanglante dans main sanglante. Il sent l'appétit de vivre, de vivre dangereusement, qui circule encore dans ses veines. Il sait aussi que le moment est venu de la provoquer, de la forcer à se rappeler le meilleur d'elle-même.

« Tu te souviens de Paris ? demande-t-il. De la nuit où nous y sommes allés et avons atterri dans le jardin du musée Rodin ?

– Tais-toi, je t'en prie. Rowan est en haut.

– Il écoute sa musique. Avec ça, il ne risque pas de nous entendre. Je voulais juste savoir s'il t'arrivait de penser à Paris ?

– Parfois, oui. Je pense à beaucoup de choses. À toi. À moi. À ce que j'étais. À tout ce que j'ai sacrifié de moi-même pour vivre ici, avec ces gens normaux. Il y a des fois où j'ai envie de céder à mes envies, de descendre la rue toute nue, par exemple, pour voir ce que diraient les gens. Mais j'essaie d'effacer une erreur, Will. C'est pour ça que j'ai choisi de vivre ainsi. Toute cette histoire était une erreur. »

Will prend le vase et regarde l'intérieur sombre de l'ouverture sculptée.

« Tu ne vis pas, Helen. Cet endroit est une morgue. Elle pue les rêves morts. »

Helen se retourne et dit sans hausser la voix : « J'étais avec Peter. J'étais *fiancée* à Peter. Je l'aimais. Pourquoi a-t-il fallu que nous changions cela ? Pourquoi m'as-tu harcelée ? Qu'est-ce qui t'a pris ? Qu'est-ce qui te pousse à vouloir t'immiscer comme un cauchemar diabolique et tout détruire ? C'est quoi ? Une rivalité entre frères ? L'ennui ? Ou l'insécurité classique ? Tu t'imagines que si tout le reste du monde est mort ou malheureux, tu n'auras plus personne à envier ? C'est ça ? »

Will sourit. Il voit une trace de l'ancienne Helen. « Allez, la monogamie n'a jamais été ton truc.

– J'étais jeune et sotte. Irresponsable. Je ne mesurais pas les conséquences.

– La sottise se portait bien cette année-là. Pauvre Pete. Jamais il n'aurait dû se mettre à travailler en équipe de nuit. Tu ne lui as jamais dit, hein ?

– À qui ?

– On parle de Peter, non ? »

Helen se cache les yeux de la main à présent. « Tu as compris.

– 1992, dit Will avec précaution, comme si la date elle-même était un objet délicat et précieux. Grande année. J'ai gardé notre souvenir. Je suis un sentimental, tu le sais.

– Tu as gardé mon… ? » Helen se tourne vers lui, les yeux écarquillés d'horreur.

« Naturellement. Tu n'en aurais pas fait autant ? » Il se met à déclamer : « N'habité-je donc que les faubourgs de votre affection[1] ? » Il sourit. « Question pour la forme. Je sais que je suis le centre de la ville. La tour Eiffel. Mais en effet, oui, j'ai gardé ton sang. Et je suis bien sûr que Pete le reconnaîtrait. En matière de sang, il ne boit pas n'importe quoi. Oh, et j'ai gardé les lettres aussi… »

Il replace délicatement le vase sur la table.

Helen souffle : « C'est du chantage ? »

Il bronche sous l'accusation. « Ne rabaisse pas tes sentiments, Helen. Tu étais tellement délicieuse avec moi dans tes lettres.

– J'aime ma famille. Voilà mes sentiments. »

La famille.

« La famille », dit-il. Dans sa bouche, le mot a des accents affamés. « On met Pete dans le lot ou on s'en tient aux enfants ? »

Helen le fusille du regard. « C'est ridicule. Tu crois que je te préfère encore parce que tu m'as convertie avant lui ? »

---

1. Shakespeare, *Jules César*, acte II, scène 1.

Au moment même où elle prononce ces mots, Rowan descend sans être entendu. Mais lui, il entend. Il ne distingue pas les mots, mais perçoit la voix de sa mère, son ton pressant. Puis il s'arrête pour entendre la réponse de Will. Les mots sont clairs cette fois, mais ne font guère sens.

« Avant ? », dit Will d'une voix où la colère monte. « On ne peut pas être converti *deux fois*, Helen. Tu es vraiment à côté de la plaque. Tu veux peut-être que je te rafraîchisse la mémoire… »

Rowan transfère son poids sur son pied gauche et fait craquer une latte. Du coup, les voix se taisent et, pendant une ou deux secondes, on n'entend que le tic-tac de la petite horloge d'époque à côté du téléphone.

« Rowan ? »

La voix de sa mère. Rowan se demande s'il doit répondre. « J'ai mal à la tête, dit-il enfin. Je vais prendre un comprimé. Après, je sors.

– Ah bon, dit sa mère après un autre silence prolongé. Oui. D'accord. Quand est-ce que tu…

– Plus tard, coupe Rowan.

– Plus tard, d'accord. À plus tard. »

Sa voix sonne faux. Mais comment peut-il savoir ce qui est faux dorénavant ? Chaque réalité qu'il a connue jusqu'ici est un simulacre. Et il voudrait haïr ses parents pour cela, mais la haine est un sentiment fort, pour les gens forts, et lui, il est un faible de premier ordre.

Il traverse donc l'entrée pour aller dans la cuisine. Il ouvre le placard où il sait trouver les médicaments, sort les comprimés d'ibuprofen de leur boîte et regarde leur emballage plastique d'un blanc pur.

Il se demande s'il y en a assez pour se suicider.

Derrière un if

Ils entendent Rowan aller dans la cuisine. Une porte de placard s'ouvre et se ferme. Puis il quitte la maison, et dès que Helen entend la porte se refermer, elle sent qu'elle peut respirer à nouveau. Mais son soulagement est de courte durée, car Will, toujours assis sur le canapé, ouvre bientôt la bouche.

« Ça aurait pu être pire, dit-il. Il aurait pu trouver les lettres. Ou Pete aurait pu être ici.

– Tu vas te taire, Will ? Tu vas *te taire* ! »

Mais sa colère est contagieuse. Will se lève et s'approche d'elle, sans cesser de parler à un Peter absent. « Tu sais, Pete, j'ai toujours été surpris que tu sois incapable de faire les additions. Avec tous tes diplômes. Et médecin, en plus… Oh, je suis sûr que Helen t'a donné des dates fausses, et je me suis bien amusé en terrorisant le spécialiste pour qu'il mente, mais quand même…

– Tais-toi, tais-toi, tais-toi. »

Elle ne réfléchit pas.

Son bras part comme un ressort et elle griffe le visage de Will. Le geste lui procure un grand apaisement. Will porte le doigt à sa bouche et le lui montre. Elle regarde le sang, ce sang qu'elle a connu et aimé plus que tout autre. Il est là, à sa portée, le goût qui pourrait tout lui faire oublier. Pour résister à son instinct, elle n'a d'autre ressource que de sortir de la pièce comme une furie, mais elle entend presque les lèvres de Will se retrousser en sourire narquois quand il lance dans son dos : « Comme je te l'ai dit, Hel, ce n'est que jusqu'à lundi. »

Rowan est assis au cimetière, appuyé au dos d'un if, invisible de la route. Il a avalé tout le paquet d'ibuprofen, mais se sent exactement comme une demi-heure plus tôt, son mal de tête en moins. C'est cela, l'Enfer, se dit-il dans un éclair de lucidité. Être piégé dans cette longue peine horrible, la condamnation à vivre deux cents ans environ avant d'en voir le bout.

Il regrette de ne pas avoir demandé à son père comment tuer un vampire. Il aimerait bien savoir si le suicide est possible. Peut-être y a-t-il des informations dans *Le Manuel de l'Abstinent.* Finalement, il se lève et commence à se diriger vers la maison. À mi-chemin, il voit Eve descendre d'un bus. Elle vient vers lui et il se rend compte qu'il n'a plus le temps de se cacher.

« Tu as vu ta sœur ? » lui demande-t-elle.

Elle le regarde droit dans les yeux et il reçoit l'impact en pleine figure – Eve à la puissance dix –, si bien qu'il arrive à peine à lui répondre.

« Non, articule-t-il enfin.

– Elle s'est volatilisée dans Topshop.

– Ah bon ? Non, je… je ne… l'ai pas vue. »

Rowan s'inquiète pour sa sœur. Peut-être s'est-elle fait arrêter. Pendant quelques instants, cette crainte l'emporte sur l'anxiété diffuse qu'il éprouve quand il s'agit de parler à Eve. Et le mauvais sang qu'il se fait pour sa sœur donne à la saveur métallique dans sa bouche le goût de la culpabilité, car il y a une demi-heure, il était prêt à abandonner sa sœur avec le reste du monde.

« Écoute, c'était bizarre, dit Eve. Elle était là, et une minute plus tard, elle était…

– Eve ! » crie quelqu'un qui court vers eux. « Eve, je t'ai cherchée partout. »

Eve lève les yeux au ciel et pousse une plainte, prenant Rowan à témoin comme s'il était son ami.

Une raison de vivre.

« Désolée. Faut que j'y aille. C'est mon père. À plus. »

Rowan a presque le courage de lui rendre son sourire, et y réussit quand elle a le dos tourné.

« Oui, dit-il. À plus. »

Quelques heures plus tard, dans sa chambre, il écoute son album favori de The Smiths (*Meat is Murder*[1]). Il se reporte à l'index du *Manuel de l'Abstinent*, où il trouve les informations suivantes, cachées à la page 140.

NOTE SUR LE SUICIDE

La dépression suicidaire est une affection hélas très fréquente chez nous autres abstinents.

En l'absence d'un apport régulier de sang humain ou

1. La viande est un assassinat.

de vampire, notre chimie cérébrale peut être sérieusement affectée. Les taux de sérotonine sont souvent très bas, tandis que notre sécrétion de cortisol est susceptible d'augmenter de façon alarmante en période de crise. Et il peut nous arriver de commettre l'irréparable sans y penser.

S'ajoute naturellement à cela le dégoût de soi naturel qu'engendre chez nous la conscience de notre véritable nature, et l'ironie du sort veut que nous autres abstinents haïssions nos instincts en partie parce que nous ne les suivons pas. À la différence des amateurs de sang pratiquants aveuglés par leur addiction, nous avons la lucidité nécessaire pour voir le monstre qui est en nous. Et pour beaucoup, ce spectacle peut être si pénible qu'ils ne le supportent pas.

Il n'entre pas dans le propos de ce manuel d'émettre un jugement moral sur ceux qui cherchent à mettre fin à leurs jours. Et certes, dans de nombreux cas – comme à ces moments où il peut arriver aux abstinents de songer à reprendre leurs anciennes pratiques meurtrières –, cela pourrait même être recommandé.

Toutefois, il importe de tenir compte des faits suivants :

1 – S'il est vrai que les abstinents sont capables de vivre comme les humains, ils ne meurent pas aussi facilement qu'eux.

2 – Il est théoriquement possible de se suicider en consommant des substances pharmaceutiques, mais la quantité nécessaire est considérablement plus élevée que pour un mortel ordinaire. Ainsi, le vampire moyen devrait avaler environ trois cents comprimés de paracétamol dosés à quatre cents milligrammes chacun.

S'empoisonner au monoxyde de carbone, se jeter dans le vide et s'ouvrir les veines sont des solutions irréalistes, notamment la dernière, car la vue et l'odeur de notre propre sang sont susceptibles de provoquer le désir immédiat de chercher à s'abreuver à des sources vivantes.

Rowan ferme le livre, étrangement rasséréné. Après tout, s'il se suicidait, il ne pourrait plus revoir Eve, une perspective qui l'horrifie encore plus que celle de rester en vie.

Il ferme les yeux, s'allonge sur son lit et écoute les bruits des autres pièces. Sa mère passe quelque chose au mixer en bas. Son père s'escrime en soufflant sur le rameur dans la chambre d'amis. Le bruit qui domine les autres, c'est le rire de Clara et de Will qui écoutent ensemble des guitares suraiguës.

Allongé, Rowan laisse tous les sons se confondre dans son esprit pendant qu'il se concentre sur le rire de sa sœur. À l'entendre, on dirait qu'elle est heureuse, incontestablement. *En l'absence d'un apport régulier de sang humain ou de vampire, notre chimie cérébrale peut être sérieusement affectée.*

Et avec ?

Rowan ferme les yeux et s'efforce de ne pas penser au bonheur vrai et incontestable qu'il pourrait connaître lui aussi.

Il secoue la tête pour chasser cette pensée, mais elle reste là, aussi persistante que le goût douxamer sur sa langue.

Eau

Sur le rameur, Peter s'entraîne avec plus d'ardeur que d'habitude. Il s'était fixé 5 000 mètres en moins de vingt minutes, mais il est très en avance sur sa moyenne. Il regarde l'écran de visualisation. Il a fait 4 653 mètres en quinze minutes cinq secondes. Beaucoup plus rapide que son temps habituel, et manifestement le résultat du sang qu'il a bu la veille.

Il entend vaguement la musique venant de la chambre de Clara. Hendrix.

Une musique grotesque des sixties, qui échauffe le sang, et que Will apprécie à l'évidence autant que quand il avait sept ans et qu'il dansait dans la péniche avec son père au son de *Crosstown Traffic*[1].

Il entend Clara rire avec son oncle.

Mais il ne se laisse pas distraire. Il regarde seulement les boutons sous l'écran.

CHANGER D'UNITÉS/CHANGER LA VISUALISATION

1. Jimi Hendrix, 1968.

Celui qui a conçu cette machine connaît le pouvoir de ce mot. *Changer*.

Et en regardant l'écran, il pense à Lorna et marmonne des mots au rythme de la machine, tout en intensifiant l'effort sur les cent derniers mètres.

« Jazz. Jazz. Jazz… *Merde.* »

Il s'arrête et regarde le total s'afficher alors que la roue d'inertie tourne encore. Le compte s'arrête à 5 068 mètres. En dix-sept minutes vingt-deux secondes.

Impressionnant.

Il a réduit son temps de quatre minutes par rapport à son précédent record. Mais maintenant, il est trop fatigué pour descendre de sa machine.

Avec une sensation de soif intense, il regarde les veines saillantes sur son avant-bras.

Non, songe-t-il, *l'eau ira très bien.*

L'eau.

C'est à l'image de sa vie actuelle. De l'eau claire, fade, sans goût.

Et dans laquelle on peut se noyer tout aussi facilement que dans du sang.

Clara écoute l'antique solo de guitare qu'elle vient de télécharger sur les conseils de Will et ne fait même pas semblant d'apprécier.

« Non, dit-elle en riant, c'est épouvantable, ça.

– *Ça, c'est Jimi Hendrix* », dit-il comme si la phrase expliquait tout. « *Ça*, c'est l'un des vampires les plus talentueux qui ait jamais existé ! *Ça*, c'est l'homme qui jouait de la guitare avec ses crocs. Sur scène. Et personne n'a rien remarqué. » Il rit.

« Notre père m'a raconté ça avant de... » Will marque une pause et Clara aimerait le questionner, mais elle voit du chagrin dans ses yeux. Alors, elle le laisse continuer sur Jimi Hendrix. « Les profanes croyaient juste que le groupe prenait de l'acide. Ils ne se sont jamais demandé pourquoi la brume était pourpre dans la chanson *Purple Haze*. En fait, ça n'a jamais été une *brume*. La parodie "Purple Veins" a été perçue comme un peu extrême. Prince a eu le même problème. Mais il est devenu abstinent, a adhéré aux Témoins de Jéhovah et puis après, tout est parti en vrille. Pas comme Jimmy. Lui, il s'est fait passer pour mort et il a continué. Maintenant, il s'appelle Joe Hayes. H.A.Y.E.S. Il dirige un club de vampires rock, Ladyland, à Portland, dans l'Oregon. »

Clara s'adosse au mur de sa chambre, et laisse pendre ses pieds sur le côté du lit. « Oui, eh bien je ne suis toujours pas fan des solos de guitare qui durent dix mille ans. Pas plus que des chanteurs qui se la jouent, et te font des gammes entières avant de finir de chanter un mot d'une syllabe. On a envie de leur dire "*Abrège !*" »

Will secoue la tête, assez compréhensif, puis il boit au goulot d'une bouteille de sang qu'il a apportée de son camping-car. « Mmmm. J'avais oublié comme elle était bonne.

– Qui ? »

Il lui montre l'étiquette écrite à la main. Deuxième bouteille de la soirée. La première – ALICE – avait été engloutie en quelques secondes chrono et laissée sous le lit de Clara.

« Ah, celle-ci… elle était belle. *Una guapa.* »

Clara ne semble guère émue. « Tu les as tuées, ces filles ? »

Son oncle la regarde et affecte une mine choquée. « Pour qui me prends-tu ?

– Pour un vampire meurtrier et suceur de sang. »

Il hausse les épaules comme pour dire « Un point pour toi ».

« Le sang humain se conserve mal, explique-t-il. Le goût devient métallique, alors ce n'est pas la peine de le mettre en bouteille. Tandis que dans le sang de vampire, l'hémoglobine ne se modifie jamais. Et c'est là que réside la magie. Dans l'hémoglobine. Bref, Rosella, c'est une vamp. Espagnole. Je l'ai rencontrée pendant une visite éclair à Valence. Une ville de vampires. Comme Manchester. On a traîné, échangé des souvenirs. Goûte-la. »

Il tend la bouteille à Clara et la regarde attentivement pendant une seconde, la voit hésiter.

« Tu sais que tu en as envie. »

Clara finit par succomber. Elle porte la bouteille à son nez et la flaire pour sentir ce qu'elle s'apprête à savourer.

Will trouve la chose amusante. « Une pointe de citron, un arrière-goût de chêne et juste un soupçon de vie éternelle. »

Clara avale une gorgée et ferme les yeux en sentant la bouffée de plaisir que lui donne le sang. Puis elle pouffe et finit par rire à gorge déployée.

C'est alors que Will remarque la photographie accrochée sur le tableau d'affichage de Clara. Une jolie blonde debout près de Clara. Et il a la sensation troublante de la reconnaître.

« Qui est-ce ?

– Qui ? demande Clara, reprenant son calme.

– Olivia Newton John, là.

– Oh ! Eve ? C'est une fille super. Je n'ai pas été sympa avec elle aujourd'hui. Je l'ai plantée dans Topshop. J'ai pris peur dans les cabines d'essayage, j'ai cru que j'allais passer à l'acte. »

Will hoche la tête.

« Tu as fait une crise de SSI. Tu t'y habitueras.

– SSI ?

– Soif de Sang Irrépressible. Bref, tu disais…

– Oui. Elle est nouvelle ici. Elle vient d'arriver. » Clara avale une autre gorgée. Elle s'essuie la bouche et se remet à rire en pensant à quelque chose. « Rowan fantasme à mort sur elle. Elle est dans la même classe que lui au lycée, mais il n'arrive même pas à lui parler. C'est tragique. Et puis le père d'Eve fait plein d'histoires. Elle a dix-sept ans et il faut qu'elle demande officiellement la permission, tu te rends compte, toutes les fois qu'elle veut mettre le nez dehors. Avant, elle habitait Manchester. »

Elle remarque à peine l'expression sérieuse de Will.

« Manchester ?

– Oui. Ils ne sont ici que depuis quelques mois.

– Ah oui ? » dit-il en regardant la porte. Qui s'ouvre une seconde plus tard sur Helen, en tablier et furieuse. Sa colère durcit l'air quand elle s'avance dans la pièce, et sa mâchoire se crispe visiblement lorsqu'elle avise la bouteille de sang.

« Ça n'a rien à faire dans la chambre de ma fille, ça. Ni toi non plus. »

Will sourit. « À la bonne heure. Tu es là. On se faisait du mauvais sang parce qu'on risquait de s'amuser. »

Clara, encore un peu grise, étouffe un rire.

Sa mère ne dit rien, mais à son expression, on sent qu'ils l'exaspèrent l'un comme l'autre. Will, assis par terre, se déplie. En passant devant Helen, il se penche pour lui chuchoter à l'oreille quelque chose que Clara n'entend pas.

Quelque chose qui, à en croire sa mine, l'inquiète beaucoup.

« Hé là, dit Clara, pas de messes basses ! »

Mais elle n'obtient aucune réponse. Will a déjà quitté la pièce et Helen reste plantée là, sur le tapis, le visage crispé par l'angoisse, comme si elle était devenue statue de cire.

Derrière elle, Clara voit Will parler à son père. Celui-ci a le visage tout rouge et, après sa séance d'entraînement, il est en nage. Son frère lui propose la bouteille de sang.

« Je vais sous la douche », grogne Peter. Et il part vers la salle de bains à grands pas furieux.

« Oh là là ! dit Clara à sa mère statufiée. C'est quoi, son problème ? »

Nuages pourpres

L'un des problèmes de Peter est le suivant.

Quand il avait huit ans, dans les années soixante-dix, Will lui a sauvé la vie. Deux hommes, dont ils n'ont jamais connu l'identité ni les griefs, s'étaient introduits sur la péniche du canal où ils vivaient avec l'intention délibérée d'enfoncer dans le cœur de leurs parents des pieux d'aubépine taillés spécialement à cet effet.

Peter s'était réveillé en entendant les hurlements déchirants de son père et de sa mère, et était resté couché dans des draps inondés où il venait de faire pipi. Les hommes étaient venus dans sa petite chambre, non pas avec des pieux, mais avec une épée de style oriental.

Il les revoit encore aujourd'hui : le grand maigre vêtu d'une veste de cuir, armé de l'épée, et le gros crasseux avec le T-shirt « Opération Dragon ».

Il se souvient encore de la terreur absolue qu'il avait éprouvée en voyant qu'il allait mourir, et de son soulagement absolu quand il avait compris pourquoi le grand s'était soudain mis à hurler de douleur.

Will.

Le frère de Peter, dix ans, cramponné comme une chauve-souris dans le dos du type, les crocs enfoncés dans son cou, faisant gicler le sang sur les disques de Hendrix et des Doors épars sur le sol.

Le second meurtre lui avait vraiment prouvé l'amour fraternel de Will. Le fan obèse de Bruce Lee avait ramassé l'épée de son ami et la dirigeait vers le garçon de dix ans, fendant l'air au-dessus de lui.

Will gesticulait pour essayer de faire comprendre à Peter qu'il devait filer vers la porte pour qu'ils puissent s'enfuir sans que Will ait à affronter l'épée. Mais la peur collait à la peau de Peter comme ses draps trempés d'urine, et il n'avait pas bougé. Il était resté là, dans son lit, en spectateur, tandis que Will dansait dans la pièce comme une mouche face à un Samourai qui moulinait avec son épée. Il avait récolté une méchante coupure au bras et fini par enfoncer ses crocs dans le visage et le crâne de son adversaire.

Ce fut Will qui sortit ensuite Peter de son lit. Il le guida pour lui faire enjamber les corps et sortir de la pièce où l'on pataugeait dans le sang, puis traverser l'étroite cambuse et monter l'escalier. Il dit à Peter de l'attendre sur la berge. Peter obéit, laissant libre cours à ses larmes à mesure qu'il prenait conscience que ses parents étaient morts.

Will mit le feu à la péniche et s'enfuit avec son frère à tire-d'aile.

Ce fut aussi Will qui, environ une semaine plus tard, contacta la responsable de l'Agence pour les Vampires Orphelins et leur trouva un foyer d'accueil. Chez Arthur et Alice Castle. Deux abstinents, gentils, banlieusards et amateurs de mots croisés. Will et Peter se jurèrent de ne jamais devenir comme eux.

Mais naturellement, Will n'était pas le meilleur des exemples.

Il passa son adolescence à corrompre son frère, à l'encourager à goûter à une étudiante Erasmus française, une mademoiselle je-sais-tout appelée Marjorie Feuillade, qu'ils adoraient autant qu'ils la détestaient. Et puis, il y avait eu les voyages à Londres à l'heure rouge. Pour aller aux concerts de punk vampire au Stoker Club ; faire des courses dans des magasins pour vampires comme *Morsure* à King's Road, ou *Rouge* à Soho, dont ils étaient de loin les plus jeunes clients. Il jouait de la batterie avec son frère dans le groupe qu'ils avaient formé, les Hémo Globules. (Et, tel McCartney pour Lennon, Peter avait trouvé les paroles de leur seule chanson écrite, *Quand je te bois, je pense aux cerises*.) Ils faisaient sécher leur propre sang, puis le fumaient et planaient sur des nuages pourpres avant de partir à l'école.

Will n'avait pas eu une excellente influence sur lui. Mais il lui avait sauvé la vie, et cela devait être pris en compte.

Peter ferme les yeux sous la douche.

Il est dans ses souvenirs.

Il voit une péniche flamber sur l'eau, à des kilomètres en contrebas, diminuant de plus en plus à mesure qu'ils prennent de la hauteur. Elle s'amenuise et disparaît. Comme la lumière dorée de l'enfance face aux ténèbres qui gagnent sans relâche.

Créature de la nuit

Helen est de plus en plus inquiète. Demain, ils feront appel aux chiens pour rechercher le garçon. Peut-être mobiliseront-ils des unités entières pour organiser des battues dans tous les champs entre le village et Farley.

Ils pourraient trouver du sang et des traces dans la terre. Et même avant cela, demain matin peut-être, la police viendra chez eux interroger Clara sur ce qu'elle sait. Ils interrogeront aussi les autres participants à la fête, et Helen n'a pas réussi à découvrir par Clara ce qu'ils peuvent savoir.

Seules trois choses l'ont réconfortée.

Premièrement, aucune personne sensée ne pourrait soupçonner une petite végétalienne menue, une gamine de quinze ans qui n'a jamais eu une seule heure de colle au lycée d'avoir tué un garçon deux fois plus grand qu'elle.

Deuxièmement, ayant vu sa fille nue sous la douche hier, elle peut certifier qu'elle n'a pas une égratignure. Donc, si la police trouve du sang, ce ne sera pas celui de Clara. Elle a certes dû laisser des traces de son ADN, à commencer par des traces de sa salive mêlée au sang du garçon, mais il faudrait faire un énorme effort d'imagination pour croire que Clara a tué ce garçon sans aucune arme et sans se blesser elle-même.

Et troisièmement, il y a peu de chance que le corps du garçon – la preuve ultime de ce qui s'est passé –, soit jamais retrouvé, car Peter lui a assuré qu'il avait volé un bon moment au-dessus du large avant de le lâcher.

Avec un peu de chance, toutes ces circonstances empêcheront la police, ou les services de police qui sont au courant de ce genre de choses, de soupçonner Clara d'être un vampire.

Malgré tout, Helen ne peut s'empêcher de penser que c'est une situation très confuse. La veille, ils n'avaient pas eu le temps de faire disparaître leurs traces, ce qu'ils n'auraient jamais omis dans le passé. Peter aurait peut-être dû retourner sur les lieux après coup, aux premières heures du matin pour effacer le sillon laissé par ce corps lourd quand il l'avait traîné. Peut-être devraient-ils s'en occuper maintenant, avant qu'il ne soit trop tard. Peut-être devrait-elle cesser de prier pour qu'il pleuve et passer à l'action.

Bien entendu, elle sait que si elle avait bu du sang la veille, elle considérerait toute cette affaire avec le même détachement que son mari et sa fille. La coupe serait à moitié pleine et non à moitié vide, et elle se dirait qu'il n'existait aucune situation dont ils ne pussent se tirer par la suggestion, grâce à la présence de Will, et qu'aucun policier du nord du Yorkshire ne songerait un instant à prendre sa fille pour une meurtrière, et encore moins pour une créature de la nuit à part entière.

Mais elle n'a pas bu de sang récemment, et ses soucis restent autour d'elle comme une armée de corbeaux, affamés, à agiter leurs ailes et à lui donner des coups de bec.

Et le plus gros corbeau du lot, le plus affamé aussi, c'est Will lui-même. Chaque fois qu'elle regarde par la fenêtre et aperçoit son camping-car, elle ne peut s'empêcher d'y voir comme la proclamation de la culpabilité de Clara, de leur culpabilité à tous.

Après le repas du soir, Helen veut faire part de ses inquiétudes. Rappeler à tout le monde que cela fera bientôt vingt-quatre heures que le garçon a disparu, que la police va commencer à poser des questions et qu'il faut vraiment qu'ils se mettent d'accord sur leur version des faits. Mais personne n'écoute, sauf Will, qui ne prend pas ses angoisses au sérieux.

Il informe Peter et Helen de tous les changements intervenus au niveau de la police. « Les vampires sont devenus très actifs au milieu des années quatre-vingt-dix. Ils se sont mobilisés. Ils ont crée une société chargée des relations avec la police. Ils ont une liste d'intouchables. Vous connaissez les vampires : la moindre hiérarchie, ça les branche. Bref, *moi*, je suis sur cette liste. »

Ce qui ne réconforte guère Helen. « Oui, eh bien pas Clara. Et nous non plus.

– C'est vrai. En plus, la société Sheridan n'admet que les purs et durs. Mais la nuit est encore jeune et on peut sortir pour festoyer. »

Helen se borne à le fusiller du regard.

« Écoutez, dit Will. Ce n'est pas la police qu'il faut redouter. Ou plutôt, pas seulement la police. Il y a les gens à qui l'on fait du mal. Ceux qui sont vraiment concernés. Les parents, les conjoints. Ceux-là, ils sont plus difficiles à manœuvrer. » Il soutient le regard de Helen et sourit d'un air si entendu qu'elle a le sentiment qu'il laisse les secrets couler par ses pores, et qu'ils se répandent dans la pièce. « Tu vois, Helen, c'est quand on ne tient aucun compte des sentiments des autres qu'il faut se faire du mauvais sang. »

Il s'adosse nonchalamment aux coussins du canapé, un verre de sang à la main, et Helen se rappelle cette fameuse nuit à Paris. Les baisers échangés sur le toit du Musée d'Orsay. L'arrivée, main dans la main dans ce grand hôtel de l'avenue Montaigne ; la façon dont il avait suggestionné la réceptionniste pour qu'elle leur offre la suite présidentielle. Il n'a pas du tout changé et les souvenirs qu'évoque son visage sont toujours aussi vifs, merveilleux et terrifiants que par le passé.

Ces souvenirs font perdre le fil à Helen, qui ne se souvient plus de ce qu'elle disait. *Avait-il agi délibérément ? Était-il entré dans son esprit pour y lancer quelques idées ?* Allez savoir. Mais après ce moment de distraction, Helen constate avec consternation que le soir descend sur *Entretiens avec un vampire*, avec Will dans le rôle du maître vampire, tandis que Clara pose question sur question. Et Helen est bien forcée de constater que Rowan semble trouver Will plus sympathique et s'intéresser davantage à ce qu'il a à dire. Seul son mari semble indifférent à la scène. Affalé dans le fauteuil en cuir, perdu dans son petit monde à lui, il regarde fixement sur BBC Four l'épisode d'un documentaire sur Louis Armstrong, sans le son. « Tu as tué beaucoup de gens ? demande Clara.

– Oui.

– Bon, alors il faut tuer quelqu'un pour goûter son sang ?

– Non. On peut le convertir.

– Convertir ? »

Will prolonge la pause et regarde Helen.

« Bien entendu, on ne convertit pas n'importe qui. C'est un acte très sérieux. Tu bois le sang de l'autre, et ensuite, il boit le tien. C'est un processus à double sens. Et un engagement. Si tu convertis quelqu'un, cette personne te désirera. T'aimera aussi longtemps que tu vivras. Même en sachant que t'aimer est la pire des choses pour elle ou lui. Cette personne ne peut pas s'en empêcher. »

Même Rowan semble fasciné par cette information. Helen remarque ses yeux qui brillent quand il imagine ce genre d'amour.

« Comment ? Même si la personne ne t'aime pas ? demande-t-il. Si tu la convertis, elle t'aimera ? »

Will hoche la tête. « C'est comme ça que ça se passe. »

Helen est sûre d'avoir entendu son mari murmurer tout bas un mot à ce moment précis. *Jazz ?* Était-ce cela ?

« Tu as dit quelque chose, Peter ? »

Il lève les yeux comme un chien qui a momentanément oublié qu'il avait des maîtres. « Non, dit-il, l'air inquiet. Je ne crois pas. »

Clara continue à poser des questions. « Alors, tu as déjà converti quelqu'un ? » demande-t-elle à son oncle.

Will observe attentivement Helen tout en répondant. Elle sent sa peau se hérisser sous l'effet de cette voix et de l'excitation involontaire des souvenirs. « Oui, dit-il. Une fois. Il y a une éternité. Tu fermes les yeux et tu essaies d'oublier, mais la personne reste là. Tu sais, comme ces vieilles rengaines que tu as dans la tête et dont tu ne peux pas te débarrasser.

– C'était ta femme ?

– Clara, ça suffit », dit Helen d'une voix plus forte et plus ferme qu'elle ne le voulait.

Son malaise représente un petit triomphe pour Will. « Non, celle d'un autre. »

Narcisse noir

Des heures plus tard, alors que les autres Radley sont dans leur lit, Will s'envole vers le sud-ouest et gagne Manchester pour se rendre au Narcisse noir, l'un de ses lieux favoris du samedi soir. Là, il se fraie un chemin à travers la foule de suceurs de sang et de clones, les vieux punks, les jeunes « emos », et les vampires de la société Sheridan. Il traverse toute la piste de danse, pleine de larmalœils et de sylvies puis monte à l'étage, passe devant Henrietta et le petit signe rouge sur le mur. Salon réservé aux consommateurs. Il salue Henrietta par son nom, mais elle l'ignore, ce qui l'étonne un peu.

Des suceurs de sang de toutes sortes sont vautrés sur des canapés en cuir fatigués, à écouter du Nick Cave première époque ou quelque chose d'aussi sinistre, et à boire du sang à la bouteille et au cou les uns des autres. On projette sur l'un des murs un vieux film d'horreur allemand, tout en hurlements silencieux et angles de prises de vues troublants.

Ici, tout le monde connaît Will, mais ce soir, l'atmosphère est nettement moins cordiale que d'habitude. Personne ne s'arrête pour lui parler. Il ne s'en émeut guère et continue d'avancer jusqu'au rideau. Il sourit à Vince et Raymond, qui ne lui rendent pas son sourire. Il tire le rideau.

Derrière, il trouve ceux qu'il s'attendait à voir là. Isobel, en compagnie de quelques amis, en train de se régaler d'un cadavre nu gisant sur le sol.

« Tiens, je croyais que tu ne viendrais pas », dit-elle en relevant la tête. Elle au moins semble contente de le voir. Il la regarde fixement, s'efforçant de modérer le désir que provoque le tatouage MORDS ICI encore visible bien que sa peau soit barbouillée de sang. Elle est belle. Moitié vamp rétro des années quatre-vingt, moitié Pam Greer dans *Scream, Blacula, Scream*[1]. Et en réalité, en la voyant ainsi, il devrait avoir un peu plus envie d'elle.

« C'est bon, dit-elle. Allez, goûte. »

Will regarde les cadavres sur le sol, qui ne lui paraissent pas aussi appétissants que d'habitude.

« Ça va, merci », dit-il.

Certains des amis d'Isobel lèvent sur lui leurs yeux froids, leur visage souillé de sang, et ne disent rien. *Pertes à sang de la Sheridan*. Parmi eux, il reconnaît le frère d'Isobel, Otto. Qui ne l'a jamais aimé, pas plus qu'aucun des hommes qui ont gagné le cœur de sa sœur, d'ailleurs, mais ce soir la haine brille plus fort que jamais dans ses yeux.

---

1. Film de 1973, suite de *Blacula* (1972), dont le héros, vampire et noir, est un prêtre vaudou.

Will fait signe à Isobel de venir le rejoindre dans un coin sombre où ils s'installent sur un immense coussin violet foncé. Sur sa liste, elle occupe la seconde place des femmes les plus exquises qu'il ait jamais bues. Meilleure que Rosella. Meilleure qu'un millier d'autres. Et il veut savoir s'il sera capable d'oublier à nouveau Helen. De se désintéresser d'elle si besoin est.

« Je voudrais te goûter, dit-il.

– Tu peux prendre une bouteille de moi en bas.

– Oui, je sais. C'est mon intention. Mais je voudrais du sang frais. »

Elle semble attristée par sa requête, comme si les désirs qu'il allume en elle l'inquiétaient. Malgré tout, elle lui offre son cou et il accepte, se concentrant sur son goût.

« Tu t'es bien amusé hier soir ? »

Will se demande vaguement de quoi elle parle, et continue à sucer.

« Alison Glenny a commencé à poser des questions. À propos de la fille du supermarché. »

Il se souvient de la punkette à la mèche violette – Julie, ou autre chose – en train de hurler et de lui tirer les cheveux. Il s'arrête de sucer. « Et alors ? » dit-il en désignant le couple de cadavres à demi dévorés de l'autre côté de la pièce.

« Alors, ton camping-car a été pris sur les écrans de surveillance. C'était le seul véhicule restant sur le parking. »

Will soupire. Quand on pratique, on est censé jouer le jeu. Viser les disparitions faciles à expliquer – choisir parmi les suicidaires, les sans domicile fixe, les clandestins.

Un jeu que Will n'a jamais joué. À quoi bon suivre ses instincts si on ne pouvait pas, justement, *suivre ses instincts* ? Cela semblait si artificiel, si fondamentalement peu romantique de limiter ses désirs à un type de victime sans risques. Mais il est vrai que jadis, il mettait plus de soin à maquiller ses meurtres.

« On craint que tu ne deviennes un peu négligent. »

Vraiment, Isobel s'y entendait pour casser l'ambiance.

« On ? Qui ça, "on" ? » Il aperçoit son faux-cul de frère, Otto, le regarder par-dessus l'un des cadavres.

« Tu veux dire qu'Otto aimerait m'ôter de la liste ?

– Il faut que tu fasses gaffe. C'est tout ce que je dis. Tu pourrais nous attirer des ennuis à tous. »

Will hausse les épaules. « La police se fout des listes, Isobel », dit-il, sachant que ce n'est pas vrai. « Si les flics voulaient me choper, ils le feraient. Ils se moquent de savoir avec qui les gens sont amis. »

Isobel lui lance un regard sévère. « Glenny ne s'en fout pas, tu peux me croire.

– Tu veux que je te dise, Isobel Child, ta conversation sur l'oreiller n'est plus ce qu'elle était. »

Elle lui passe une main caressante dans les cheveux. « Je m'inquiète pour toi, c'est tout. On dirait que tu cherches à te faire prendre. »

Pendant qu'elle l'embrasse, il regarde son cou, déjà cicatrisé, et se demande s'il va la mordre à nouveau.

« Vas-y, dit-elle d'une voix câline, bois-moi jusqu'à la dernière goutte. »

Mais pas plus que tout à l'heure, il n'éprouve la moindre envie.

« Dis donc, souffle-t-elle à mi-voix en lui caressant les cheveux à nouveau, quand est-ce qu'on va à Paris ? Voilà une éternité que tu me le promets. »

Paris.

Pourquoi a-t-il fallu qu'elle dise cela ? Maintenant, il n'arrive plus à penser à rien d'autre qu'aux baisers échangés avec Helen sur le toit du Musée d'Orsay. « Non, pas Paris.

– Alors, ailleurs, dit-elle avec sollicitude, comme si elle savait quelque chose qu'il ignore. Tu sais, on pourrait aller n'importe où. Toi et moi. Ça serait génial. On pourrait quitter ce pays pourri pour aller vivre ailleurs. »

Il se lève.

Il a vu le monde entier. Passé des semaines sur la rive gelée et immaculée du lac Baïkal en Sibérie. Bu jusqu'à l'hébétude dans les légendaires bordels à sang du vieux Dubrovnik, traîné dans les fumeries d'opium du Laos, profité de la panne d'électricité de New York en 1977 ; et, plus récemment, s'est régalé de girls à Las Vegas dans la suite Dean Martin de l'hôtel Bellagio. Il a regardé des abstinents hindous laver leurs péchés dans le Gange, dansé un tango à minuit sur un boulevard de Buenos Aires, et mordu dans une fausse geisha à l'ombre d'un pavillon du shogun à Kyoto. Mais là, maintenant, le seul endroit où il a envie d'être, c'est le Yorkshire du nord.

« Qu'est-ce qui ne va pas ? Tu n'as presque rien pris », dit-elle en tapotant du doigt son cou déjà en train de guérir.

« Pas très soif ce soir, répond-il. En fait, il faut que je file. Je passe le week-end en famille. »

Isobel est blessée. « *En famille ?* Quel genre de famille ? »

Il hésite. Ne pense pas qu'Isobel soit susceptible de comprendre. « Oh, de la famille… voilà. »

Et il la plante là, sur le coussin en velours peluché.

« Will, attends…

– Désolé, faut que j'y aille. » Il descend l'escalier sans bruit en direction du vestiaire, où il prend une bouteille du sang dont il a encore le goût sur la langue.

« Elle est là-haut, vous savez, dit le préposé, un chauve maigrichon, surpris par le choix de la bouteille.

– Oui, je sais, Dorian, mais cette bouteille, c'est pour partager. »

Pinot rouge

À Manchester, au sein de l'importante population de vampires, Will Radley alimente les conversations depuis des mois. Et elles ne sont pas particulièrement bienveillantes.

Si auparavant il était très respecté en tant qu'exemple de la façon dont les accros au sang pouvaient jouir de l'impunité en s'en tenant à un type de profanes sans risques – les suicidaires, les sans attaches, en cavale ou les étrangers à la ville –, il prenait maintenant quelques risques supplémentaires et s'exposait inutilement.

Cela avait commencé avec l'étudiante, épouse d'un inspecteur de police. Naturellement, il n'avait pas été inquiété à l'époque. L'Unité des Prédateurs Sans Nom, cette branche sans existence officielle de la police du Grand Manchester, était intervenue, et bien qu'un commissaire de police ait été témoin du meurtre de sa femme, on avait fait passer celui-ci pour une disparition et, par mesure de sécurité, décrédibilisé le mari.

Et pourtant, les relations prudentes établies entre la police et la communauté des vampires – relations centrées autour du dialogue entre l'UPSN et la section de la société Sheridan basée à Manchester, cette organisation pour la défense des droits des vampires, structurée de façon assez floue –, étaient en train de se tendre à cause de cette affaire Copeland.

Toutefois, pendant un certain temps, la solidarité de ses confrères suceurs de sang ne s'était pas démentie et personne n'avait cédé à la pression de la police et liquidé Will. Ses talents de suggestion étaient légendaires et ses études pénétrantes des poètes vampires, Lord Byron et Elizabeth Browning (publiées au marché noir par la Christabel Press) étaient appréciées chez les membres de la société Sheridan.

Après avoir démissionné de son poste à l'université de Manchester, cependant, son comportement était devenu de plus en plus indéfendable. Le nombre des meurtres qu'il commettait dans les rues de Manchester augmentait régulièrement. Et si beaucoup d'entre eux s'ajoutaient simplement à la liste des personnes disparues, leur quantité même était alarmante.

Quelque chose semblait s'être déréglé dans le psychisme de Will.

Certes, la plupart des vampires pratiquants saignent un profane de temps à autre, mais la plupart font en sorte d'équilibrer prudemment les meurtres et la consommation inoffensive de sang de vampire entre-temps. Tout compte fait, en matière de qualité, le goût du sang de vampire est en général plus satisfaisant, plus complexe et plus intéressant en bouche que celui d'un humain normal, non converti.

Et le sang le plus délicieux, le Pinot rouge qui, pour tout amateur de sang, est le nec plus ultra, est le sang bu aux veines de quelqu'un aussitôt après sa conversion.

Mais Will ne semblait pas avoir goût à convertir qui que ce soit. En fait, on racontait qu'il n'avait converti qu'une seule personne dans toute sa vie et que pour une raison connue de lui seul, il ne pouvait se résoudre à convertir qui que ce soit d'autre. Mais il buvait toujours du sang de vampire classique. En fait, il consommait quantité de bouteilles et il suçait du sang frais au cou de sa petite amie occasionnelle, Isobel Child.

Cependant, sa soif devenait insatiable. Il sortait la nuit pour mordre quiconque lui plaisait, vampire ou non. Comme il n'avait pas de travail régulier le jour, il pouvait dormir plus tard et avait plus d'énergie à consacrer à faire ce qu'il voulait et aller où bon lui semblait. Mais l'énergie n'avait rien à voir là-dedans. Beaucoup considéraient les imprudences de Will – son indifférence à se faire surprendre en plein meurtre par une caméra par exemple – comme le symptôme manifeste d'une tendance à l'autodestruction.

S'il lui arrive quelque chose, il l'aura voulu, disait-on.

Cependant, malgré la pression croissante de la police, les membres de la société Sheridan pensaient qu'il était à l'abri à cause de l'affection que lui portait Isobel Child. Car Isobel était très populaire dans la communauté, et son frère n'était autre qu'Otto Child, qui contrôlait la liste.

La liste en question était celle des intouchables – des redoutables amateurs de sang pratiquants auxquels la police ne pouvait rien faire sous peine de perdre la confiance de la société, tout contact avec elle et donc avec la communauté des vampires dans sa totalité.

Bien entendu, aucune mort liée à un vampire n'avait jamais abouti à un procès ou à une condamnation officielle. Depuis les origines de la police, on avait étouffé ces affaires dans l'intérêt du grand public. Mais même à l'époque, on avait pris des mesures. Traditionnellement, c'étaient les quelques officiers de police rompus au maniement précis de l'arbalète indispensable en l'occurrence qui avaient été chargés des exterminations. Les vampires disparaissaient purement et simplement. Mais cette approche de type tolérance zéro n'avait pas été un succès et avait surtout contribué à l'augmentation du taux de conversions, si bien que la police commençait à redouter une bataille d'envergure et au grand jour.

Alors, elle avait proposé la carotte en même temps que le bâton : la protection accordée à certains vampires à condition qu'ils respectent certaines règles. Bien entendu, toute cette réglementation posait un problème éthique. Après tout, en travaillant avec la société Sheridan, la police privilégiait de fait les vampires les plus notoires et assoiffés de sang, alors qu'elle laissait sans protection les abstinents et les grignoteurs de cous plus modérés. Mais le calcul de la police était qu'en accordant l'immunité à certains des plus dépravés, elle pouvait exercer une influence sur eux et mettre un frein à certaines de leurs activités.

Ce qui voulait dire qu'un meurtre toléré en était un qu'aucune caméra n'avait enregistré, qui n'impliquait aucune découverte de cadavre, et dont la victime avait peu de chance d'attirer la sympathie des rédacteurs de tabloïds, ni trop de questions de la part des contribuables. Prostituées, toxicos, SDF, demandeurs d'asile rejetés et maniaco-dépressifs pouvaient être sans risque au menu. Mais les épouses de commissaires, les adeptes du speed-dating et même les caissières besogneuses devaient être évités.

Le hic, c'était que tout en étant membre de la société Sheridan depuis longtemps, Will n'avait jamais respecté ces règles. Jamais il n'avait pu adapter ses désirs de façon à ce qu'ils s'intègrent à un cadre socialement acceptable ou toléré par la police. Mais c'était la négligence délibérée de ses meurtres récents qui avait mis le plus à cran la société Sheridan.

Et puis, il y avait quinze jours de cela, la chargée de mission à la lutte anti-vampires, Alison Glenny, avait reçu un coup de téléphone pendant qu'elle mettait au courant une nouvelle recrue de l'UPSN. L'appel venait d'un homme dont la voix froide, lasse et chuchotante l'informait que Will Radley n'était plus sur la liste.

« Je croyais que c'était un bon ami à vous », dit Alison, au troisième étage de Chester House. Elle regardait par la fenêtre les voitures en contrebas, pare-chocs contre pare-chocs sur le périphérique intérieur, avançant comme des billes sur un boulier. « Un ami de votre sœur, en tout cas.

– Ce n'est pas mon ami. »

Alison avait noté la rancœur dans la voix de son interlocuteur. Elle savait qu'il n'y avait pas une grande loyauté entre vampires, mais elle était cependant encore surprise par le mépris manifeste à l'égard de Will. « D'accord, Otto, je me disais juste… »

Il lui coupa la parole. « Croyez-moi, personne n'apprécie plus Will Radley. »

DIMANCHE

Ne faites jamais allusion à votre passé devant vos amis et vos voisins profanes, et ne vantez pas les frissons dangereux du vampirisme à quiconque, hormis à ceux qui les connaissent déjà.

Manuel de l'Abstinent
(deuxième édition, p. 29).

Tarés

Il est parfaitement possible d'habiter à côté d'une famille de vampires sans jamais soupçonner que ceux que vous appelez vos voisins ont peut-être le désir secret de vous sucer le sang.

C'est surtout probable si la moitié des membres de ladite famille ne se sont jamais doutés de rien. Et s'il est vrai qu'aucun des occupants du 19, Orchard Lane n'a compris qui étaient leurs voisins, certaines notes discordantes avaient rendu les Felt perplexes au fil des années.

Par exemple, la fois où Helen avait peint le portrait de Lorna, un nu, à l'insistance de Lorna – et où Helen avait dû sortir de la pièce en courant quelques secondes après avoir aidé Lorna à dégrafer sa bretelle de soutien-gorge (« Pardon, Lorna, j'ai une vessie capricieuse »).

Ou un autre jour, à un barbecue chez les Felt, où Mark, en retournant dans la cuisine, avait trouvé Peter, qui s'y était réfugié pour éviter la conversation des voisins sur le sport, en train de sucer un morceau de filet de bœuf cru dans la cuisine (« Ah, mon Dieu, il n'est pas cuit, que je suis bête ! »).

Et plusieurs mois avant que Peter se soit étouffé avec la salade marinée à l'ail de Lorna, les Felt avaient commis l'erreur de venir avec leur nouvelle chienne, Cannelle, pour lui présenter les voisins du 17 : quand Clara lui avait offert un biscuit, la chienne était partie au galop et s'était cognée de plein fouet aux portes du patio. (« Ce ne sera rien, avait dit Peter avec toute son autorité de médecin pendant que tout le monde s'était accroupi autour du setter roux écroulé sur le tapis. Simple traumatisme sans gravité. »)

Il y avait aussi de petits détails.

Pourquoi, par exemple, les Radley baissaient-ils toujours leurs volets quand il faisait soleil ? Pourquoi aussi ne pouvait-on, quoi qu'on dise, convaincre Peter d'adhérer au club de cricket de Bishopthorpe, ni même de se joindre à Mark et ses amis pour faire une bonne partie de golf ? Et pourquoi, alors que le jardin des Radley était trois fois plus petit que celui des Felt, qui nettoyaient et tondaient régulièrement le leur, Peter et Helen éprouvaient-ils le besoin d'utiliser les services d'un jardinier ?

Les soupçons de Mark étaient peut-être légèrement plus affûtés que ceux de sa femme, mais il se disait simplement que les Radley étaient un peu bizarres. Ce qu'il attribuait au fait qu'ils habitaient auparavant à Londres, qu'ils votaient sans doute libéral-démocrate, et allaient beaucoup au théâtre voir des pièces qui n'étaient pas des comédies musicales.

Seul son fils Toby se méfiait activement des Radley et grognait toujours quand Mark parlait d'eux.

« C'est des tarés », disait-il à chaque fois, mais sans jamais donner de raisons pour justifier ce préjugé. Mark expliquait cela par la théorie de Lorna, selon laquelle son fils était incapable de faire confiance à qui que ce soit depuis le divorce de ses parents cinq ans auparavant. (Mark avait surpris sa femme au lit avec son prof de Pilates, et s'il n'avait guère été bouleversé – il avait commencé une liaison avec Lorna et cherchait à mettre fin à son mariage –, Toby, onze ans, avait réagi à l'annonce de la séparation de ses parents en pissant régulièrement contre le mur de sa chambre.)

Mais ce dimanche matin, les doutes de Mark commencent à prendre corps. Pendant que Lorna promène sa chienne, il prend son petit déjeuner, appuyé contre le granit froid du bar de la cuisine. Quand il a entamé son toast à la confiture d'orange, il entend son fils au téléphone.

« Quoi ?... Toujours pas ?... Non, aucune idée... Il a suivi une fille. Clara Radley... Je ne sais pas, sans doute qu'elle lui plaisait... Oui, je suis désolé... D'accord, Mrs. Harper... Oui, je vous préviendrai. »

Au bout de quelques instants, le coup de téléphone prend fin.

« Toby ? Qu'est-ce qu'il y a ? »

Toby entre dans la cuisine. S'il est bâti comme un homme à présent, il a gardé le visage d'un petit garçon buté. « Harper a disparu. »

Mark essaie de réfléchir. Est-il censé connaître ce Harper ? Il y a tant de noms dont il faut se souvenir quand on est parent.

« *Stuart*, précise Toby, sévère. Tu sais, Stuart Harper. *Mon meilleur ami.* »

Ah oui, se dit Mark, *cette grande brute aux mains comme des battoirs, et qui parle par monosyllabes.*

« Comment ça, *disparu* ?

– Disparu. Il n'est pas rentré depuis vendredi soir. Sa mère ne s'est pas trop inquiétée hier parce qu'il arrive à Stuart d'aller chez sa grand-mère à Thirsk sans lui en parler.

– Et il n'est pas chez sa grand-mère ?

– Non. Il n'est nulle part.

– Nulle part ?

– Personne ne sait où il est.

– Tu as parlé de Clara Radley, non ?

– C'est la dernière personne à l'avoir vu. »

Mark se souvient du vendredi soir. Du dîner chez les Radley, qui a tourné court. Clara. *Des histoires d'ados*. Et le visage de Helen quand elle lui a donné cette information.

« La toute dernière personne ?

– Oui. Elle doit savoir quelque chose. »

Ils entendent Lorna rentrer avec la chienne. Toby tourne les talons et commence à remonter dans sa chambre, comme souvent lorsque sa belle-mère apparaît. Mais il les voit en même temps que Mark, debout derrière Lorna. Un jeune homme et une jeune femme en uniforme.

« C'est la police », dit Lorna, faisant de son mieux pour adresser à Toby un regard plein de sollicitude. « Ils veulent te parler.

– Bonjour, dit le jeune policier. Je suis le lieutenant Henshaw. Et voici le lieutenant Langford. Nous sommes juste venus poser quelques questions de routine à votre fils. »

Fin de partie

« Papa ? Pa-pa ? »

Eve regarde partout, mais son père n'est pas là.

La télévision est branchée, mais personne ne la regarde.

Sur l'écran, on voit une femme appuyer sur un désodorisant d'intérieur branché sur le secteur, et déclencher une pluie de fleurs animées dans sa salle de séjour.

Il est neuf heures et quart, le dimanche matin.

Son père ne va pas à l'église. Il n'est plus allé faire de jogging depuis la mort de sa mère. Où est-il donc ? Peu importe à Eve, mais c'est une question de principe : lui, il a le droit de sortir sans prévenir, alors pourquoi pas elle ?

La conscience tranquille, elle quitte l'appartement et traverse le village en direction d'Orchard Lane. Devant le marchand de journaux, deux hommes parlent à mi-voix, le ton soucieux. « … On ne l'a pas revu depuis vendredi soir, apparemment… » C'est tout ce qu'elle entend lorsqu'elle passe près d'eux.

Elle arrive à Orchard Lane avec l'intention d'aller droit chez Clara, mais elle remarque alors deux ou trois choses qui la font se raviser. D'abord, une voiture de police stationnée entre les numéros 17 et 19, en face d'un vieux camping-car garé de l'autre côté de la rue. Toby, sur le pas de sa porte, prend congé de deux policiers. Eve, qui se trouve plus haut dans la rue, à moitié cachée par des buissons exubérants, le voit montrer du doigt la maison de Clara.

« C'est cette fille-là, dit-il. C'est là qu'elle habite. »

Et les policiers partent, jetant un coup d'œil au camping-car avant de se diriger vers la maison d'à côté, tandis que Toby referme la porte du numéro 19. Eve reste un moment sans bouger un cil. Elle est assez haut dans la rue pour que les oiseaux gazouillent joyeusement dans les arbres. Elle regarde les policiers frapper à la porte de chez Clara et voit la mère de celle-ci ouvrir, la mine très soucieuse. Elle finit par les inviter à entrer.

Eve reprend son chemin et décide de s'arrêter deux secondes chez Toby pour lui demander ce qui se passe. Elle veut lui parler, de toute façon, avant de le retrouver au lycée, pour s'excuser à propos du vendredi soir où son père l'a forcée à partir.

Heureusement, c'est la gentille belle-mère de Toby qui vient à la porte, ce qui lui évite d'avoir à parler du loyer avec Mr. Felt. Celle-ci retient par son collier un setter roux qui halète avec sympathie en direction d'Eve.

« Bonjour, madame. Toby est là ?

– Oui », dit la femme, d'un ton qui paraît bien désinvolte alors que la police sort de chez elle. « Il est là. Il est remonté dans sa chambre. Première à droite. »

Eve monte donc vers la chambre de Toby et le trouve le dos tourné, grognant, le bras agité de soubresauts violents. Elle s'aperçoit non sans soulagement qu'il joue à la console. C'est à peine s'il réagit à sa présence quand elle va s'asseoir sur son lit. Elle y reste un moment, à regarder la galerie de posters accrochés au mur – stars du rap, joueurs de tennis, films de Christian Bale.

« Lance-flammes ! Lance-flammes ! Crève... *oui*.

– Écoute, dit Eve quand elle voit qu'il est entre deux niveaux, je suis désolée pour vendredi soir. Mon père m'en veut parce qu'il trouve que je rentre trop tard. »

Toby se borne à répondre par un grognement indiquant qu'il a entendu, et continue à mettre le feu à des lézards bipèdes.

« Pourquoi la police est venue ici ?

– Harper a disparu. »

Il faut quelques instants à Eve avant de percuter. C'est alors qu'elle se rappelle ce que disaient les deux hommes devant qui elle est passée près du marchand de journaux.

« Disparu ? Comment ça, *disparu* ? »

Elle ne connaît que trop l'horreur de ce mot.

« Il n'est pas rentré chez lui vendredi. Tu sais, après la fête. »

Harper est une brute et un gros lourd, mais c'est l'ami de Toby, et il a peut-être de sérieux ennuis.

« Oh mon Dieu, s'exclame-t-elle. C'est affreux. Ma

mère a disparu il y a deux ans. On ne l'a toujours pas…

– Clara sait quelque chose, dit Toby, coupant la parole à Eve d'une façon agressive. Cette sale pétasse. Je sais qu'elle sait quelque chose.

– Clara n'est pas une pétasse. »

Toby regarde Eve, les sourcils froncés, l'air hargneux. « Ah oui, elle est quoi à ton avis ?

– Mon amie. »

La porte s'ouvre et Eve voit la robuste chienne rousse foncer dans la pièce, en remuant la queue. Eve laisse l'animal lécher ses mains salées pendant que Toby continue à parler.

« Non. Tu as traîné avec elle parce que tu es nouvelle ici. C'est comme ça que ça se passe. Tu arrives dans un nouveau bahut et tu te retrouves avec la tarée, la polarde à lunettes. Mais ça fait plusieurs mois que tu es là. Tu devrais te trouver une copine, je ne sais pas, moi, une fille comme toi. Pas une pétasse avec un frère taré. » Le setter roux s'approche de Toby et lui met la truffe sur la cuisse. Toby donne un coup de genou pour chasser l'animal. « Quelle abrutie, cette chienne. »

Eve regarde l'écran sur lequel il vient de jouer et qui affiche « Fin de partie ».

Ce qui est peut-être le cas.

Elle soupire. « Il faut que j'y aille, dit-elle en se levant.

– Vous n'avez pas intérêt à traîner, tu sais.

– Hein ?

– Mon père veut l'argent. Le loyer. »

Eve le regarde. Encore un mauvais con à ajouter à sa liste de mauvais cons déjà répertoriés.

« Merci, dit-elle, bien décidée à ne laisser paraître aucune émotion. Je transmettrai. »

Police

En temps ordinaire, Clara Radley trouverait angoissant d'être assise sur le canapé du salon, entre son père et sa mère, et de se faire interroger par deux policiers au sujet d'un garçon qu'elle a assassiné. Surtout quand son voisin immédiat semble avoir tout fait pour l'incriminer. Mais au lieu de la stresser, l'expérience lui paraît étrangement anodine. À peu près aussi impressionnante qu'une démarche à la poste.

Elle sait qu'elle devrait être inquiète, et elle fait même un effort pour partager un peu l'angoisse de sa mère, mais en vain. Ou en tout cas, pas autant qu'elle le devrait. D'une certaine façon, c'est assez marrant.

« Alors, pourquoi Stuart vous a-t-il suivie, si je peux me permettre de vous le demander ? » s'enquiert l'un des policiers. L'homme, le lieutenant Hen – quelque chose. Il sourit poliment, comme la femme qui l'accompagne. Tout se déroule dans une ambiance très cordiale.

« Je ne sais pas, dit Clara. Je suppose que Toby a dû le lui suggérer. Il a un sens de l'humour plutôt cruel.

– C'est-à-dire ?

– C'est-à-dire qu'il n'est pas très sympa, comme garçon.

– Clara, intervient Helen d'un ton légèrement réprobateur.

– Ça va, Helen, dit Peter. Laisse-la parler.

– Bien », dit le policier. Il regarde fixement le tapis grège en avalant une autre gorgée de café. « C'est joli, chez vous. Un peu comme chez ma mère, vous savez.

– Merci, dit Helen, avec un enjouement forcé. Nous avons fait rafraîchir cette pièce l'été dernier. Elle était un peu fatiguée.

– C'est ravissant », renchérit la femme.

Venant de toi, ça n'est pas un grand compliment, pense Clara, qui note la coiffure affreuse, les cheveux ingrats et frisottés, tirés en horrible chignon conforme à l'emploi, laissant sur le front une frange rectangulaire en saillie, comme un garde-boue.

D'où viennent ces pensées de vipère ?

Clara n'est pas du genre malveillant.

Ou plutôt, *n'était* pas. Avant d'avoir pris du sang.

Mais maintenant, tout et tout le monde semble donner prise à la dérision, ne serait-ce que dans sa tête. Comme tout est faux, même cette pièce, avec ses vases vides et inutiles, sa télévision de taille réduite comme l'exige le bon goût, aussi artificielle qu'une publicité.

« Alors, dit le policier, reprenant le fil de ses questions, il vous a suivie ? Et qu'est-ce que vous avez dit ? Il vous a parlé ?

– Euh, oui.

– Ah bon ? Qu'est-ce qu'il a dit ? »

Elle décide de s'amuser un peu. De jouer. « Il a dit "Clara, attends."

– Et alors ?

– Et alors, il a dit que je lui plaisais. Ce qui était bizarre, parce que d'habitude, les garçons ne viennent pas vers moi pour tenir ce genre de propos. Et de toute façon, il avait bu et s'est mis à devenir un peu trop démonstratif, alors j'ai essayé de le décourager gentiment, mais il a commencé à… ça me gêne de raconter ça… mais il s'est mis à *pleurer*.

– À pleurer ?

– Oui. Il était saoul, je viens de vous le dire. Il *puait* l'alcool. Mais quand même, c'était bizarre de le voir pleurer, parce que ce n'est pas du tout son genre. Je ne l'aurais pas catalogué comme un type sensible, mais enfin, on peut toujours se tromper, hein ?

– C'est vrai. Alors, qu'est-ce qui s'est passé ?

– Rien. Enfin, il pleurait. Et j'aurais sans doute dû le consoler ou faire quelque chose, mais je n'ai rien fait. Et c'est tout. »

La femme à la frange en garde-boue lève les yeux de son bloc-notes. Brusquement, elle paraît plus éveillée. « C'est tout ?

– Oui. Enfin, il est parti.

– Parti où ?

– Je n'en sais rien. À la fête.

– Personne ne l'a revu à la fête après votre départ.

– Alors il a dû aller ailleurs.

– Où ?

– Je n'en sais rien. Il n'était pas dans son état normal. Je vous l'ai dit.

– Il n'était pas dans son état normal et il est parti comme ça. Sans plus ? »

Clara sent sa mère se raidir. « Écoutez, elle est bouleversée de savoir que ce pauvre Stuart a disparu, et…

– Non », dit Clara. Les policiers, abasourdis, cessent de griffonner sur leur carnet. « Non, sa disparition ne me bouleverse pas. Je ne sais pas pourquoi les gens ont toujours cette réaction-là, chaque fois que quelqu'un meurt. Vous savez, celle qui consiste à faire comme si c'étaient des saints alors qu'on ne pouvait pas les voir quand ils étaient vivants. »

La femme la regarde comme si elle venait de buter sur quelque chose. « Vous venez de dire "meurt". »

Clara ne se rend pas tout de suite compte des implications de sa remarque. « Et alors ?

– Vous venez de "dire chaque fois que quelqu'un meurt". Dans l'état actuel de nos connaissances, Stuart a disparu. C'est tout. À moins que vous n'ayez d'autres informations ?

– C'était juste façon de parler. »

Peter grommelle quelque chose et passe le bras autour des épaules de Clara pour taper en catimini sur l'épaule de Helen.

Les deux policiers scrutent le visage de Clara. Elle commence à se sentir légèrement mal à l'aise. « Vous savez, je parlais en général. »

Elle est surprise de voir sa mère se lever brusquement.

« Maman ? »

Helen a un sourire crispé. « Il faut que j'aille m'occuper du sèche-linge. Il sonne. »

Les policiers ont l'air aussi surpris que Clara. Pour autant que tout le monde sache, rien n'a sonné.

Will ne dort pas quand Helen frappe sur son camping-car. Il regarde fixement les anciennes gouttes de sang séchées au plafond. Un genre de carte du ciel retraçant l'histoire de sa propre débauche. Une histoire sur laquelle il était également couché, détaillée dans sept carnets intimes reliés en cuir et cachés sous son matelas. Toutes ces nuits de consommation effrénée, débridée.

Quelqu'un frappe à la porte de son véhicule. Il répond et voit une Helen exaspérée.

« Tu n'as pas envie d'une virée à Paris ce soir ? lui demande-t-il. Une promenade dominicale le soir, au bord de la Seine. Juste toi, moi et les étoiles.

– Will, la police est là. Ils sont deux, en train d'interroger Clara. Ça dérape. Il faut que tu viennes leur parler. »

Il sort du camping-car et voit la voiture de police. Malgré l'exposition au grand jour, il est content. Helen lui demande d'intervenir. *Elle a besoin* qu'il intervienne.

Il décide de savourer le miel de l'instant jusqu'à la dernière goutte.

« Je croyais que tu ne voulais pas que je passe le seuil.

– Will, je sais. J'ai cru que nous pouvions nous tirer d'affaire tout seuls, mais je n'en suis plus si sûre. Peter avait raison.

– Alors tu veux que je vienne. Pour faire quoi au juste ? »

Il le sait, bien évidemment, mais il veut le lui entendre dire.

« Tu peux peut-être leur parler ? »

Il prend une profonde inspiration et perçoit l'odeur de son sang dans cet air de campagne. « Leur parler ? Tu veux dire les *suggestionner* ? »

Helen hoche la tête.

Il ne peut résister à la tentation de la provoquer. « Ce n'est pas un peu immoral ? Suggestionner des policiers ? »

Helen ferme les yeux. Un petit pli vertical apparaît entre ses sourcils

Je veux qu'elle me revienne, pense-t-il, prenant conscience de la chose. *Je veux la femme que j'ai faite.*

« Je t'en prie, Will, implore-t-elle.

– Soit. Laissons la morale de côté. Allons-y. »

Les policiers ont l'air perplexe quand Will fait son entrée dans la pièce. Mais Peter hoche la tête, et adresse même un sourire à Helen, content qu'elle ait compris le sens de sa tape sur l'épaule.

« C'est mon oncle », explique Clara.

Helen reste debout à côté de Will, attendant la suite.

« Nous sommes en train de poser des questions à Clara », dit l'homme, haussant les sourcils pour reproduire une expression d'autorité qu'il a notée dans des drames policiers à la télévision.

Will sourit. Il n'aura aucune difficulté à les suggestionner, ces deux-là, même à cette heure du jour. Deux petits jeunes obéissants, deux profanes habitués à la soumission depuis l'école de police. Il lui faudra une phrase, peut-être deux. Ses paroles effaceront ce qui s'est imprimé dans leurs esprits faibles et serviles, et réécriront une autre version.

Il se lance pour montrer à Helen qu'il sait toujours jouer de sa magie. Il ralentit subtilement la voix, qui se fait plus grave, détache soigneusement chaque mot, et utilise le truc très simple qui consiste à ignorer les visages et s'adresser directement au sang. Et comme il est assez près d'eux pour sentir ce qu'il y a dans leurs veines, il commence tout de suite.

« *Oh, je vous en prie*, dit-il. *Continuez à poser vos questions, et vous découvrirez la vérité, à savoir que cette fille qui est en face de vous a l'esprit aussi pur, aussi immaculé qu'un champ de neige vierge, et qu'elle ne sait absolument rien de ce qui est arrivé à ce garçon vendredi soir. C'est pourquoi il est inutile d'écrire quoi que ce soit dans ces petits carnets.* »

Il s'approche de la femme et avance la main. En ayant presque l'air de s'excuser, elle lui tend son bloc, le visage vide, et Will déchire les pages écrites avant de le lui rendre.

« *Et tout ce que vous avez pu entendre d'autre n'est qu'un ramassis de mensonges. Clara ne sait rien. Regardez-la, regardez-la bien…* » Ils regardent. « *…Avez-vous jamais vu quelqu'un d'aussi pur, d'aussi innocent ? Vous n'avez pas honte d'avoir un moment mis son innocence en doute ?* »

Ils hochent la tête, comme de petits enfants face à un professeur sévère. Ils sont vraiment honteux. Will remarque les yeux écarquillés et surpris de Clara.

« *Vous allez partir maintenant. Vous allez partir en comprenant que vous n'avez rien trouvé de suspect ici. Le garçon a disparu. C'est un mystère non résolu de plus dans un monde empli de mystères non résolus. Maintenant, levez-vous et sortez par là où vous êtes arrivés, et dès que vous sentirez l'air du dehors sur votre visage, vous comprendrez que c'est ce qui fait la beauté du monde, tous ces mystères non résolus. Et vous ne voudrez plus jamais polluer la beauté.* »

Peter et Helen eux-mêmes sont impressionnés, remarque Will, lorsque les policiers se lèvent et sortent d'eux-mêmes de la pièce.

« *Allez, au revoir. Et merci de votre visite.* »

Jambon surchoix

Quand Eve arrive, Clara est assise dans sa chambre, en train de manger le jambon de son frère, acheté chez le traiteur. Clara commence par se justifier pour l'incident de la veille chez Topshop. Elle dit à Eve qu'elle a eu une crise de panique et qu'il a fallu qu'elle sorte. Une demi-vérité. Ou un quart de vérité. Mais pas vraiment un mensonge. Eve l'écoute à peine. « La police est venue chez toi ? demande-t-elle. À propos de Harper ?

– Oui, dit Clara.

– Alors, qu'est-ce qu'ils voulaient savoir ?

– Oh, différentes choses. Est-ce que Harper était suicidaire ? Ce genre de trucs.

– Clara, qu'est-ce qui s'est *vraiment* passé l'autre soir ? »

Clara regarde son amie dans les yeux et s'efforce d'être convaincante. « J'en sais rien. J'ai vomi sur ses baskets et il s'est tiré. »

Eve hoche la tête. Elle n'a aucune raison de mettre en doute la parole de son amie. Elle regarde autour d'elle et remarque l'absence des posters.

« Qu'est-ce qui est arrivé aux petits singes tristes dans leur cage ? » demande-t-elle.

Clara hausse les épaules. « Je me suis rendu compte que ce n'est pas ce que je mets sur mon mur qui empêchera les animaux de mourir.

– C'est vrai. Et à qui c'est, le camping-car dehors ?

– À mon oncle. Il est vachement cool.

– Et il est où, en ce moment ? »

Clara commence par être agacée par toutes ces questions. « Oh, il doit dormir. Il dort toute la journée. »

Eve réfléchit quelques instants à cette réponse. « Oh, c'est… »

À ce moment-là, elles entendent un bruit.

Quelqu'un qui crie d'en bas : « Eve. »

Clara voit le visage de son amie s'allonger d'horreur.

« Pas ici ! » chuchote-t-elle. Puis à l'intention de Clara, elle reprend : « Dis-moi que tu n'as rien entendu. Que je me mets à entendre des voix et que j'ai besoin de me faire soigner.

– Hein ? C'est ton… », demande Clara.

Elles entendent des pas lourds monter bruyamment l'escalier. Puis Clara voit débouler dans la pièce un grand malabar vêtu d'un maillot de l'équipe Manchester United.

« Eve, tu rentres à la maison

– Papa ? J'y crois pas ! Pourquoi tu fais ça devant mon amie ?

– Ce n'est pas une amie. Tu rentres avec moi. »

Il lui empoigne le bras.

Clara regarde la scène. « Hé, lâchez-la. Vous êtes… »

Elle s'interrompt. Une lueur dans le regard péremptoire de l'homme la force à baisser les yeux.

Il sait quelque chose. C'est certain. Il sait quelque chose.

« Lâche-moi, enfin », proteste Eve. Elle se débat, mais est tellement gênée qu'elle ne se défend qu'à moitié, et il la traîne littéralement hors de la pièce, renversant au passage la corbeille à papiers pleine de posters froissés.

Rowan entend un brouhaha dans le couloir. Il pose son stylo et abandonne le poème qu'il essaie de finir (La Vie et autres Enfers éternels). Quand il sort de sa chambre, il aperçoit Eve en train d'essayer de se libérer de la poigne de son père.

« Aïe, papa, lâche-moi. »

Ils se dirigent vers l'escalier, suivis par Rowan. Ils ne l'ont pas vu. Il rassemble son courage pour parler. Et au dernier moment, il y parvient.

« Lâchez-la », dit-il à mi-voix.

Jared s'arrête, se retourne sans lâcher le bras d'Eve, et pose sur Rowan un regard brûlant de colère.

« Pardon ? »

Rowan n'arrive pas à croire que c'est le père d'Eve. Son seul point commun avec sa fille, ce sont ses cheveux blonds cendrés. Il y a dans ses yeux exorbités une dose de haine suffisante pour anéantir une armée entière. « Vous lui faites mal. Lâchez-la, s'il vous plaît. » Eve lui fait de la tête signe d'arrêter, dans son intérêt à lui. En regardant

Rowan, elle se rend compte qu'il tient vraiment à elle, pour une raison quelconque et saugrenue. Elle plaît aux garçons, ça n'est pas nouveau. Mais elle n'a jamais vu dans le regard d'aucun ce qu'elle voit dans celui de Rowan. Une profonde sollicitude pour elle, comme si elle était une partie extérieure de lui-même. Elle en est si surprise sur le moment qu'elle ne remarque pas que son père lui a lâché le bras.

Menaçant, Jared s'approche de Rowan. « Je lui fais mal ? C'est MOI qui lui fais mal ? C'est la meilleure. Oui, c'est vraiment la meilleure. Toi, tu es le gentil ? Bien jouée, ta petite comédie. Si jamais je te reprends, toi ou quelqu'un de ta famille, à lui tourner autour, je viens vous massacrer à la hache. Oui. Parce que je sais ce que vous êtes. Je SAIS. »

Il sort sa chaîne de sous son maillot de footballeur et brandit son petit crucifix sous le nez de Rowan. Dans l'embrasure de sa porte, Clara observe la scène, déconcertée. Jared s'adresse à son frère et à elle.

« Un de ces jours, je vais lui dire ce que vous êtes. Je vais lui dire le *petit secret* des Radley. Elle aura peur de vous. Je ferai en sorte que si jamais elle vous revoit un jour, elle n'aura qu'une envie, prendre la fuite en hurlant. »

Le crucifix ne fait rien à Rowan, mais les paroles l'atteignent douloureusement, même s'il voit qu'Eve est morte de honte en entendant son père, et qu'elle le prend pour un fou. Elle se sauve, croisant quelqu'un qui monte l'escalier.

« Eve, hurle Jared. Viens ici ! Eve !

– Qu'est-ce qu'il y a ? » demande Peter en arrivant sur le palier. Jared se contorsionne pour l'éviter, craignant apparemment tout contact physique. « Laissez-moi passer ! »

Peter s'efface contre le mur. Jared fonce au rez-de-chaussée, avec l'énergie du désespoir, mais Eve a déjà quitté la maison.

Peter regarde Clara. « Qu'est-ce qu'il y a, grands dieux ! C'est quoi, son problème ? »

Clara ne répond pas.

« Il ne veut pas que sa fille fréquente des assassins, dit Rowan. C'est un type très vieux jeu. »

Peter le regarde, incrédule, tandis que la vérité commence à se faire jour dans son esprit. « Il est au courant, pour nous ?

– Oui, dit Rowan. Il est au courant. »

RECOMMANDATIONS AUX ABSTINENTS POUR PROTÉGER LEUR PEAU

Quand on ne consomme pas de sang, il est pratiquement impossible de vivre une vie normale sans avoir à affronter la lumière. Bien que le soleil représente un risque pour les abstinents au même titre que pour les vampires pratiquants, certaines mesures permettent de réduire le risque de lésions cutanées et de maladies de peau.

Voici nos meilleurs trucs pour protéger votre peau pendant la journée :

1. Restez à l'ombre. Lorsque vous êtes à l'extérieur, évitez autant que possible tout contact direct avec le soleil.

2. Mettez de l'écran total. Enduisez-vous le corps de protection 60 au moins. Cette règle s'applique quel que soit le temps et votre tenue.

3. Mangez des carottes. Elles favorisent la réparation des tissus et contiennent de la vitamine A. Elles sont riches en anti-oxydants, notamment en éléments photochimiques qui permettent de

réduire la photosensibilité et favorisent le renouvellement de la peau.

4. Réduisez votre exposition au grand air. Ne passez pas plus de deux heures dehors quel que soit le jour.

5. Ne prenez jamais de bain de soleil. Si vous avez besoin d'être bronzé, ayez recours au bronzage artificiel.

6. Réagissez rapidement. Si vous avez la tête qui tourne ou des plaques rouges et irritées, retournez à l'intérieur, de préférence dans une pièce sombre, le plus vite possible.

Restez optimistes. Il est prouvé que le stress aggrave les problèmes de peau dont nous souffrons. Efforcez-vous de réagir sainement. Gardez à l'esprit que même si votre peau vous brûle ou vous démange, vous êtes sur la bonne voie.

Manuel de l'Abstinent
(deuxième édition, p. 117-118).

Le soleil se cache
à nouveau derrière un nuage

Rowan est trop secoué par l'incident avec Eve pour rester chez lui.

De combien de temps dispose-t-il ?

Combien de temps lui faut-il avant de rassembler le courage extraordinaire dont il aurait besoin pour lui avouer ses sentiments ?

Quand découvrira-t-elle qu'il est un monstre ?

Tout en marchant dans la grand-rue, avec le soleil qui pointe derrière les nuages, il sent la fatigue l'envahir. Un soleil vigoureux, éclatant, et aussi impossible à affronter que la vérité. Il continue à avancer, mais sa peau se met à le démanger et il a l'impression que ses jambes peuvent se dérober à tout moment. Il se rend compte qu'il n'a pas mis assez de crème solaire et qu'il devrait rentrer chez lui. Au lieu de quoi, il traverse en direction du square du monument aux morts et du banc qui se trouve devant, partiellement à l'ombre. Rowan regarde les mots LES MORTS GLORIEUX gravés sur la pierre. *Que se passe-t-il,* il se le demande, *quand un vampire meurt ? Y-a-t-il dans l'au-delà un espace prévu où les vampires peuvent être assis à côté des héros de la guerre ?* Juste au moment où il s'apprête à partir, il entend quelqu'un derrière lui et une voix qu'il aime plus que toute autre.

« Rowan ? »

Il se retourne et voit Eve, venant de l'abribus où elle se cachait, s'approcher.

Elle le regarde, et il éprouve la gêne familière qui naît dès qu'il se trouve dans son champ de vision. L'imperfection sous le regard de la perfection.

Elle vient s'asseoir à côté de lui en regardant alentour. Pendant un moment, ils ne disent rien, et Rowan se demande sérieusement si elle entend cogner son cœur.

Après un long moment, elle dit : « Je suis désolée. Pour mon père. Mais c'est qu'il… » Elle s'interrompt. Rowan se tourne vers elle et se rend compte qu'elle voudrait dire quelque chose qui a du mal à sortir. Et puis elle se lance. « Ma mère a disparu il y a quelques années. Avant qu'on vienne ici. Elle a disparu comme ça. On ne sait pas ce qui lui est arrivé. Si elle est vivante ou quoi.

– Je ne savais pas. Je suis désolé.

– Ah, je n'en parle pas beaucoup, il faut reconnaître.

– Non. Ça doit être dur.

– C'est pour ça que mon père est comme il est. Il ne l'a jamais vraiment accepté. Tu sais, on gère ça différemment. Il devient paranoïaque et moi, j'essaie de tout prendre à la rigolade. Et je sors avec des crétins. » Elle regarde Rowan et se rend compte qu'elle a eu tort de ne jamais voir en lui autre chose que le frère timide et bizarre de Clara. Pendant quelques instants, elle se rend compte du plaisir qu'elle éprouve à être assise à côté de lui sur un banc, à parler. On dirait qu'il fait ressurgir chez elle quelque chose d'enfoui. Et elle a l'impression de se retrouver elle-même telle qu'elle était des années auparavant.

« Tu sais, Rowan, si tu as quelque chose à me dire ou si tu as envie de me poser une question, vas-y. Je t'écoute. »

Elle veut lui entendre dire ce qu'elle sait déjà par Clara, et par Rowan lui-même, qui murmure son nom toutes les fois qu'il s'endort en cours.

Le soleil se cache à nouveau derrière un nuage.

L'ombre s'épaissit.

Rowan sent que c'est l'occasion dont il rêve depuis la première fois qu'il a entendu le rire d'Eve dans l'autobus quand elle s'est assise à côté de Clara le jour de son arrivée au village.

« Eh bien, c'est-à-dire que… » Il a la bouche sèche. Il pense à Will. À la facilité qu'a son oncle d'être lui-même, et il ne peut s'empêcher de souhaiter être Will juste pendant les cinq secondes à venir, juste le temps de finir sa phrase. « Je… je… je trouve que tu es vraiment… enfin, je veux dire que je… enfin… tu ne ressembles à aucune fille que je connais… tu te fiches de ce que les gens pensent de toi et… moi, je… quand je ne suis pas avec toi, c'est-à-dire presque tout le temps, bien sûr, je pense à toi et je… »

Elle regarde ailleurs. *Elle pense que je suis un taré.* Et puis il voit ce qui a attiré son attention.

La voiture de ses voisins. Qui s'arrête devant eux. Luisante et argentée comme une arme. Mark Felt baisse la vitre de sa fenêtre.

« Oh non ! dit Eve.

– Comment ?

– Rien. C'est juste… »

Mark pose sur Rowan un regard soupçonneux, puis s'adresse à Eve. « Toby m'a dit que ton père essayait de me mener en bateau. Dis-lui qu'à partir de demain, je fais visiter l'appartement s'il ne paie pas. L'intégralité. Les sept cents livres. »

Eve a l'air embarrassé, bien que Rowan n'ait aucune idée de ce dont il s'agit.

« D'accord, dit-elle. D'accord. »

Puis Mark s'adresse à Rowan. « Comment va ta sœur ?

– Euh… bien. »

Le regard de Mark s'attarde sur lui un moment, comme s'il essayait de comprendre quelque chose. Il referme sa fenêtre et s'éloigne.

Eve regarde fixement l'herbe. « C'est notre propriétaire.

– Ah.

– Et on n'a pas de quoi le payer parce que, enfin, parce que quand on est arrivés ici, mon père n'avait pas de boulot. Et pendant une éternité, il n'a même pas *essayé* d'en trouver un.

– Ah. »

Eve regarde le monument et continue à parler. « Et on avait déjà toutes les dettes de l'époque où on habitait Manchester. Ils faisaient très attention, maman et lui. Il gagnait bien sa vie. Il était dans la police. La P.J. Un bon boulot.

– Ah oui ? dit Rowan, troublé par cette information. Et qu'est-ce qui s'est passé ?

– Quand maman a disparu, il a fait une dépression. Il était comme fou. Il a commencé à avoir des théories invraisemblables, complètement dingues. Bref, ses supérieurs ont signé des papiers pour dire qu'il n'avait plus sa tête et il a été interné pendant deux mois. Je suis allée vivre quelque temps chez ma grand-mère. Elle est morte maintenant. Quand il est sorti, plus rien n'était pareil. Il était sous médicaments, il buvait et il a perdu son boulot. Il était toujours dehors à faire je ne sais quoi. » Elle renifle et marque une pause. « Je ne devrais pas te raconter tout ça. C'est une drôle d'histoire et je n'en parle jamais à personne. »

Rowan la regarde et se rend compte qu'il ferait n'importe quoi pour effacer la tristesse de son visage. « Tu as bien fait, dit-il. Ça peut t'aider d'en parler. »

Et elle continue, presque comme s'il n'était pas là, comme s'il fallait que tout cela sorte.

« On n'avait plus de quoi continuer à habiter la maison de Manchester. Et ça, c'était vraiment moche, parce que je m'étais toujours dit que si on restait là, au moins maman saurait où nous trouver si elle voulait revenir. » Le souvenir la met en colère.

« Ah.

– Mais on n'est même pas restés sur place. Il a voulu venir ici. Dans un petit deux-pièces. Et on ne peut même pas se le payer. À ce que je vois, on va encore déménager s'il ne trouve pas de solution. Et moi, je ne veux pas déménager parce qu'on vient de s'installer, et chaque fois qu'on bouge, ça rend le passé encore plus lointain. Comme si à chaque fois, on perdait maman encore un peu plus. »

Elle hoche un peu la tête comme si elle se surprenait elle-même. « Pardon. Je ne voulais pas te saouler avec tout ça. » Puis elle regarde sa montre. « Il faut que je rentre avant que Papa me trouve ici. Il ne va pas tarder.

– Tu ne... risques rien ? Je veux dire, je peux t'accompagner si tu veux ?

– Je ne crois pas que ce soit une bonne idée.

– Non. »

Elle lui prend la main et la presse doucement. Le monde s'arrête un instant de tourner pendant une seconde parfaite. Il se demande comment aurait réagi Eve s'il avait réussi à lui dire ce qu'il y a dans sa tête, retenu par le barrage du trac.

« C'est drôlement calme, aujourd'hui, non ? dit-elle.

– C'est vrai.

– On n'entend ni les oiseaux ni rien. »

Rowan hoche la tête, sachant qu'il ne pourra jamais lui dire qu'il n'a entendu chanter les oiseaux que sur le net, ni que Clara et lui avaient un jour passé une bonne heure, presque en larmes, devant une séquence vidéo où l'on voyait bouvreuils et fauvettes des marais en train de gazouiller.

« Je te verrai au lycée, dit-elle au bout d'un moment.

– D'accord », répond Rowan.

Rowan la regarde fixement s'éloigner. Finalement il se lève aussi, descend la rue principale jusqu'au distributeur de la poste et vérifie ce qu'il a sur son compte.

353 livres 28

Une année de samedis après-midi à l'Hôtel des Saules, à faire le service ambassade pour ce qui lui a donné l'impression d'être quarante-huit versions de la même réception de mariage. Et voilà le résultat.

Il prend le maximum, puis sort sa carte de la National Westminster Bank pour retirer de l'argent sur son livret jeune, que ses parents approvisionnent chaque mois et auquel il n'est pas censé toucher avant d'être à la fac. Il doit faire un effort pour se rappeler son code pin, mais finit par y parvenir, et il retire le reste de la somme dont il a besoin.

En rentrant chez lui, il met l'intégralité des billets de vingt livres dans une enveloppe et écrit dessus « Argent du loyer pour le 15B, Lowfield Close ».

La sonnette

À quatre heures de l'après-midi, les Radley sont assis devant le déjeuner dominical. En regardant la viande d'agneau sur son assiette, Peter n'est pas surpris par l'énergie que déploie sa femme pour que tout continue comme si de rien n'était. Il sait que, pour Helen, la routine est une forme de thérapie. Qui l'aide à camoufler les failles. Mais à voir les mains tremblantes qui servent les pommes de terre rôties, ladite thérapie n'est pas efficace.

Peut-être est-ce à cause de Will.

Il parle depuis cinq minutes, en réponse aux questions de Clara, et ne semble pas près de s'arrêter.

« … tu comprends, je n'ai pas besoin d'user de suggestion pour moi. Je suis protégé. La police ne peut rien faire pour m'arrêter. Il y a cette société, basée à Manchester, la société Sheridan. Un collectif de vampires pratiquants, solidaires les uns des autres. Une sorte de syndicat, mais dont les représentants sont plus sexy.

– Qui c'est, Sheridan ?

– Personne. Sheridan Le Fanu. Un ancien écrivain vampire. Mort depuis longtemps. En tout cas, ce qui se passe, c'est que la société envoie une liste à la police tous les ans, et que la police ne touche pas à ceux qui sont dessus. Or je suis toujours dans la tête de liste. »

« La *police* ? demande Rowan. Alors la police est au courant de l'existence des vampires ? »

Will secoue la tête. « Dans son ensemble, non. Non, elle ne sait rien. Mais à Manchester, certains de ses membres font exception. Tout cela est très clandestin. »

Rowan paraît contrarié par cette information, et il pâlit visiblement.

Clara pose une autre question. « Alors, si on est mis sur la liste, la police ne peut plus rien faire ? »

Cela amuse beaucoup Will. « Il faut être un vampire pratiquant et avoir à son actif un tableau de chasse conséquent. Mais peut-être, oui. Je pourrais te présenter aux gens qu'il faut. Tirer quelques ficelles…

– Ça ne me paraît pas indiqué, Will, dit Helen, je ne pense pas que nous ayons besoin de ce genre d'assistance. »

Peter continue à manger pendant que les voix bourdonnent autour de lui. Il mastique la viande saignante, qui lui paraît néanmoins beaucoup trop cuite. Regarde les mains tremblantes de sa femme qui se remplit son verre de Merlot.

« Ça va, Helen ? » demande-t-il.

Elle lui adresse un pâle sourire. « Oui, oui, tout à fait bien. »

Mais quand la sonnette retentit, elle fait un bond. Peter saisit son verre de vin et va ouvrir, priant le ciel comme sa femme que ce ne soit pas une deuxième visite de la police. Alors pour une fois, la vue de Mark Felt est presque bienvenue. Celui-ci porte un gros rouleau de papier.

« Les plans, explique-t-il. Tu sais. Je t'en ai parlé. Pour notre projet d'agrandissement du premier étage.

– Ah oui. C'est que nous sommes en train de…

– Comme je ne rentre pas demain soir à cause du travail, je me suis dit que ce serait le bon moment pour les regarder. »

Peter n'est guère enthousiaste. « Ah bon, d'accord. Entre. »

Et une minute plus tard, il est coincé dans la cuisine avec Mark, qui déroule les projets de son architecte sur le plan de travail.

Peter regrette de n'avoir pas mangé plus d'agneau.

De ne pas avoir mangé un troupeau entier.

Ou bu une seule goutte du sang de Lorna.

Dans son verre, il y a une triste petite flaque de Merlot. Pourquoi se force-t-il à boire ce machin ? Boire du vin n'est qu'un de ces pis-aller destinés à leur donner l'impression qu'ils sont des êtres humains normaux, alors que cela a seulement l'effet contraire. Helen soutient qu'ils le boivent pour le goût, mais il n'est même pas sûr de *l'aimer*, ce goût.

« On a une bouteille de vin ouverte, si ça te tente », propose-t-il poliment à Mark, en saisissant une des bouteilles entamées rangées près du grille-pain.

« Volontiers, dit Mark. Merci. »

Peter verse le vin et a envie de rentrer sous terre en entendant la voix claironnante de Will qui porte depuis le salon.

« … *bu jusqu'à plus soif !* »

Il se rend compte que Mark a entendu lui aussi, et qu'il semble vouloir faire une remarque qui n'a rien à voir avec les travaux d'agrandissement.

« Tu sais, Peter, commence-t-il d'une façon qui n'augure rien de bon, on a eu une visite de la police tout à l'heure. Au sujet de ce garçon qui a disparu à la fête. Et il a été question de Clara.

– Ah oui ?

– Oui, et tu me diras si je fais une gaffe, mais je me demandais, enfin, ce qui lui est arrivé l'autre soir ? »

Peter voit son propre reflet déformé dans le grille-pain. Les yeux qui le regardent sur la surface bombée et chromée sont grands et monstrueux. Soudain, il a envie de hurler la vérité. De dire à son voisin transformé en Poirot amateur que les Radley sont des suceurs de sang. Il se retient juste à temps. « Elle a pris une substance qu'elle n'aurait pas dû. Pourquoi ? »

Il se retourne, deux verres pleins à la main.

« Écoute, je suis désolé, dit Mark. C'est juste que… Ce type dans le camping-car, qui est-ce ? »

Peter lui tend un verre. « Mon frère. Il ne reste pas longtemps. Un type un peu excentrique, mais sans plus. Ah, la famille, tu sais ce que c'est. »

Mark fait un signe d'assentiment. Peut-être aimerait-il poser d'autres questions, mais s'abstient.

« Alors, demande Peter, ces plans ? »

Et Mark se met à parler, mais Peter n'entend que des bribes. « … veut construire… sur l'espace en rez-de-chaussée… agrandi dans les années cinquante… risque majeur de… abattre le mur existant… »

Pendant que Peter sirote son verre, il n'entend rien. Le goût ne ressemble pas au vin qu'il vient de boire. Il est délectable, et aussi intense que la vie même.

Il écarte son verre, horrifié.

En regardant la bouteille, il se rend compte que c'est celle que Will a laissée, entamée, sur le plan de travail. Il se demande sous quel prétexte reprendre le verre de Mark. Mais trop tard. Mark a déjà avalé une gorgée et paraît trouver ça tellement à son goût qu'il avale le reste cul sec.

Il repose le verre vide. Son visage est transformé, l'image même de la satisfaction débridée. « Ah, c'était *délicieux*.

– Oui, bon, je peux regarder les plans ? » dit Peter en se penchant sur les feuilles de papier couvertes de rectangles et de mesures.

Mark ignore sa proposition. Il s'approche de la bouteille et en lit l'étiquette. « Rosella 2007 ? Excellent. »

Peter hoche la tête en amateur de vin éclairé. « Espagnol. Un genre de Rioja. Un petit vignoble. Ils font une publicité très discrète. Nous le commandons par internet. » Il fait un geste en direction des plans. « On s'y met ? »

Mark agite la main comme pour dire « On oublie ». « La vie est trop courte. J'ai envie de faire une surprise à Lorna. La dernière fois remonte à longtemps. »

J'ai envie de faire une surprise à Lorna.

« Bon », dit Peter, qui sent la jalousie le brûler comme de l'ail.

Mark tape dans le dos de son voisin et sort de la cuisine. « *Adios, amigo ! Hasta luego !* »

Peter voit le papier sur la table s'enrouler à nouveau. « Tes plans ! » lance-t-il.

Mais Mark est déjà parti.

Nous sommes des monstres

Ils ont fini l'agneau, mais Helen ne débarrasse pas les assiettes car elle ne veut pas laisser les enfants seuls avec Will. Alors elle reste assise, prisonnière sur sa chaise, consciente du pouvoir qu'il a sur elle.

Un pouvoir qu'il a toujours eu, bien sûr. Mais elle y est maintenant confrontée comme à un fait brut, indéniable. Et comme elle l'a encore renforcé en demandant à Will de l'aider face à la police, il pourrit tout. Il contamine la pièce entière, si bien que chaque objet sur lequel elle pose le regard – son assiette vide, les verres, la lampe que Peter lui a offerte il y a plusieurs Noëls – tout semble soudain chargé d'énergie négative. Comme les armes secrètes d'une guerre déclarée contre elle, contre eux tous.

« Nous sommes des monstres, entend-elle son fils dire. Ce n'est pas juste. »

Et Will sourit comme si on lui offrait une réplique. Une autre occasion d'égratigner Helen. « Mieux vaut être ce que tu es que rien du tout. Que de vivre si profondément enfoui sous un mensonge que tu pourrais tout aussi bien être mort. »

Il s'adosse à sa chaise après cette remarque, et savoure le regard méprisant qu'elle lui jette aussi tranquillement que s'il était chargé d'affection.

Peter entre à ce moment-là, l'air furieux, brandissant une bouteille à bout de bras. « C'est quoi, *ça* ? » demande-t-il à son frère.

Will feint l'ignorance.

« On joue aux devinettes, Pete ? Je sèche. C'est un film ou un livre ? » Il se gratte le menton. « *Le Poison ? Rambo ? Tremors ?* »

Helen n'a jamais vu Peter tenir tête à son frère, mais en le voyant réagir ainsi, elle prie silencieusement pour qu'il se taise. Chaque mot est comme un pied qui s'abat sur une trappe.

« Le voisin d'à côté, un éminent avocat, vient de boire un plein verre de sang de vampire. Du sang de *vampire* ! »

Will s'esclaffe. Il ne semble pas affecté le moins du monde. « Voilà qui devrait faire sauter quelques verrous. »

Clara pouffe, pendant que Rowan, sur sa chaise, pense à la main d'Eve dans la sienne, au bonheur de cet instant.

« Seigneur ! » s'exclame Helen, comprenant l'implication de ce que son mari vient de dire.

La bonne humeur de Will vire un peu à l'aigre. « Et alors ? Personne ne l'a mordu. Il ne va pas être converti. Il va juste rentrer chez lui et faire le bonheur de sa femme. »

Cette idée met Peter hors de lui.

« Il faut que tu partes, Will, dit-il. Le voisin devient soupçonneux. Les gens deviennent soupçonneux. Tout le village va se demander ce que vous foutez là, toi et ton putain de camping-car pourri.

– Papa ! » s'exclame Clara.

Will est sincèrement surpris par l'animosité de son frère.

« Oh, Petey, dans quel état tu te mets. »

Peter abat la bouteille sur la table comme pour prouver ce que vient de dire son frère.

« Désolé, Will. Ça suffit. On a une autre vie maintenant. Je t'ai appelé parce qu'il y avait une urgence. L'urgence est passée. Il faut que tu partes. Nous n'avons pas besoin de toi. Nous ne voulons pas de toi. »

Will regarde fixement son frère, meurtri.

« Écoute, Peter..., intervient Helen, on pourrait... »

Will tourne les yeux vers elle. Sourit. « Dis-lui, Hel. »

Helen ferme les yeux. Ce sera plus facile si elle ne voit rien. « Il reste jusqu'à demain », dit-elle. Puis elle se lève et se met à trier les assiettes.

« Je croyais que c'était toi qui...

– Il partira demain », répète-t-elle, et remarque le regard qu'échangent Clara et Rowan.

« Merci, hein ! Et bravo ! grince Peter, qui sort de la pièce en trombe, laissant la bouteille sur la table.

– Ah, les pères ! » commente Will.

Debout à côté de la table, Helen s'efforce de faire comme si elle n'avait pas vu le clin d'œil qu'il lui a adressé pour marquer sa petite victoire.

La veille de Paris

Ils avaient fait ça dans le camping-car, la veille du voyage à Paris.

Ils étaient nus, euphoriques, et chacun sentait le frisson doux de la vie au contact de la peau de l'autre.

Il se souvient de la première fois qu'il a mordu en elle, de l'intensité de la sensation, de sa stupéfaction en sentant dans sa bouche un goût aussi exquis. C'était comme une première visite à Rome, quand on marche dans une rue sans prétention et qu'on se trouve soudain ébloui par la splendeur épique du Panthéon.

Oui, elle avait été parfaite, cette nuit. Une relation entière dans un microcosme. Les désirs, la connaissance acquise, les stratégies subtiles pour boire et être bu. Vider, puis remplir les veines de l'autre.

« Change-moi, avait-elle chuchoté. Rends-moi meilleure. »

Will va s'asseoir dehors, sous le patio, et, en regardant la nuit sans étoiles, se souvient de chaque instant. Les mots, les goûts, l'expression d'extase sur le visage de Helen tandis que le sang coulait goutte à goutte de son poignet percé par un croc dans la bouteille, tandis qu'il la nourrissait de son propre sang en récitant *Christabel,* de Coleridge, un rire fou dans la gorge.

« Oh dame Géraldine, si lasse,
Buvez ce cordial, de grâce !
C'est un vin aux vertus puissantes…
Ma mère le prépara avec des fleurs sauvages. »

Il se souvient de tout ceci en regardant le jardin baigné par la lune et la haute palissade. Ses yeux suivent celle-ci jusqu'au fond du jardin, au-delà du bassin et de la pelouse, et du profil duveteux de deux conifères, entre lesquels il aperçoit le reflet indistinct d'une fenêtre d'abri de jardin, qui regarde comme un œil.

Et il perçoit quelque chose, une présence vivante derrière cet abri. Il entend le craquement d'une brindille et, quelques secondes plus tard, sent l'odeur du sang flottant sur l'air. Il boit une gorgée d'Isobel pour aiguiser ses sens, puis inhale lentement par le nez. Comme l'odeur se mêle à d'autres, plus vertes, plus herbeuses, il est impossible de savoir si c'est simplement du sang de mammifère – un blaireau, peut-être, ou un chat effrayé – ou quelque chose de plus grand, de taille humaine.

Une seconde plus tard, il détecte un sang qu'il connaît mieux. Celui de Peter, qui fait coulisser les portes en verre et sort dans le patio avec son vin.

Ils échangent un salut, et Peter s'assoit sur l'une des autres chaises de jardin en métal.

« Euh, enfin, désolé, dit-il timidement. Pour tout à l'heure. J'ai réagi de façon disproportionnée. »

Will lève une main. « Ah, non, c'est moi qui étais en tort.

– Tu as été gentil de venir. Et tu nous as vraiment aidés avec la police aujourd'hui.

– Pas de problème, dit Will. Tu sais, je pensais à ce groupe qu'on avait. » Peter sourit.

Will se met à chanter leur unique chanson :

En robe rouge, qu'est-ce que t'es chouette
Allez, baby, qu'est-ce qu'on va se mettre…

Peter ne résiste pas : il se joint à lui et sourit en débitant ces paroles ridicules :

Laisse les parents à leur gin-fizz,
Quand je te bois, je pense aux cerises.

Ils laissent leur rire s'éteindre lentement.

« Ça aurait pu faire une vidéo super, dit Peter.

– Enfin, on a eu les T-shirts. »

Ils continuent à bavarder. Will oriente Peter vers les souvenirs de leur petite enfance, au temps de la péniche. De leurs parents qui faisaient toujours un effort supplémentaire pour les choyer quand ils étaient petits, comme la fois où ils avaient ramené à la maison un père Noël de grand magasin fraîchement assassiné pour leur festin de minuit le 24 décembre. Ensuite, ils évoquent les années noires, dans cette maison moderne de grande banlieue, dans le Surrey, les fois où ils jetaient des pierres à leur père adoptif abstinent quand il arrosait les tomates dans sa serre, ou le jour où ils avaient planté les crocs dans le cochon d'Inde terrifié qu'on leur avait bêtement acheté comme animal de compagnie.

Ils reparlent de leurs virées à Londres à tire-d'aile pour écouter des orchestres de vampires punk. « Et la nuit où on est allés à Berlin, dit Will. Tu te souviens ? »

Peter hoche la tête en souriant. Ils étaient allés voir Iggy Pop et David Bowie jouer ensemble à L'Autobahn, la boîte de nuit. Il était le plus jeune spectateur de très loin. « 1977, dit-il. Grande année. »

Ils rient en évoquant des pornos vampires qu'ils regardaient dans les années quatre-vingt.

« *Vein Man,* dit Peter. Je m'en souviens, de celui-là. L'histoire d'un vampire autiste qui mémorisait le groupe sanguin de tout le monde.

– Oui. Et les autres ?

– *Le vampire de Beverley Hills.*

– *Ma canine gauche*[1]. Grossièrement sous-estimé, ce film.

– *La Folle Journée de Ferris Bueller,* celui-là, il était marrant », dit Peter en souriant.

Conscient que c'est peut-être l'occasion rêvée, Will désigne la bouteille de sang de vampire.

---

1. Allusion parodique au film *My Left Foot* (*Mon pied gauche*, 1989) sur l'histoire vraie d'un garçon atteint de paralysie spasmodique, et qui finit par peindre avec son pied gauche.

« En mémoire du bon vieux temps. Oublie le Merlot.

– Non, Will, je ne touche pas à ça. »

S'il expliquait, peut-être ? « Ce n'est plus comme avant, Pete. On trouve du SV partout. En fait, il y a un endroit à Manchester. Une boîte de nuit. Le Narcisse noir. J'y étais hier soir. Un peu trop branché gothique pour moi, à vrai dire. Mais il est toujours ouvert. Et la police n'y touche pas parce qu'il est géré par la société Sheridan. Tu achètes la bouteille vingt livres au type du vestiaire. Tu ne peux pas trouver mieux. »

Peter réfléchit et Will remarque sur son visage le stress d'un dilemme, comme s'il participait à une lutte à la corde. Finalement, Peter secoue la tête et dit : « Il faut que j'aille me coucher. »

Le piètre alibi du mariage

Mais une fois là, dans son lit, Peter ne peut s'arrêter de repenser à cette conversation.

Du sang à boire. Sans culpabilité. Accessible.

Pas besoin de tromper sa femme, de voler ou de tuer quelqu'un pour prendre son pied. Il suffisait d'aller à Manchester, d'en acheter et d'en boire pour être à nouveau heureux, si tant est que ce soit le mot juste.

Tout avait tellement changé depuis son époque. Cela semblait beaucoup plus facile maintenant. Avec cette société dont parlait Will et cette liste de noms intouchables pour la police.

Allongé dans le lit à cogiter ainsi, il se demande comment Helen peut arriver à lire avec tout ce qui se passe autour d'elle. Certes, elle n'a pas tourné la page depuis qu'elle s'est couchée, donc il est peu probable qu'elle lise vraiment. Mais elle est malgré tout assise dans le lit avec le dernier bouquin à avaler pour la réunion de la semaine prochaine du groupe de lecture, et elle *essaie* de lire. Ce qui revient peut-être au même.

Il regarde le livre qu'elle tient. Un roman historique de bonne tenue, *Quand chante le dernier moi-*

neau. Le titre ne dit rien à Peter, qui n'a jamais entendu un oiseau chanter de sa vie.

Pourquoi, se demande-t-il, est-ce si important pour elle de continuer comme si de rien n'était ? De se soucier du rôti du dimanche, du groupe de lecture, de trier les ordures, et du petit déjeuner servi à la table, avec du café préparé à la machine à café. Comment fait-elle cela alors que le stress bourdonne autour d'elle comme l'électricité autour d'un pylône ?

Colmater les brèches, oui, mais quand elles sont aussi larges, à quoi bon ? Pour lui, c'est un mystère. Tout comme ce qui a pu la pousser à faire machine arrière à propos de Will. « Il reste jusqu'à demain. » Pourquoi ? Cela le fait bouillir, mais il ne sait pas au juste pourquoi il est en rage, ni pourquoi cela l'affecte autant.

Il décide de dire certaines des choses qu'il a sur le cœur, et d'ouvrir le dialogue dans leur chambre. Mais c'est une erreur.

« Une boîte de nuit ? » Helen pose son livre sur le lit et le regarde. « *Une boîte de nuit ?* »

Il se sent mis à nu et un peu ridicule, mais c'est aussi un soulagement de pouvoir ainsi s'ouvrir à sa femme.

« Oui, poursuit-il, s'efforçant d'être prudent. Will dit qu'on peut l'acheter au type du vestiaire. J'ai pensé que ça pourrait aider, enfin, nous aider *nous.* »

Aïe, je suis allé trop loin, se dit-il.

La mâchoire de Helen se crispe.

Ses narines se dilatent.

« Comment ça, aider ? Aider *quoi* ? »

Pas moyen de reculer maintenant. « Nous. Toi et moi.

– Mais tout va bien entre nous. »

Elle semble blessée, mais Peter est lancé.

Il la regarde, essayant de voir si elle pense vraiment ce qu'elle dit. « Ah ? Et dans quel univers est-ce vrai ? »

Helen pose le livre sur les moineaux, se glisse dans le lit, met sa tête sur l'oreiller et éteint la lumière. Il sent la tension, comme de l'électricité statique dans l'obscurité.

« Écoute, dit-elle d'une voix où l'on entend *Il faut arrêter ces bêtises*, je ne vais pas veiller pour discuter à propos de ta crise de la cinquantaine. *Des boîtes de nuit !*

– Oui, eh bien, la moindre des choses, ce serait que chacun goûte l'autre une fois de temps en temps. À quand remonte la dernière fois ? La Toscane ? La Dordogne ? Le Noël où nous sommes allés chez ta mère ? Bref, à quel *siècle* ? »

Son cœur bat très vite, et il est surpris lui-même d'entendre autant de colère dans sa voix. Comme toujours dans une dispute, il est à son désavantage.

« Boire du sang ! gronde Helen en tirant brusquement sur la couette. Tu ne penses vraiment qu'à ça.

– Oui, en effet ! » Il a répondu trop vite et la vérité de ce qu'il vient de dire lui saute à la figure. Une vérité qu'il répète tristement. « *Oui, en effet.* »

Helen n'a pas envie de se disputer avec Peter.

Pour commencer, elle n'en a pas l'énergie. Et elle imagine ses enfants au lit, ne perdant pas une miette de l'échange. Will non plus. S'il est encore dehors sous le patio, il entend sans doute lui aussi. Et il doit se régaler à chaque instant.

Elle demande instamment à son mari de se taire, mais se dit qu'il n'a même pas dû entendre. Quoi qu'il en soit, il continue à fulminer, et elle à sentir bouillir sa colère, sur laquelle elle n'a pas plus de prise que sur tout ce qui s'est passé pendant ce maudit week-end.

Alors elle reste étendue dans le lit, aussi furieuse contre elle-même que contre Peter, qui continue à verser du sel sur la blessure ouverte de leur couple.

« Je ne comprends pas, dit-il maintenant. Enfin, à quoi bon ? On ne partage même plus notre sang. C'était le pied. On s'amusait. Tu savais t'amuser. Mais maintenant, on ne fait plus rien ensemble, sauf aller au théâtre voir des pièces qui n'en finissent pas. Mais c'est de nous qu'il s'agit, Helen. C'est nous, la putain de pièce ! »

Elle ne peut rien lui opposer, hormis la douleur qui lui bat les tempes. Ce qui n'a d'autre effet que de provoquer de nouvelles récriminations de la part de son mari.

« La migraine ! rétorque-t-il à plein volume. Parlons-en ! On en a tous, des migraines. Et des nausées. Et des somnolences. Et des os qui font mal et qui vieillissent. Sans compter l'incapacité totale de voir à quoi ça sert de se lever le matin.

Or le seul remède qui améliorerait tout ça, on n'a pas le droit de le prendre.

– Eh bien prends-le ! grince-t-elle. Prends-le. Pars avec ton frère et va vivre dans son foutu camping-car. Et emmène Lorna, pendant que tu y es !

– Lorna ? Lorna Felt ? Qu'est-ce qu'elle vient faire là-dedans ? »

Helen n'est pas convaincue par sa surprise feinte, mais elle baisse le ton. « Oh, je t'en prie. Tu la dragues. C'en est gênant de vous voir faire. »

Elle compile en hâte une liste mentalement, au cas où il voudrait des exemples.

Vendredi dernier, au dîner.

Dans la queue, chez le traiteur.

À la réunion de parents d'élèves.

Au barbecue chez les Felt, l'été dernier.

« Helen, tu es ridicule. Lorna ! » Puis vient l'inévitable coup de griffe. « De toute façon, tu n'en as rien à foutre. »

Elle entend craquer une latte de parquet, quelque part dans la maison. Quelques instants plus tard, les pas familiers de son fils traversent le palier.

« Il est tard, Peter. Il faut qu'on dorme. »

Mais il est en mode vitupération, bien lancé. Et il n'a même pas dû l'entendre. Il continue sa diatribe, de sorte que personne n'en perd une syllabe dans la maison.

« Non mais vraiment, si on en est là, quel est l'intérêt de rester ensemble ? Réfléchis. Les gosses vont partir à l'université et on va rester tous les deux, coincés dans ce piètre alibi du mariage. »

Elle ne sait si elle doit rire ou pleurer. Si elle cède à une envie comme à l'autre, elle sait qu'elle ne pourra plus s'arrêter.

Coincés ?

C'est bien ça qu'il a dit ?

« Tu ne comprends rien. Peter. Vraiment rien à rien ! »

Et dans la petite grotte sombre qu'elle s'est ménagée dans sa couette, ce qu'il y a en elle d'incontrôlable aspire profondément à éprouver ce qu'elle éprouvait il y a dix-sept ans, lorsqu'elle avait oublié tout ce qui faisait problème dans sa vie – son travail, ses visites désespérées à son père mourant et un mariage qu'elle ignorait désirer. En se créant un nouveau problème, encore plus énorme, à l'arrière d'un maudit camping-car. À ceci près qu'à l'époque, cela n'avait pas semblé un problème. Mais de l'amour, et en tel excès qu'elle pouvait presque s'y plonger et se laver de tout le reste, s'aventurer dans les ténèbres pures, réconfortantes, et se sentir aussi libre que dans un rêve.

Le pire, c'est qu'elle sait qu'il est là, le rêve, assis sous le patio, en train de boire du sang et d'attendre qu'elle change d'avis.

« Ah, je ne comprends rien ? dit Peter, quelque part au-dessus d'elle. Tiens donc. C'est encore un concours où tu gagnes ? Le concours de qui se sent le plus coincé ? »

Elle émerge de sa couette et regarde son visage obstiné, indigné. « Cesse de faire l'enfant. » Elle est consciente de l'ironie de ses paroles en les prononçant, consciente d'être aussi infantile que lui, car elle sait que pour eux, le fait d'être adulte ne pourra jamais venir naturellement. Ce sera toujours une comédie, une armure derrière laquelle s'abrite leur âme avide d'enfant.

« J'essaie seulement d'être moi-même, merde, dit Peter. C'est un crime ?

– Oui, à bien des égards. »

Il fait entendre une sorte de braiement. « Alors comment veux-tu que je vive ma vie sans être moi-même ?

– Je n'en sais rien, répond-elle avec sincérité. Je n'en sais vraiment rien. »

Millénaires

Quand Lorna Felt sent les joues râpeuses de son mari à l'intérieur de ses cuisses, elle se demande ce qui arrive à celui-ci au juste.

Ils se sont retrouvés sous les roses et les jaunes du schéma tantrique d'un pied droit et de ses symboles instructifs.

La petite conque et le lotus.

Les voilà nus au lit, et Lorna prend plaisir à être léchée, embrassée, mordillée par Mark, qui n'a jamais rien léché, embrassé et mordillé ainsi.

Elle se force à garder les yeux ouverts pour bien se convaincre qu'il s'agit du même homme, dont les propos sur l'oreiller tournent en général autour des retards de paiement de ses locataires.

Il vient sur elle. Ils échangent des baisers brutaux et primitifs, ceux qu'échangeaient sans doute les hommes il y a des millénaires, avant que ne soient inventés les noms, les vêtements et les déodorants.

Elle perçoit soudain chez lui un immense désir, une immense envie d'elle, et elle sent monter en elle le plaisir chaud et suave à mesure qu'il l'éperonne. Et elle se cramponne à ce plaisir et à Mark avec une énergie éperdue, enfonce ses doigts dans son dos, s'accroche à sa peau salée comme à un rocher battu par des flots sauvages.

Elle murmure son nom comme il murmure le sien. Puis les mots cessent, elle l'entoure de ses jambes et ils cessent d'être « Mark » et « Lorna » ou « les Felt », et se transforment en quelque chose d'aussi pur et infini que la nuit elle-même.

Fou, mauvais, et dangereux à fréquenter[1]

La déshydratation est l'un des symptômes majeurs de Rowan, et il en souffre à présent, bien qu'il ait bu une brique entière de jus de pomme-sureau juste avant d'aller se coucher. Il a la bouche sèche, la gorge poisseuse, l'impression que sa langue est un bloc d'argile rugueuse. Et il a du mal à avaler.

Quand ses parents ont commencé à se disputer, il s'est redressé dans son lit pour avaler le reste de la boîte d'euphytose, mais cela n'a ni étanché sa soif, ni aidé à dormir. Alors il est descendu dans la cuisine, où il se verse un verre d'eau de la carafe.

Du couloir, il remarque que les portes donnant sur le patio sont ouvertes, et il se dirige vers l'extérieur, en robe de chambre. Il fait doux et il n'a pas envie de remonter, pas tant que ses parents sont encore en train de s'engueuler. Il a envie de parler à quelqu'un pour se distraire, même si ce quelqu'un est Will.

1. « *Mad, bad and dangerous to know* » : phrase prononcée par Lady Caroline Lamb (1785-1828) à propos de Lord Byron, avec qui elle eut une liaison en 1812. La phrase a souvent été reprise pour différents titres.

« Alors, qu'est-ce que tu fais dans la vie ? demande Rowan, une fois que la conversation est engagée. Tu travailles ou quoi ?

– J'enseigne à la fac. La littérature de l'époque romantique. Les poètes vampires, principalement. Mais il a fallu que je traite aussi Wordsworth. »

Rowan hoche la tête, impressionné.

« Quelle fac ?

– J'ai enseigné un peu partout. Cambridge, Londres, Édimbourg. Je suis allé un peu à l'étranger aussi. J'ai passé un an à Valencia. Pour finir à Manchester. C'est sans risque. Pour les vampires. Il y a une sorte de réseau de soutien.

– Alors tu y es toujours ? »

Will secoue la tête. Une certaine tristesse lui embue le regard. « J'ai commencé à mélanger le travail et le plaisir, et j'ai fini par faire une bêtise avec une étudiante. Une thésarde. Mariée. Tess, elle s'appelait. C'est allé un peu trop loin. Et bien que l'université n'ait jamais découvert la vérité, j'ai préféré démissionner il y a deux ans. J'ai passé un mois en Sibérie pour me remettre les idées en place.

– En Sibérie ?

– Au festival de décembre. Une grande manifestation d'art et une orgie de sang.

– Ah bon. »

Ils observent l'eau sombre du bassin tandis que l'échange furieux continue au-dessus d'eux. Will regarde Rowan et fait un geste vers le ciel, comme si la dispute qu'ils entendent se déroulait entre des dieux lointains.

« Ils sont coutumiers du fait ou c'est en mon honneur ? »

Rowan lui dit que c'est très rare. « D'habitude, ils se surveillent.

– Ah, le mariage ! » Il s'attarde un instant sur le mot puis sirote une gorgée. « Tu sais ce qu'on dit : si l'amour est du vin, le mariage est du vinaigre. Non que je sois un grand amateur de vin non plus. » Il regarde Rowan avec attention. « Alors, tu as une copine ? »

Rowan pense à Eve et le chagrin transparaît malgré lui dans sa voix. « Non.

– Quel gâchis. »

Rowan avale un peu d'eau et avoue l'embarrassante vérité. « Je ne plais pas aux filles, en fait. Enfin, au lycée, elles me trouvent incolore, inodore et sans saveur. Je suis le gars fatigué qui a un problème de peau. »

Il se souvient de ce que lui a dit Eve tout à l'heure, à savoir qu'il murmure son nom quand il s'endort, et il tique intérieurement.

« Tiens, alors vous trouvez ça difficile, vous autres ? demande Will d'un ton que Rowan interprète comme authentiquement compatissant.

– Eh bien, Clara semble s'en tirer mieux que moi. »

Will pousse un grognement qui se termine en soupir. « C'est vrai que le lycée, c'est cruel. »

À petites gorgées, il boit son sang, qui paraît noir dans cet éclairage, et Rowan ne peut s'empêcher de le regarder en se posant des questions. *C'est pour ça qu'il est venu ici ? Pour du sang ?* Il s'efforce de repousser cette idée et continue à parler. Il dit à Will que ce n'est pas si terrible au lycée (mensonge) et qu'il aurait pu le quitter mais qu'il veut finir sa terminale – options lettres, histoire, allemand – et continuer ses études à l'université.

« Pour étudier quoi ?

– Eh bien, la littérature anglaise. »

Will lui sourit affectueusement. « Moi je suis allé à Cambridge. J'ai détesté. »

Et il raconte à Rowan son bref passage au Midnight Bicycle Club, une clique d'individus assez répugnants, accros au sang, écharpe au vent, ricanants et tonitruants, qui se réunissaient régulièrement pour écouter d'obscurs groupes psychédéliques, discuter de poètes beatniks, réciter des sketches des Monty Python, et partager leur sang.

Il n'est peut-être pas si mauvais, se dit Rowan. *Peut-être qu'il ne tue que les gens qui le méritent.*

L'attention de son oncle paraît un instant distraite par quelque chose à l'autre bout du jardin. Rowan regarde l'abri, mais ne voit rien. En tout cas, Will ne paraît pas accorder grande importance à la chose. Il continue de parler de sa voix sans âge, qui sait tout.

« C'est difficile d'être différent. Ça fait peur aux gens. Mais ça se surmonte. » Il incline son verre. « Prends Byron, par exemple. »

Rowan a l'impression qu'il lui tend une perche délibérément, mais il ne se souvient pas avoir parlé à son oncle de son amour des poèmes de Byron.

« Byron ? demande-t-il. Tu aimes Byron ? »

Will le regarde comme s'il était demeuré. « Le meilleur poète qui ait jamais vécu. La première célébrité authentique. Fou, mauvais et dangereux à fréquenter. Vénéré par les hommes et désiré par les femmes dans le monde entier. Pas mal pour un bigleux rondouillard, bas du cul et pied bot.

– Non, dit Rowan, avec un sourire involontaire. Sans doute.

– Bien sûr, à l'école on lui en a fait voir de toutes les couleurs. Ce n'est que lorsqu'il a eu dix-huit ans et qu'il a été converti par un vampire florentin dans un bordel qu'il a renversé la vapeur. »

Will baisse les yeux vers sa bouteille, et en montre l'étiquette à Rowan. « Le meilleur de la vie, c'est l'ivresse, lui dit Will. Byron aurait bien aimé Isobel. »

Rowan regarde fixement la bouteille et sent sa résistance faiblir. Il est en train d'oublier pourquoi il est si important de ne pas succomber. Après tout, il est un vampire, qu'il boive ou non du sang. Et si Clara a tué quelqu'un, ce n'est pas parce qu'elle avait bu du sang de vampire. Bien au contraire, en fait. Peut-être que si elle en avait bu avec modération, rien de tout cela ne se serait produit.

Il sent le regard de Will posé sur lui. Un joueur de poker qui s'apprête à abattre ses meilleures cartes.

« Si tu veux voler, dit-il, elle t'aidera. S'il y a une fille qui te plaît au lycée, une fille à laquelle tu tiens, tu n'as qu'à goûter Isobel et tu verras. »

Rowan pense à Eve. À la sensation qu'il a eue, assis à côté d'elle sur le banc. Si elle doit découvrir qu'il est un vampire, autant qu'il ait du charme et de l'assurance. « Je ne sais pas… je suis un peu…

– Allons, ronronne Will, d'un ton diaboliquement enjôleur. Ne rejette pas ce que tu ne connais pas. Emmène-la dans ta chambre, tu n'es pas obligé de la boire maintenant. »

Comme il dit cela, le ton monte à nouveau à l'étage, et on entend distinctement la voix de Peter.

« *… c'est censé vouloir dire quoi ?* »

Puis celle de sa mère : « *Tu sais parfaitement ce que c'est censé vouloir dire !* »

Rowan tend le bras et prend la bouteille presque machinalement.

Will le regarde, les yeux emplis de fierté.

« Le monde est là-dedans. Il est à toi. »

Rowan hoche la tête et se lève, soudain gêné et nerveux. « D'accord. Tu sais, je le prends, et je réfléchis.

– Bonne nuit, Rowan.

– Oui. Bonne nuit. »

Panique et épis d'eau

Will vide la dernière goutte de son verre d'Isobel et ferme les yeux. Maintenant que Peter et Helen ont enfin cessé de se disputer, ce qu'il remarque, c'est le calme. Il pense à tous les bruits qui définissent sa vie normale. Le ronron égal de l'autoroute. Les klaxons et les marteaux-piqueurs de la ville. Le bruit strident des guitares. Les murmures charmeurs des femmes qu'il vient de rencontrer et, peu après, leurs hurlements d'extase et de peur. Le ronflement rapide de l'air à ses oreilles lorsqu'il vole au-dessus de la mer, cherchant où laisser tomber les cadavres.

Le silence l'a toujours perturbé. Même lorsqu'il lit de la poésie, il lui faut un bruit de fond quelconque, de la musique, la circulation ou le bourdonnement des voix dans un bar bondé.

Le bruit, c'est la vie.

Le silence, la mort.

Mais là, dans l'instant, le silence n'est pas si déplaisant. On dirait un but désiré, une destination, un lieu que le bruit veut atteindre.

Une vie tranquille.

Il s'imagine avec Helen dans une ferme quelque part, un élevage de porcs. L'idée le fait sourire.

Puis, la direction du vent change, et il perçoit l'odeur du sang qu'il a sentie plus tôt. Alors il se rappelle la présence d'un être vivant derrière l'abri de jardin.

Il se lève de sa chaise, dépasse le bassin, le pas assuré. L'odeur devient plus forte. *Ce n'est ni un chat, ni un blaireau*, se dit-il.

C'est un humain.

En entendant une autre brindille craquer, il s'immobilise.

Il n'a pas peur. Mais il a l'intuition que la personne qui se cache derrière l'abri est là à cause de lui.

« Ça sent la chair fraîche », dit-il à mi-voix.

Silence total. Un silence anormal. Celui de membres crispés et d'un souffle qu'on retient.

Will se demande quoi faire. Aller au-delà des sapins pour satisfaire sa curiosité, ou rentrer dans la maison ? Il n'est guère tenté par le sang âcre et masculin dont il perçoit l'odeur, et, finalement il se contente de tourner les talons et s'éloigne. Mais peu après, il entend des pas qui courent vers lui et quelque chose fend l'air. Il se baisse vivement et aperçoit la hache qui le visait. L'homme trébuche en avant, entraîné par la vitesse du mouvement. Will l'empoigne par son maillot de footballeur. Il le secoue et aperçoit son visage crispé. Il n'a pas lâché la hache, et Will les soulève du sol ensemble et les expédie dans le bassin à grand bruit.

Il est temps de sortir la panoplie d'épouvante.

Il ressort du bassin l'homme au visage paniqué, couvert d'épis d'eau. Will montre ses crocs, puis pose la question : « Qui es-tu ? »

Pas de réponse. Mais de la maison vient un bruit que seul Will perçoit. La lumière s'est rallumée dans la chambre de Peter et Helen. Lorsque la fenêtre s'ouvre sur son frère, il a replongé l'homme sous l'eau.

« Will ? Qu'est-ce que tu fabriques ?

– J'avais des envies de sushis. De quelque chose qui frétille sous la dent.

– Pour l'amour du ciel, sors du bassin !

– D'accord, Petey. Bonne nuit. »

L'homme commence à se débattre pour de bon maintenant, et Will est obligé de l'enfoncer plus profond pour éviter les éclaboussures visibles. Il lui appuie un genou sur le ventre pour le plaquer au fond. Puis Peter referme la fenêtre et disparaît dans sa chambre, sans doute inquiet à l'idée d'attirer l'attention des maisons voisines.

Will tire l'homme de l'eau.

Il tousse et crache, mais sans le supplier.

Will pourrait le tuer.

Il pourrait s'envoler avec lui pour le tuer à mille pieds au-dessus de ce village grotesque, et personne n'entendrait rien. Mais il s'est passé quelque chose. Il se passe quelque chose. Là, dans ce jardin qui appartient à son frère et à la femme qu'il aime, il agit au ralenti. Il y a comme un décalage. Un instant de réflexion avant l'action. Une idée qui fait surface, selon laquelle quand on agit, il faut assumer les conséquences. Et que si cet homme est là, c'est sans doute à cause d'une action antérieure, d'une décision spontanée que Will a pu prendre des jours ou des mois auparavant. Le tuer ne ferait qu'engendrer une autre conséquence.

Tout ce que désire Will, c'est une réponse. « Qui es-tu ? »

Il a déjà vu ces yeux. Senti ce sang. Remarqué ce même cocktail de peur et de haine. Cette découverte le fait fléchir.

Il le lâche sans avoir obtenu de réponse et l'homme sans nom recule dans l'eau, puis se hisse précipitamment hors du bassin. Il s'éloigne à reculons sans quitter Will des yeux. Laissant une trace mouillée sur les dalles, il arrive à la grille. Puis il disparaît.

Une seconde plus tard, Will maudit sa faiblesse.

Il plonge la main dans l'eau froide et sent un poisson glisser rapidement.

Il l'attrape.

Le sort de l'eau.

Le poisson se débat et se tord dans l'air vide.

Will enfourne le ventre dans sa bouche, ressort ses crocs et arrache un morceau de chair. Il suce le maigre sang avant de laisser retomber le poisson dans l'eau.

Il sort du bassin, retourne en dégoulinant jusqu'à son camping-car, laissant derrière lui le cadavre du poisson qui flotte, et la hache au fond de l'eau.

Saturne

Une fois dans sa chambre, Rowan resta assis un moment sur son lit, tenant délicatement dans ses mains la bouteille de sang de vampire.

Que se passerait-il s'il en prenait juste une gorgée ? se demandait-il. S'il gardait les lèvres pratiquement fermées et ne laissait passer qu'une petite goutte ? Assurément, il pourrait résister à l'envie d'en boire davantage.

Il ne remarqua pas le brouhaha dans le jardin, de l'autre côté de la maison, mais entendit sa sœur sortir de sa chambre. Aussitôt, il cacha prestement la bouteille sous son lit, à côté de la poupée en papier mâché qu'il avait faite des années auparavant, quand sa mère l'avait inscrit à un club d'artisanat le samedi matin à la mairie. (Il avait décidé de ne pas fabriquer de poupée figurant un pirate ou une princesse comme les autres enfants du club, mais l'un des dieux romains, Saturne, qu'il avait représenté en train de manger ses enfants. Cela avait beaucoup impressionné Sophie Dewsbury, une gamine de dix ans, qui avait fondu en larmes devant son utilisation inventive de la peinture et du papier crépon rouges. Plus tard, le professeur avait dit à Helen que ce serait une bonne idée de trouver une autre activité du samedi matin pour Rowan.)

Sa sœur poussa sa porte et le regarda d'un œil soupçonneux.

« Qu'est-ce que tu fais ?

– Rien. Je suis assis sur mon lit. »

Clara vint s'asseoir à côté de lui pendant que leurs parents continuaient à se disputer.

Elle soupira en regardant son poster de Morissey. « Ils ne vont pas s'arrêter ?

– Comme tu dis.

– Ce n'est pas à cause de moi, j'espère ? » Pour la première fois du week-end, elle semblait sincèrement contrariée.

« Non, dit-il. Ce n'est pas à ton sujet qu'ils se disputent.

– Je sais. Mais si je n'avais pas tué Harper, ils ne seraient pas comme ça, je me trompe ?

– Peut-être que non, mais je crois que ça couvait depuis longtemps. Et ils n'auraient pas dû nous mentir, hein ? »

Voyant que ses paroles ne suffisaient pas à la réconforter, il décida de sortir la bouteille de sous son lit. Elle regarda avec surprise le liquide restant.

« C'est à Will, expliqua Rowan. Il me l'a donnée, mais je n'y ai pas encore touché.

– Et tu vas en boire ? »

Il haussa les épaules. « Je n'en sais rien. »

Il passa la bouteille à Clara, et ils entendirent un petit bruit satisfaisant lorsqu'elle retira le bouchon. Il la regarda renifler l'arôme au goulot. Elle renversa la tête et en avala une gorgée. Lorsqu'elle se redressa, son visage avait perdu son expression soucieuse.

« Ça avait quel goût ? demanda Rowan.

– Divin. (Elle sourit, les dents et les lèvres tachées de sang.) Et tu vois que je sais rester mesurée, dit-elle en rendant la bouteille à Rowan. Tu vas essayer ?

– Je n'en sais rien », répondit-il.

Et dix minutes après son départ, il n'en sait toujours rien. Il flaire, comme sa sœur. Résiste à la tentation. Pose la bouteille sur sa table de nuit et essaie de penser à autre chose. Il se remet au poème qu'il essaie d'écrire sur Eve, mais il reste bloqué, alors il lit un peu de Byron.

Elle s'avance en beauté, comme la nuit
De ces pays aux cieux brillants et noirs
Et dans ses yeux, dans son être,
S'exaltent la lumière et l'obscur.

Sa peau le démange et il s'efforce de se concentrer ; ses yeux dérapent sur les mots comme des pieds sur la glace. Il ôte son T-shirt et voit un atlas de taches se dessiner sur sa poitrine et ses épaules, à tel point que les plages de peau normale ressemblent à des calottes glaciaires dans une mer incandescente.

Rouge-gorge !

Il entend la détestable voix de Toby, et Harper qui rit comme si c'était la chose la plus drôle du monde.

Puis il repense à un incident survenu le mois dernier dans le parc du lycée. Il marchait tout seul vers l'ombre et la solitude des marronniers à l'extrémité du parc lorsque Harper l'avait suivi en courant pour le seul plaisir de lui sauter dessus et de le faire tomber, ce qu'il avait réussi. Rowan se rappelle la grosse masse impitoyable qui le plaquait dans l'herbe et l'impression angoissante que ses poumons allaient éclater. Il se souvient du rire étouffé des autres garçons, notamment de Toby. Et du violent hurlement d'homme des cavernes de Harper, noyant tout le reste.

« Couilles molles ne peut plus respirer ! »

Et Rowan, qui gisait écrasé sous lui, n'avait même pas eu envie de se défendre. Il aurait voulu s'enfoncer dans cette terre dure pour ne plus jamais remonter.

Il prend la bouteille sur la table de nuit.

À la santé de Harper, pense-t-il, et il boit au goulot.

Soudain, tandis que le goût délicieux envahit sa langue, tous ses soucis, toutes ses tensions s'évaporent. Les douleurs et les souffrances qu'il a toujours connues disparaissent presque instantanément, et il se sent réveillé.

Bien, bien réveillé.

Comme s'il avait dormi cent ans.

Lorsqu'il écarte la bouteille de ses lèvres, il regarde dans le miroir et voit les taches roses disparaître ainsi que les cernes gris de fatigue sous ses yeux.

Si tu veux voler, elle t'aidera.

La pesanteur est une loi qui peut être transgressée.

Avant même de s'en rendre compte, il est entré en lévitation, il flotte au-dessus de son lit, la bouteille à la main, et regarde *Le Manuel de l'Abstinent* posé sur sa table de nuit.

Il rit et se pelotonne en l'air sur son rire. Il ne peut plus retenir les vagues de rire qui sortent de lui, comme si toute sa vie jusqu'à présent n'avait été qu'une longue plaisanterie dont il ne découvrait la chute que maintenant.

Mais elle a cessé d'être une plaisanterie.

Il n'est pas Rouge-gorge.

Il est Rowan Radley.

Et il est capable de tout.

LUNDI

Ne laissez pas libre cours à votre imagination. Ne vous perdez pas en rêveries dangereuses. Ne restez pas là à ruminer et à songer à une vie que vous ne vivez pas. Ayez des activités. Faites du sport. Travaillez davantage. Répondez à vos e-mails. Emplissez votre agenda d'activités sociales inoffensives. En agissant ainsi, nous entravons notre imagination. Or l'imagination, pour nous, n'est qu'une voiture lancée à toute vitesse vers le bord d'une falaise.

Manuel de l'Abstinent
(deuxième édition, p. 83).

Encyclopédie policière sur pattes

York. Quartier général de la police du Yorkshire-Nord. Assis dans son bureau, Geoff Hodge, commissaire divisionnaire, regrette de ne pas avoir pris un petit déjeuner plus consistant. Bien sûr, il sait qu'il devrait perdre une bonne dizaine de kilos, et que son taux de cholestérol, entre autres, inquiète Denise, mais allez commencer la semaine avec dans le ventre un bol de Fruit'n Fibre arrosé de lait écrémé, et une malheureuse petite mandarine ou autre fruit du même genre. Elle lui interdisait même le beurre de cacahuète à présent.

Le beurre de cacahuète !

« Trop salé. En plus, il y a de l'huile de palme dedans », lui avait-elle dit.

Denise savait tout sur l'huile de palme depuis qu'elle allait chez les Weight Watchers. *À entendre Denise, on croirait que l'huile de palme, c'est pire que le crack.*

Et maintenant, à voir ces deux minables en uniforme, il regrette d'avoir écouté Denise. Á ceci près, bien entendu, qu'il est impossible d'ignorer Denise.

« Alors vous dites que vous êtes allés interroger Clara Radley mais que vous n'avez rien noté ?

– Nous sommes allés chez elle, et elle a répondu à nos questions de façon satisfaisante », déclare le lieutenant Langford.

Ils parlent tous comme ça maintenant, pense Geoff. *Ils sortent tous de la formation à Wildfell Hall, et on dirait de petits ordinateurs.*

« Répondu de façon satisfaisante ? s'étrangle Geoff. Bordel de merde, mon petit, c'était le témoin le plus important ! »

Les deux policiers tremblent en l'entendant. *Peut-être que si j'avais pris de l'huile de palme à mon petit déjeuner, je pourrais réfréner ma mauvaise humeur,* se dit-il. *Enfin, trois petits pâtés à l'oignon et au fromage pour le déjeuner devraient faire l'affaire.*

« Alors ? » dit-il en se tournant vers l'autre. Le lieutenant Henshaw. Un incapable, une lavette qui n'a pas de couilles au cul, pense Geoff.

« Allez, Dupond, à vous.

– C'est juste qu'il n'y avait rien à signaler. Et on n'a pas non plus trop insisté, puisque c'était une enquête de routine. Vous savez, deux personnes disparaissent toutes les…

– Ça va, monsieur l'encyclopédie policière sur pattes, je ne vous ai pas demandé de statistiques. Et maintenant, cette foutue affaire ne ressemble plus trop à la routine, c'est moi qui vous le dis.

– Pourquoi ? demande Langford. Il y a des éléments nouveaux ?

– Oui, le corps. On l'a retrouvé. Ou plus exactement, il s'est échoué, rejeté par cette saloperie de mer du Nord. Je viens d'avoir un appel du secteur

Est. On l'a trouvé sur des rochers à Ravenscar. C'est cet ado, Stuart Harper. On l'a bien arrangé.

– Oh, là là ! s'exclament en chœur les deux lieutenants.

– Comme vous dites, reprend Geoff. Putain de bordel de oh là là. »

Maîtrise

Rowan passe la moitié de la nuit à écrire le poème sur Eve qu'il essayait de mettre en route depuis des semaines. *Eve, Ode aux Miracles de la Vie et de la Beauté* se transforme en épopée en vers, comprenant au total dix-sept strophes, et consomme jusqu'à la dernière feuille de son bloc de format A4.

Bien qu'il n'ait pas fermé l'œil de la nuit, il est moins fatigué que d'habitude au petit déjeuner. Il mange son jambon en écoutant la radio.

Pendant que ses parents se chamaillent dans le couloir, il souffle à Clara : « J'ai essayé.

– Quoi ?

– Le sang. »

Clara écarquille les yeux. « Et alors ?

– Ça m'a guéri de mon angoisse de la page blanche.

– Tu te sens différent ?

– J'ai fait cent pompes. D'habitude, je n'arrive même pas à dix. Mon eczéma a disparu et mon mal de tête aussi. J'ai les sens tellement aiguisés que j'ai l'impression d'être un super-héros, tu vois !

– Tu parles ! Hallucinant, non ?

– Qu'est-ce qui est hallucinant ? demande Helen en entrant dans la cuisine.

– Rien.

– Rien. »

Rowan emporte la bouteille au lycée et s'assied à côté de Clara dans le bus. Ils voient Eve à l'arrière d'un taxi qui les double. Elle hausse les épaules et articule à leur intention : « Mon père. »

« Tu crois qu'il lui a dit ? demande Rowan à sa sœur.

– Qu'il lui a dit quoi ?

– Ben tu sais, qu'on est des… »

Clara a peur qu'on les écoute. Elle se retourne sur son siège. « Qu'est-ce que fabrique Toby ? »

Rowan voit Toby à l'arrière, en train de parler à un groupe de terminales sur les sièges autour de lui. De temps à autre, un visage se tourne vers les deux Radley.

« Qu'est-ce qu'on en a à battre ? »

Clara regarde son frère en fronçant les sourcils. « Ça, c'est le sang qui parle.

– Tu devrais peut-être prendre un petit rab. Tu as l'air en perte de vitesse. »

Il fait un geste vers son cartable.

Qu'elle regarde fixement, partagée entre la peur et la tentation. Le bus ralentit. Le joli pub, le Fox and Crown, peint en crème, glisse lentement devant la fenêtre du bus. Ils arrivent à l'arrêt de Farley. *L'arrêt de Harper.* Les quelques lycéens qui montent semblent excités par le côté dramatique de sa disparition.

Rowan a déjà remarqué ça dix ans auparavant, quand Leo Fawcett était mort d'une crise d'asthme dans le parc du lycée. Le frisson d'excitation qui envahit les gens quand arrive une catastrophe, une excitation qu'ils n'admettront jamais, mais qui danse dans leurs yeux quand ils affirment qu'ils sont atterrés.

« Non, répond Clara. Je n'en veux pas, voyons. Oh, là là, je n'arrive pas à croire que tu as pris ça avec toi. Il faut qu'on fasse gaffe.

– Waouh ! Qu'est-ce qu'ils ont, les Radley, ce matin ? dit Laura Cooper en passant. On ne les reconnaît plus. »

Rowan hausse les épaules à l'attention de sa sœur et regarde par la fenêtre la brume délicate qui recouvre le parc comme une pluie immobile, qui cacherait le paysage derrière un voile. Il est heureux malgré tout. Malgré les doutes de sa sœur, malgré Toby et les autres élèves. Il est heureux parce qu'il sait que dans moins d'une heure, il verra Eve.

Pourtant, quand il la voit pour de bon, au rang devant lui, à l'assemblée du matin, son émotion est presque trop violente. Avec ses sens exacerbés, il perçoit l'odeur de son sang dans toute sa complexité et la multiplicité de ses composants, et il en défaille presque. Tout ceci est là, à sa portée, il suffirait d'une morsure.

Est-ce parce que les cheveux d'Eve sont relevés, dégageant son cou ? Toujours est-il que Rowan se rend compte qu'il ne se maîtrise pas autant qu'il le croyait.

« Et nous espérons donc de tout notre cœur, poursuit Mrs. Stokes, debout sur l'estrade du hall, de sa voix monotone, et je sais que vous tous ici, dans cette salle, vous l'espérez aussi, que Stuart Harper rentrera sain et sauf chez lui... »

Il sent l'odeur du sang d'Eve. Rien d'autre, en fait. Juste son sang et la promesse d'un goût qui surpasserait tout ce qu'il y a au monde.

« ... mais en attendant, nous allons tous prier pour sa sécurité. Et nous devons être très vigilants quand nous circulons après être sortis du lycée... »

Il a vaguement conscience de se pencher, de s'approcher d'elle, perdu dans une sorte de rêve éveillé. C'est alors qu'il entend quelqu'un tousser sèchement sur la plateforme latérale. Il voit sa sœur qui le fusille du regard, et il sort brutalement de sa transe.

Les trois flacons

L'une des choses que Peter appréciait le plus dans la vie urbaine, c'était l'indifférence totale des voisins.

À Londres, on pouvait dormir toute la journée et boire de l'hémoglobine fraîche toute la nuit sans jamais voir un rideau frémir ni entendre de chuchotis réprobateurs au bureau de poste. À Clapham, personne ne le reconnaissait dans la rue et personne ne se souciait de savoir ce qu'il faisait pendant ses loisirs.

Mais à Bishopthorpe, les choses avaient toujours été différentes. Il s'était vite rendu compte que la rumeur allait toujours bon train, même si, comme les pépiements des oiseaux dans les arbres, elle se taisait souvent à son approche.

Lorsqu'ils avaient emménagé à Orchard Lane, Helen n'avait pas encore un ventre arrondi, et tout le monde voulait savoir pourquoi ce beau couple sans enfants avait voulu s'installer dans un village au milieu de nulle part.

Naturellement, ils avaient un certain nombre de réponses toutes prêtes, qui étaient au moins vraies en partie. Ils voulaient se rapprocher des parents de Helen, car son père souffrait de plusieurs troubles cardiaques sérieux. Ils commençaient à trouver que le coût de la vie à Londres devenait excessif. Et surtout, ils voulaient que leurs enfants à venir soient élevés dans un cadre calme et relativement rural.

Mais les questions les plus épineuses étaient celles qui portaient sur leur passé. Celui de Peter en particulier.

Où était sa famille ?

« Oh, mes parents sont morts dans un accident de la route quand j'étais enfant. »

Avait-il des frères et sœurs ?

« Non. »

Alors, comment vous êtes-vous orienté vers la médecine ?

« Je ne sais pas. Le goût m'en est venu, voilà. »

Alors, comme ça, Helen et lui s'étaient rencontrés quand ils étaient étudiants dans les années quatre-vingt. Ils avaient beaucoup fait la fête ?

« Pas vraiment. En fait on était très sages. On sortait de temps en temps manger un curry le vendredi ou on se louait une cassette, mais c'était tout. Il y avait un très bon indien au bout de la rue. »

Dans l'ensemble, Helen et lui avaient réussi à déjouer ces interrogatoires. Dès que Rowan était né et que Peter avait donné la preuve de ses compétences au cabinet médical de Bishopthorpe, ils avaient été bien intégrés dans la communauté villageoise.

Mais Peter n'oubliait jamais que tant que les habitants de Bishopthorpe jasaient sur les uns et les autres (et ils ne cessaient jamais, que ce soit lors des dîners, sur le terrain de cricket ou à l'arrêt d'autobus), ils étaient susceptibles de jaser sur les Radley aussi.

Il est vrai qu'à bien des égards, Peter et Helen s'étaient faits aussi neutres et anonymes que possible. Ils s'étaient toujours habillés exactement comme les autres s'attendaient à les voir habillés. Ils avaient toujours acheté des voitures qui ne détonnaient pas au milieu des autres berlines et monospaces familiaux d'Orchard Lane. Ils avaient toujours fait en sorte que leurs opinions politiques restent sagement au centre. Quand leurs enfants étaient jeunes, ils allaient à l'église de Bishopthorpe pour la messe de minuit chaque 24 décembre, ainsi que le dimanche de Pâques.

Quelques jours après leur emménagement, Peter avait même accepté, à la suggestion de Helen, de trier tous leurs disques, CD et vidéos pour en éliminer les œuvres de vampires, héréditaires ou convertis, vivants ou morts, pratiquants ou abstinents.

Ainsi Peter s'était-il séparé à contrecœur des cassettes VHS de ses films favoris de Simpson-Bruckheimer (après avoir regardé une dernière fois les couchers de soleil intenses, aux couleurs sanglantes du *Flic de Beverley Hills II*). Il dut dire un adieu ému à Norma Bengell dans *La Planète des vampires*, à Vivien Leigh dans *Autant en emporte le vent,* à Catherine Deneuve dans *Belle de jour* et à Kelly LeBrock dans *La Femme en rouge*. Adieu aussi à sa réserve clandestine de classiques de l'après-guerre de Powell et Pressburger (dont le sujet, comme le savaient tous les amateurs de sang, n'était pas du tout les danseuses ni les religieuses), ainsi qu'aux immortels grands westerns de vampires (*La Rivière rouge*, *Rio Bravo*, *Young Guns II : Blaze of Glory*). Inutile de dire qu'il avait dû se débarrasser de toute sa collection de pornos vampires, notamment ses versions Betamax longtemps adorées mais plus du tout regardées de *Cours après moi, vampire* et *Ça va saigner.*

Direction poubelle aussi en ce triste jour de 1992 pour des centaines de disques et de CD ayant fourni le fond musical de nombreuses séances de dégustation nocturne. Combien de cris et gémissements délicieux n'avait-il pas entendus sur les versions vendues sous le manteau de « Volare » ou « Aint That a Bite in the Neck » de Sinatra ? Peter avait particulièrement regretté la perte des soul vampires classiques de Grace Jones, Marvin Gaye et ce diable amoral de Billy Ocean, dont le super quarante-cinq tours *Oceans of Blood* contient la version définitive de *Get out of my dreams, Get into my car*[1] (parce que j'ai salement soif). Quant aux livres, il avait dû jeter les études vendues au marché noir sur Le Caravage et Goya, plusieurs tomes de poésie romantique, *Le Prince* de Machiavel, *Les Hauts de Hurlevent, Par-delà le bien et le mal*, de Nietzsche, et trois fois hélas, *La Vagabonde*, de Danielle Steel. Bref, tous les classiques des amateurs de sang. Bien entendu, ils s'étaient procuré

1. Sors de mes rêves, monte dans ma voiture.

le *Manuel de l'Abstinent*, et s'y tenaient fermement, mais prenaient soin de le laisser bien caché sous leur lit.

Pour remplacer toutes ces œuvres inspirées par le sang, ils étaient allés dans les magasins et avaient rempli les trous dans leur catalogue de classiques avec Phil Collins, *Graceland* de Paul Simon, *Les Quatre Saisons* de Vivaldi, dont ils mettaient « Le Printemps » chaque fois qu'ils recevaient des amis à dîner. Et ils s'étaient procuré des livres comme *Une année en Provence* et un certain nombre de romans historiques honorables qu'ils n'avaient aucune intention de lire. Rien de trop manifestement prolo, ni de trop artistique ou marginal ne trouva plus jamais place sur leurs étagères. Comme pour tout le reste dans leur vie, ils se fixèrent des goûts aussi proches qu'ils le purent de ceux de l'archétype des provinciaux profanes de classe moyenne.

Mais malgré toutes ces mesures préventives, certaines failles subsistaient inévitablement. Ainsi, le refus réitéré de Peter de faire partie du club de cricket, malgré l'insistance des autres résidents d'Orchard Lane.

Il y avait eu la fois où Margaret, la postière, était passée chez eux et avait eu des vapeurs après avoir vu un tableau de Helen, un nu de femme, jambes ouvertes, allongée sur une chaise longue. (Après ledit incident, Helen avait rangé ses vieilles toiles au grenier et s'était mise à peindre des aquarelles représentant des pommiers.)

Mais c'étaient leurs enfants qui, sans le savoir, les trahissaient le plus : l'amour de la pauvre Clara pour des animaux qu'elle terrorisait, les tentatives de Rowan aux ateliers d'écriture, qui inquiétaient ses instituteurs (Hansel et Gretel revus et corrigés en assassins d'enfants incestueux et fugitifs ; *Les Aventures de Colin, le cannibale curieux* ; et une autobiographie fictive où il imaginait sa vie, prisonnier dans un cercueil).

Ils avaient trouvé pénible de regarder les efforts déployés par leurs enfants pour se faire des amis ; et quand Rowan avait commencé à être en butte au harcèlement, ils avaient sérieusement envisagé une éducation à la maison. Mais en fin de compte et malgré ses réserves, Helen avait repoussé l'idée et tenu bon, rappelant à Peter que le *Manuel de l'Abstinent* préconisait l'intégration, l'intégration, l'intégration dans tous les domaines où elle était possible.

Une stratégie qui aurait pu réussir jusqu'à un certain point, mais qui ne pouvait garantir l'immunité contre les rumeurs, pas plus qu'elle ne pouvait leur donner l'assurance qu'aucun des élèves que fréquentaient leurs enfants n'allait pas, en les tentant ou en les tourmentant, provoquer chez eux une attaque de SSI.

Or aujourd'hui, lundi matin, les rumeurs allaient bon train, se rapprochaient et devenaient plus immédiatement dangereuses. Peter est dans la salle de réception, en train de regarder son courrier et de consulter ses feuilles de rendez-vous tout en écoutant Elaine, une femme dont les processus biologiques ne fonctionneraient pas sans son quart d'heure de « radio-malheur » du lundi matin. Elle parle avec l'une des patientes de Jeremy Hunt à mi-voix, sur un ton de veille d'apocalypse.

« Dites donc, c'est terrible, hein, ce qui est arrivé à ce garçon de Farley.

– Oh là là, ne m'en parlez pas. Terrible. J'ai vu ça aux infos régionales ce matin.

– Il a disparu subitement.

– Il paraît, oui.

– Ils pensent qu'il a été, comment dire, *assassiné.*

– C'est pas vrai ! Aux infos, ils ont dit que l'affaire était traitée comme une disparition… »

Elaine coupe aussitôt : « Non. D'après ce que j'ai entendu dire, ce garçon n'avait aucune raison de disparaître. Il est très apprécié, vous savez. Un sportif. Il fait partie de l'équipe de rugby et tout ça. Mon amie connaît sa mère, et elle dit que c'est vraiment un garçon adorable.

– Terrible, cette histoire. Épouvantable. »

Silence de mauvais augure. Peter entend grincer la chaise d'Elaine, qui se tourne vers lui. « Je parie que vos enfants le connaissaient, Docteur. »

Docteur.

Il connaît Elaine et travaille avec elle depuis plus de dix ans, mais il reste le docteur Radley, malgré le nombre de fois où il lui a dit qu'elle pouvait l'appeler Peter, que c'était préférable, en fait.

« Je n'en sais rien, répond-il, peut-être un peu trop vite. Je ne pense pas.

– C'est terrible, hein, docteur ! Quand on pense que c'est le village à côté.

– Oui, mais je suis sûr qu'on va le retrouver, ce garçon. »

Elaine ne paraît pas avoir entendu. « Il y a toutes sortes de dangers par ici, hein ? Toutes sortes.

– Ah, ça, sans doute. »

Elaine le regarde fixement, d'un drôle d'air. La patiente – une femme aux cheveux longs et secs, en cardigan à rayures multicolores fané, tricoté à la main, et qui ressemble à une version plus âgée et très obèse de la Joconde – le regarde elle aussi. Il la reconnaît : Jenny Crowther, la femme qui animait l'atelier d'artisanat à la mairie du village. Il y a sept ans, elle leur avait téléphoné pour faire part à Helen de son inquiétude au sujet de l'effigie de dieu romain faite par Rowan. Depuis, elle ne salue plus Peter dans la rue, se borne à lui adresser le sourire absent qu'elle arbore en ce moment.

« Toutes *sortes* de dangers », répète Elaine, pour bien souligner son propos.

Peter se sent oppressé par une claustrophobie soudaine et, allez savoir pourquoi, pense à toutes les clôtures qu'a peintes Helen au fil des ans. Ils sont pris au piège. C'est pour cela qu'elle les peint. Ils sont pris au piège par les visages souriants et vides, et toutes ces rumeurs fondées sur des informations fausses.

Il tourne les talons et remarque une enveloppe matelassée dans une pile de courrier à envoyer à l'hôpital. Un échantillon de sang.

« Eh bien, ça vous donne envie d'enfermer vos enfants à double tour, pas vrai, docteur ?

– Oh, répond Peter, écoutant à peine ce que dit Elaine, je crois qu'on a tendance à devenir un peu paranoïaque dans un cas pareil. »

Le téléphone sonne, et Elaine répond. Jenny Crowther s'assied sur l'un des sièges en plastique orange dans la salle d'attente et tourne le dos à Peter.

« Non, dit Elaine avec une autorité souriante au patient au bout du fil, je suis désolée, mais si vous voulez un rendez-vous en urgence, il faut nous appeler entre huit heures et demie et neuf heures. Je regrette, mais on ne peut pas vous prendre avant demain. »

Pendant qu'elle continue à parler, voilà que Peter se penche pour renifler l'enveloppe en papier kraft et remarque que son cœur réagit : ce n'est pas qu'il bat plus fort, mais plus vite, stimulé par une poussée d'adrénaline.

Il lance un coup d'œil vers Elaine et voit qu'elle ne fait pas attention à lui. Il ramasse l'enveloppe aussi discrètement que possible avec le reste de son courrier et l'emmène dans son cabinet.

Une fois qu'il y est, il regarde l'heure.

Cinq minutes avant le patient suivant.

Vite, il ouvre l'enveloppe et sort les flacons en plastique ainsi que le formulaire bleu pâle de la Sécurité sociale. La feuille lui confirme ce que son nez lui a déjà dit, à savoir que ce sang est bien celui de Lorna Felt.

Il éprouve une attirance magnétique pour son sang, comme s'il était mû par la gravitation.

Non, je ne suis pas mon frère.

Je suis fort.

Je peux résister.

Il essaie de réagir comme il le fait péniblement depuis presque vingt ans, de voir le sang comme un médecin doit le voir, un simple mélange de plasma, de protéines et de cellules rouges et blanches.

Il pense à son fils, à sa fille, et réussit à replacer les trois flacons dans l'enveloppe. Il tente de la recoller, mais elle se rouvre dès qu'il est assis dans son fauteuil. L'ouverture mince et sombre est l'entrée d'une grotte qui renferme soit une peur indicible, soit un plaisir infini.

Peut-être même les deux.

Groupe de lecture

Le premier lundi du mois, Helen a rendez-vous avec ses amies femmes au foyer chez l'une d'entre elles pour une réunion du groupe de lecture et une collation en milieu de matinée pour bien commencer la semaine.

Cet arrangement, ou du moins la participation de Helen dure depuis presque un an, et elle n'a manqué qu'une réunion, à cause de ses vacances en Dordogne, dans un gîte loué pour toute la famille. Manquer une séance aujourd'hui, sans préavis, pourrait introduire une dissonance ou une note de soupçon qu'il vaut sans doute mieux éviter de provoquer, compte tenu du si bémol mineur menaçant que représente le camping-car garé dans Orchard Lane.

Elle se prépare donc et se dirige à pied vers la maison de Nicola Baxter, à l'extrémité sud du village. Les Baxter habitent une vaste grange aménagée avec une large allée en courbe et un jardin rempli d'azalées qui semble appartenir à une ère différente de l'imposant espace intérieur, avec sa cuisine rustico-futuriste et les canapés rectangulaires sans accoudoirs.

Lorsque Helen arrive, tout le monde est déjà installé, livres sur les genoux, à manger des pannequets et à boire du café. Ces dames parlent avec plus d'animation que d'habitude et Helen découvre avec stupéfaction que le sujet de conversation n'est pas *Quand chante le dernier moineau.*

« Oh, Helen, tu ne trouves pas ça terrible, l'affaire Stuart Harper ? » lui demande Nicola en lui présentant une gigantesque assiette pleine de miettes où ne reste qu'un seul pannequet.

« Si, si, effroyable. »

Nicola est une femme que Helen a toujours appréciée, et d'habitude, elles tombent d'accord sur les livres qu'elles lisent. Elle est la seule à avoir trouvé comme Helen qu'Anna Karénine n'avait aucun contrôle sur ses sentiments pour le comte Vronsky, et que madame Bovary était au fond un personnage sympathique.

Il y a chez elle une chose avec laquelle Helen se sent en connivence, comme si elle aussi s'était amputée d'une partie d'elle-même pour vivre sa vie actuelle.

Oui, Helen a parfois observé Nicola, avec son teint pâle, son sourire tremblé, ses yeux tristes, et a retrouvé tant de choses d'elle-même qu'elle s'est demandé si elles ne partageaient pas le même secret. *Les Baxter étaient-ils comme eux des vampires abstinents ?*

Bien évidemment, Helen n'a jamais pu poser la question directement. (« Alors, Nicola, tu as déjà mordu quelqu'un à la gorge et sucé son sang jusqu'à ce que son cœur cesse de battre ? Excellents pannequets, soit dit en passant. ») Et elle n'a pas encore rencontré les enfants de Nicola, deux filles en pension à York, ni son mari, architecte, qui paraissait toujours avoir des contrats importants pour les collectivités, et était toujours en déplacement à Liverpool, à Londres ou ailleurs. Mais depuis longtemps, Helen nourrit le mince espoir d'entendre un jour Nicola lui annoncer qu'elle lutte contre une addiction au sang depuis vingt ans et que chaque jour est un enfer.

Helen savait que ce n'était sans doute qu'un fantasme réconfortant. Après tout, même dans les villes, les vampires ne représentaient qu'une minuscule partie de la population, et les chances qu'elles se retrouvent à deux dans son groupe de lecture étaient hautement réduites. Mais c'était agréable de croire la chose possible, et elle s'y cramponnait comme à un billet de loterie.

Toutefois, en voyant Nicola se montrer aussi choquée que les autres, Helen sait qu'elle joue la partie toute seule.

« Oui, dit Alice Gummer, enfoncée dans l'un des canapés futuristes. C'était aux infos. Tu l'as vu ?

– Non, dit Helen.

– Ils en ont parlé ce matin. Sur *Cap au nord.* J'ai vu quelques images au petit déjeuner.

– Ah oui ? » répond Helen. Au petit déjeuner, les Radley avaient écouté le programme de *Aujourd'hui* d'une oreille distraite, et rien n'avait été annoncé.

C'est au tour de Lucy Bryant de dire quelque chose, mais elle a la bouche si pleine qu'au début,

Helen ne comprend rien. Quelque chose sur un porc ? Un bord ?

« Pardon ? »

Nicola vient à la rescousse et traduit pour Lucy. Cette fois, les mots ne pourraient pas être plus clairs.

« On a trouvé son corps. »

Sur le moment, la panique de Helen est telle qu'elle a du mal à la cacher. Elle est brutalement oppressée de toutes parts, et ses derniers espoirs s'effondrent. « Quoi ! »

Quelqu'un répond. Elle ne sait pas à qui appartient la voix : elle lui parvient, tourbillonne dans sa tête comme un sac en plastique entraîné par le vent.

« Oui, apparemment, son corps a été rejeté par la mer. Près de Whitby.

– Non ! dit Helen.

– Tu ne te sens pas bien ? » Au moins deux personnes posent cette question.

« Si, si, c'est juste que je n'ai pas pris de petit déjeuner. »

Et les voix continuent à tourbillonner, à se mélanger dans la vaste grange où les moutons ont peut-être bêlé autrefois.

« Viens t'asseoir. Mange ton pannequet.

– Tu veux de l'eau ?

– C'est vrai que tu es pâle. »

Au milieu de ce brouhaha, elle s'efforce de penser clairement à ce qu'elle vient d'apprendre. Un corps avec les traces de morsures de sa fille et son ADN partout est entre les mains de la police. Comment Peter a-t-il pu être aussi bête ? Il y a des années, quand il jetait un corps à la mer, celui-ci ne refaisait pas surface. Il le lâchait assez loin des côtes pour qu'il n'y ait aucun risque.

Elle se représente une autopsie effectuée maintenant, avec tout un public de médecins légistes et de gradés de la police.

« Tout va bien. C'est juste que, de temps en temps, je me sens un peu bizarre. Mais maintenant, ça va. Je vous assure. »

Elle est assise sur le canapé, d'où elle regarde fixement la table basse transparente et la grande assiette vide qui, posée dessus, semble suspendue dans l'espace.

Tout en la regardant, elle se rend compte que là, maintenant, elle succomberait volontiers à la tentation de boire le sang de Will. Cela lui donnerait la force d'affronter les minutes qui vont suivre. Mais cette seule pensée redouble son impression d'être prise au piège.

La prison, c'est elle-même.

Et ce corps où son sang à elle est mêlé à son sang à lui.

Malgré tout, sans s'être rien mis de plus rouge sous la dent que des flocons d'avoine sucrés et collants, elle réussit à se ressaisir.

Elle hésite à partir en prétextant qu'elle se sent mal. Mais avant d'avoir réfléchi à la meilleure solution, elle se retrouve en train d'écouter la discussion sur le livre qu'elle n'a pas complètement trouvé le temps de finir, puis d'y prendre part.

Quand chante le dernier moineau a été sur la liste

des finalistes du Booker Prize[1] l'an dernier. Le roman, qui se passe dans la Chine du milieu du vingtième siècle, retrace une histoire d'amour entre la fille d'un fermier, qui adore les oiseaux, et un ouvrier de ferme illettré qui applique les consignes de Mao exigeant qu'on tue tous les moineaux. Jessica Gutheridge, dont Helen achète toujours les cartes faites à la main pour Noël et les anniversaires, a rencontré l'auteur au festival de Hay on Wye et elle se fait un plaisir de raconter à tout le monde cet événement incroyable. « Oh, c'était merveilleux, et vous ne devinerez jamais qui était assis au même rang que nous – » pendant que Helen s'efforce d'avoir l'air normal.

« Alors, Helen, qu'est-ce que tu en as pensé ? lui demande l'une des autres au cours de la discussion. Qu'est-ce que tu as pensé de Li-Hom ? »

Elle s'efforce de prendre une mine intéressée. « Il m'a fait pitié. »

Quelqu'un d'autre, Nicola, se penche en avant et paraît légèrement déconcertée que Helen ne partage pas son opinion sur ce point. « Hein ? Après tout ce qu'il a fait ?

– Je ne… je suppose… » Tout le groupe la regarde, attendant qu'elle développe son point de vue. Elle fait de son mieux pour chasser de son esprit arbalètes et autopsies. « Je suis désolée. Mais je ne trouve pas qu'il… » Elle oublie ce qu'elle voulait dire. « Il faut que j'aille aux toilettes. »

---

1. Prix littéraire britannique décerné chaque année au meilleur roman écrit an anglais.

Elle se lève, mal à l'aise, se cogne le tibia contre la table basse et, masquant sa douleur en même temps que tout le reste, sort de la pièce pour aller aux toilettes du rez-de-chaussée. Elle remarque le fantôme d'elle-même sur l'un des murs en glace de la douche tout en s'efforçant de reprendre le contrôle de sa respiration malgré ses pensées qui hurlent – CORPS ! NOUVELLES ! POLICE ! CLARA ! WILL !

Elle sort son portable et compose le numéro du cabinet de Peter. En entendant la faible sonnerie, elle regarde la rangée bien nette de produits bios à base de plantes pour le corps et les cheveux, et ne peut s'empêcher d'imaginer une seconde les corps nus sur lesquels on les utilise pour en cacher les odeurs naturelles. En fermant les yeux, elle s'efforce de chasser ces fantasmes vampiriques nés du désespoir.

Au bout d'une dizaine de sonneries, Peter décroche.

« Peter ?

– Helen, je suis avec une patiente. »

Chuchotant, une main devant la bouche, elle annonce : « Peter, on a trouvé le corps.

– Quoi ?

– Tout est fini. On a trouvé le corps. »

Rien. Puis « *Merde* ». Puis « Merde, merde, merde, et putain de merde. » Puis un instant plus tard : « Pardon, Mrs. Thomas. Je viens d'apprendre de mauvaises nouvelles.

– Qu'est-ce qu'on va faire ? Je croyais que tu l'avais immergé à des kilomètres au large ? »

Elle l'entend soupirer à l'autre bout du fil. « Oui.

– À l'évidence, pas assez loin.

– Je m'étais bien dit que ce serait de ma faute. C'est bon, Mrs. Thomas. Je suis à vous dans une minute.

– Mais si, c'est de ta faute.

– Seigneur ! Ils vont la coincer pour ça. Je ne sais pas comment, mais ils le feront. »

Helen secoue la tête, comme s'il pouvait la voir. « Non. Absolument pas. » Et c'est à ce moment-là qu'elle décide de tout faire – *tout* – pour que ses paroles ne soient pas démenties.

Échec à la SSI

La Soif de Sang Irrépressible (SSI) est le premier danger qui menace les abstinents. Voici dix méthodes éprouvées pour éviter une crise de SSI, si vous en sentez venir une.

1. Isolez-vous. Que vous soyez au milieu de profanes ou de vampires, mettez-vous à l'écart des autres et trouvez un coin tranquille où vous serez seul.
2. Allumez les lumières. Les crises de SSI sont plus fréquentes la nuit, ou dans l'obscurité, alors faites en sorte que votre cadre soit aussi bien éclairé que possible.
3. Évitez de stimuler votre imagination. On sait que la musique, la peinture, les films et les livres sont tous susceptibles de déclencher des crises car ils servent de catalyseurs à l'imagination.
4. Concentrez-vous sur votre souffle. Inspirez et expirez en comptant jusqu'à cinq pour ralentir votre rythme cardiaque et calmer votre organisme.
5. Récitez le mantra de l'abstinent. Au bout de quelques respirations, dites « Je suis [VOTRE NOM]

et je maîtrise mes instincts » autant de fois que vous le jugerez bon.

6. Regardez une partie de golf. On a constaté que le fait de regarder certains sports de plein air, tels que le golf ou le cricket à la télévision réduisait les risques de crise.
7. Occupez-vous les mains. Changez une ampoule, faites la vaisselle, préparez des sandwichs. Plus la tâche sera dépourvue d'intérêt et prosaïque, plus elle aura de chances de réduire votre soif de sang.
8. Consommez de la viande. Ayez des réserves de viandes diverses dans votre réfrigérateur, ce qui vous permettra d'avoir quelque chose à manger pour tromper une faim involontaire.
9. Faites de l'exercice. Achetez-vous un tapis de course ou un rameur afin de brûler le surplus d'adrénaline qui est souvent un symptôme de la SSI.
10. Ne soyez jamais trop sûr de vous. Notre instinct est un ennemi toujours présent en nous, attendant l'occasion d'attaquer. Quand vous faites un pas vers la tentation, souvenez-vous qu'il est plus facile d'avancer que de reculer. La solution, c'est de ne pas faire ce pas au départ.

Le Manuel de l'Abstinent
(deuxième édition, p. 74).

Pensée peu banale pour un lundi

Assis dans son fauteuil, Peter observe la vieille dame qui sort péniblement du cabinet, et réfléchit à sa conversation téléphonique. Il n'arrive pas à croire que la police a trouvé le corps. Échoué sur le rivage. Il volait si vite qu'il était persuadé être très loin au large quand il l'avait lâché.

Mais, il le reconnaît, cela faisait longtemps. Peut-être ne s'est-il pas rappelé à quelle distance il allait autrefois. Il est rouillé. Ce n'est pas comme faire de la bicyclette. Si vous vous arrêtez dix-sept ans, vous pédalez fatalement de façon un peu approximative.

Il s'est mis en pilotage automatique. « Allez, au revoir, Mrs. Thomas, lance-t-il lorsque sa patiente quitte la pièce.

– Au revoir, docteur. »

Une seconde plus tard, il prend l'enveloppe dans son tiroir.

Sort les flacons, dévisse les bouchons.

Ce n'est pas du plasma, des protéines et des cellules blanches et rouges.

C'est la fuite.

Il flaire le sang fascinant et sauvage de Lorna

et se voit avec elle, debout dans un champ de blé au clair de lune. Il se dissout dans son parfum. Il a une telle soif de la goûter que ce désir monte jusqu'à ce que tout soit aboli entre lui et son objectif, l'homme et le plaisir dont il a besoin.

Je ne bois pas le sang de ma patiente.

Inutile à présent.

Il en a trop envie.

Il savait qu'il finirait par succomber et il ne s'est pas trompé. Il ne peut absolument rien faire pour s'empêcher d'avaler cul sec les trois flacons l'un après l'autre, comme s'il s'agissait de trois verres de cocktail champagne-téquila alignés sur un bar.

Lorsqu'il a terminé, il garde la tête renversée. Il se tapote le ventre. Remarque que la bouée qui est apparue au fil des ans est peut-être en train de diminuer.

« Oui, se dit-il à lui-même, avec la voix rauque d'un DJ présentant Duke Ellington lors d'un programme tardif, *j'adore* le jazz live. »

Il se tapote toujours le ventre lorsque Elaine entre avec sa liste de rendez-vous en urgence pour la journée.

« Ça va ? lui demande-t-elle.

– Oui, Elaine, je me sens au top. J'ai quarante-six ans, mais je suis vivant. Et c'est une chose incroyable, d'être vivant, non ? Vous savez, de savourer le goût, le goût de la vie, et d'avoir conscience de ce goût. »

Elle n'est pas convaincue. « Eh bien, répond-elle, en voilà une idée peu banale pour un lundi matin, je dois dire.

– C'est que ce n'est pas un lundi matin comme les autres, Elaine.

– Ah. Vous voudrez du café ?

– Non, merci. Je viens juste de boire quelque chose. »

Elle regarde l'enveloppe, mais il ne pense pas qu'elle remarque les flacons vides. De toute façon, il s'en moque.

« Ah, dit-elle en sortant de la pièce. Ah bon. »

Les Experts : Transylvanie

Dans les locaux de la police de York, le commissaire divisionnaire Geoff Hodge s'esclaffe si fort qu'il a du mal à garder dans sa bouche le dernier morceau à demi mâché de son troisième pâté à l'oignon et au fromage.

« Désolé, mon petit, vous pouvez me répéter ça ? »

Alors, elle le lui répète. « Elle » étant le commissaire Alison Glenny, chargée de mission auprès de la direction de la police du Grand Manchester, une femme qu'il n'a encore jamais vue. En fait, il n'a jamais eu de contact direct avec aucun officier de police de Manchester, car cette ville est bien à quatre-vingts kilomètres de leur juridiction.

C'est vrai qu'on peut avoir besoin de temps en temps d'obtenir des informations d'autres secteurs, mais pour cela, il y a des banques de données. On ne se pointe pas à l'improviste au quartier général d'une autre autorité avec l'air d'avoir été envoyé par Dieu lui-même. Même quand on est une putain de chargée de mission. Il ne l'a chargée d'aucune mission, lui.

« Il ne faut pas que vous vous occupiez de ce

cas, dit-elle, se répétant. Nous reprenons l'affaire à ce stade.

– Qui ça, nous, bordel de merde ? La police du GM ? Je ne vois pas le rapport qu'un gamin du Yorkshire du nord, dont le corps s'échoue sur notre côte, peut avoir avec vous autres à Manchester. Sauf si vous avez un serial killer en liberté dont vous ne nous avez pas parlé. »

La chargée de mission le regarde d'un œil froid et ses lèvres se pincent comme deux tirets. « Je travaille pour une unité nationale qui coordonne les ressources des Renseignements généraux dans l'ensemble du Royaume-Uni.

– Eh bien, mon petit, vous pourriez aussi bien me parler chinois. »

Elle lui tend un document vert tilleul à en-tête du ministère de l'Intérieur, couvert d'un texte en petits caractères.

Des documents. Toujours leurs putains de documents, se dit Geoff.

Il regarde le papier. Commence à lire la ligne la plus proche de la case prévue pour la signature.

Je soussigné m'engage à ne divulguer aucune information concernant l'Unité des Prédateurs Sans Nom.

« L'Unité des Prédateurs Sans Nom ? Ah, là, mon petit, je suis largué. Ces affaires des Renseignements généraux, ça me passe au-dessus du chapeau, voyez. À ce que je vois, c'est un écran de fumée. Vous avez parlé à Derek ?

– Oui, j'ai parlé à Derek.

– Vous comprendrez que je téléphone pour vérifier ?

– Mais je vous en prie. »

Alors il prend son téléphone et appelle Derek Leckie, son divisionnaire, sur une ligne intérieure, pour lui demander des renseignements sur cette bonne femme.

« Oui, faites ce qu'elle vous dit, répond Derek, avec peut-être un soupçon de crainte dans la voix. Tout. »

Geoff signe dans la case prévue à cet effet et pose une question. « Bien, alors si c'est du ressort des R.G., quel est le putain de rapport avec ce corps ? Ça n'a pas l'air de relever de l'antiterrorisme.

– Vous avez raison. Pas de l'antiterrorisme en effet, mais de l'anti-vampirisme. »

Il l'observe, attend qu'un sourire déride son visage glacial. Mais rien ne vient. Il promène le regard autour de son bureau pour s'assurer qu'il n'y a pas de caméras secrètes. Puis lance un coup d'œil à la petite ouverture vitrée de sa porte.

« Elle est bien bonne, celle-là. Excellente. Qui vous a passé le mot ? Dobson, je parie ? À tous les coups, il se venge parce que j'ai monopolisé la BMW. »

Elle continue à le considérer d'un œil complètement neutre.

« Je n'ai aucune idée de qui est "Dobson", mais je vous assure, monsieur le commissaire, que ce n'est pas un canular. »

Geoff secoue la tête et se frotte les yeux. Il se demande un instant si cette femme n'est pas une hallucination produite par les pâtés ? Peut-être est-il surmené ?

Mais il a beau cligner des yeux, la femme et son visage de granit n'en paraissent pas moins réels.

« Tant mieux, parce que j'ai cru vous entendre dire *anti-vampirisme.*

– En effet. »

Elle pose son ordinateur portable sur son bureau sans même demander la permission. « J'imagine que vous n'avez jamais vu de photos du corps ni reçu de rapport d'autopsie ? » lui demande-t-elle pendant que l'écran clignote, puis que sa lumière bleue s'allume.

Geoff recule pour les observer, elle et son ordinateur, et il éprouve une légère nausée, une brusque sensation de faiblesse. Il sent la graisse qui lui tapisse la bouche, le goût d'oignon et de fromage fondu. Denise a peut-être raison. Il devrait peut-être songer à prendre une salade ou une pomme de terre en robe des champs de temps en temps. « Non, je n'ai rien eu.

– Bien. On en a parlé aux infos de ce matin, mais le secteur Yorshire-Est va étouffer la nouvelle à partir de maintenant. Et vous aussi. »

Une réaction familière d'ours en colère envahit Geoff « Ah mais minute, mon petit. Là, on est sous les putains de feux des projecteurs avec cette histoire. C'est une affaire d'intérêt général et on ne va pas cesser de parler à la presse pour la seule raison que... »

Il perd le fil de ce qu'il voulait dire au moment où s'ouvre sur l'écran le fichier JPEG. Devant lui s'étale le grand corps nu et musclé du garçon, couvert de blessures telles qu'il n'en a jamais vu. Des morceaux entiers de son cou, de sa poitrine et de son ventre semblent avoir été dévorés, la chair, lavée par l'eau de mer, est rose pâle. Ces blessures n'ont pas été faites à la manière habituelle, par balle, arme blanche ou batte de baseball.

« On doit lui avoir lâché les chiens dessus.

– Non, ce n'étaient pas des chiens. Et ce n'est pas “ils”. C'est l'œuvre d'une seule personne. »

Cela paraît impossible. Cela ne peut pas être possible. « Quel genre de personne ?

– Ce sont des morsures de vampire, commissaire. Comme je vous l'ai dit, l'UPSN est une unité de lutte contre les vampires. Nous opérons au niveau national, en liaison avec des membres de leur communauté. » Elle dit ceci du ton impassible qu'elle utilise depuis qu'elle est entrée dans la pièce.

« Leur communauté ? » demande-t-il, incrédule.

Elle hoche la tête. « L'évaluation la plus rigoureuse que nous ayons est de sept mille pour tout le pays. Il est difficile d'en juger car ils sont très mobiles et il y a beaucoup de circulation entre différentes villes européennes. Londres, Manchester et Édimbourg ont les taux les plus élevés du Royaume-Uni par habitant. »

Son rire est devenu plus forcé, amer et rugueux à l'oreille. « Je ne sais pas ce qu'ils mettent dans votre thé à Manchester, mais de ce côté-ci des Pennines, nous, on ne fait pas la chasse aux goules et aux gnomes.

– Nous non plus, je vous le garantis. Nous ne nous occupons que de menaces dont nous savons qu'elles sont bien réelles.

– Comme ces putains de vampires ?

– C'est un sujet très sensible, comme je suis sûre que vous le comprenez, et pour cette raison, nous ne souhaitons pas que notre travail reçoive la moindre publicité. »

L'image sur laquelle elle s'arrête est celle d'une femme nue qui peut avoir environ une centaine de morsures évoquant des sourires rouge sombre sur le torse et les jambes, éclaboussés de sang.

« Putain de Dieu, dit Geoff.

– Mon travail avec mon équipe consiste à établir la liaison avec des membres-clés de la communauté des vampires, ce qui, pour l'essentiel, peut se faire à Manchester ou ses environs. Vous comprenez, dans le passé, les vampires étaient exterminés. La police de Manchester et Scotland Yard entraînaient les membres des RG à tirer à l'arbalète. »

Geoff frémit et se détourne de l'écran, de la fille morte. Il commence à se sentir vraiment mal. Sentant le besoin urgent de se débarrasser du goût qu'il a dans la bouche, il attrape la boîte de soda à l'orange qu'il a achetée en même temps que ses pâtés, l'ouvre et boit à longs traits pendant qu'Alison Glenny continue à parler.

« Nous traitons directement avec la communauté maintenant. » Elle marque une pause, apparemment pour s'assurer que ses paroles ont atteint leur but. « Nous leur parlons. Nous négocions. Nous établissons des rapports de confiance et obtenons des informations. »

Geoff aperçoit la tête de Derek par la vitre de sa porte, et il se précipite, sa boîte de jus d'orange à la main. « Derek ? *Derek ?* »

Le divisionnaire continue à avancer dans le couloir. Il se retourne un instant pour répéter ce qu'il a dit au téléphone, et on décèle une peur indéniable dans ses yeux bleus normalement placides. « Fais ce qu'elle te dit, Geoff. » Après quoi, il se retourne. Ses cheveux argentés et son uniforme noir disparaissent dans un autre couloir.

« Alors, vous voulez que nous fassions quoi ? demande-t-il quand il regagne son bureau. Que nous remplissions nos pistolets d'eau bénite ?

– Non, dit-elle en refermant son ordinateur et en le rangeant dans sa sacoche. Vous savez, nous avons réduit presque de moitié les incidents tels que celui-ci. Et nous y sommes parvenus en établissant des règles et un respect mutuels. » Elle lui parle de la société Sheridan et de la liste d'intouchables.

« Alors, mon petit, si je résume : vous vous pointez ici en me tenant des discours genre *Les Experts : Transylvanie,* et vous vous attendez à ce que je me mette à croire à l'existence d'une bande de Draculas de mes deux qui sévissent partout. Après quoi, vous me dites qu'on ne peut rien faire contre eux ? »

Alison Glenny soupire. « Si, commissaire, nous faisons beaucoup de choses. Aujourd'hui, un vampire a bien moins de chances de tuer impunément qu'avant. Mais il se trouve que nous préférons des solutions triangulaires. Vampire contre vampire. Vous savez, c'est au bien public que nous songeons en priorité. Notre objectif premier, c'est de régler le problème sans que le public en soit informé.

– Hum. Oui. Et si moi, je décide d'en informer le public ?

– Vous serez révoqué et déclaré fou. Vous ne travaillerez plus jamais pour la police. »

Geoff avale la fin de son soda et garde le liquide pétillant dans sa bouche quelques instants avant de l'avaler. La femme ne plaisante pas.

« Alors, vous voulez que je fasse quoi ?

– J'ai besoin de tous les renseignements que vous avez sur l'affaire Stuart Harper jusqu'à présent. Tout, c'est compris ? »

Il enregistre la question, l'œil fixé sur les miettes de pâte feuilletée et le petit cercle gras sur le sac en papier. « Oui, c'est compris. »

Le jour de métamorphose des Radley

À la pause du déjeuner, dans la cour, les élèves de terminale de Rosewood sont divisés, inconsciemment, en fonction du sexe. Les garçons sont actifs, jouent au foot, jonglent avec le ballon sans le laisser toucher le sol, se bagarrent, pour de bon ou non, se font le coup du bras mort ou s'attrapent par leur cartable pour se balancer. Les filles sont assises et bavardent, soit sur les bancs, soit sur l'herbe, par groupes de trois ou quatre. Quand elles prêtent attention aux garçons, c'est avec de la pitié ou de la confusion plus qu'avec une admiration béate, comme si elles et eux n'appartenaient pas seulement à des sexes différents, mais à deux espèces distinctes. Des chattes sagaces, fières, qui se lèchent les pattes en regardant avec dédain les épagneuls surexcités montés sur ressorts et les pitbulls agressifs cherchant à revendiquer des territoires qui ne pourront jamais être les leurs.

Le seul facteur d'unification en cet après-midi ensoleillé, c'est que garçons et filles veulent tous s'éloigner des vieux bâtiments victoriens du lycée et sortir prudemment de l'ombre. Et normalement, n'importe quel autre jour avant celui-ci, Clara

Radley aurait suivi ses amies dehors, sous la lumière dorée, en faisant de son mieux pour cacher sa migraine et ses nausées.

Aujourd'hui, c'est différent. Aujourd'hui, bien qu'elle soit avec Eve et Lorelei Andrews, une fille que personne n'aime mais qui réussit à dominer toutes les situations sociales où elle se trouve, c'est Clara qui conduit ses compagnes vers un banc à l'ombre.

Elle s'assoit. Eve s'installe d'un côté ; de l'autre, Lorelei passe une main caressante dans les cheveux de Clara.

« C'est incroyable, dit Lorelei. Mais enfin, *qu'est-ce qui t'est arrivé* ? »

Clara regarde le poignet de la fille, ses grosses veines bleues, et perçoit le parfum de son sang, follement riche. Elle a peur en se rendant compte à quel point il serait facile, là, maintenant, de fermer les yeux et de laisser libre cours à ses instincts. « Je ne sais pas, réussit-elle à articuler. Un changement de régime. Et mon père m'a donné tout un tas de suppléments alimentaires.

– Dis donc, d'un seul coup, tu es devenue hyper sexy. C'est quoi, ton fond de teint ? Sûrement du Chanel ou un truc cher.

– Je ne me maquille pas.

– Tu te fous de moi ?

– Non, je te jure.

– Tu mets des lentilles, maintenant ?

– Non.

– Non ?

– Et elle n'a plus mal au cœur non plus », ajoute Eve. Clara remarque qu'elle semble contrariée par l'intérêt soudain que lui porte Lorelei. « C'est le principal.

– Apparemment, je manquais de vitamine A. C'est ce qu'a dit mon père. Et je me suis remise à manger un peu de viande. »

Eve paraît perplexe et Clara se souvient pourquoi. Ne lui avait-elle pas raconté un bobard sur un virus ? Elle se demande si son père lui a déjà dit la vérité. Sur les Radley. Si oui, elle ne l'a manifestement pas cru. Mais peut-être qu'un doute s'insinue maintenant.

Clara a d'autres soucis aussi.

Les paroles solennelles de Mrs. Stokes à propos de Stuart Harper à l'assemblée du matin.

Les propos des jeunes de Farley dans l'autobus.

La dispute de ses parents hier soir.

Rowan qui a bu du sang.

Et la simple, l'incontestable vérité : elle a tué quelqu'un. Rien de ce qu'elle pourrait dire ou faire désormais ne changerait ce fait-là.

Elle est une tueuse.

Et pendant tout ce temps-là, elle a affaire à cette chère Lorelei, si superficielle. Lorelei qui la caresse et se répand en compliments, et qui serait capable de faire des mamours à Hitler s'il se rasait la moustache et arborait une belle coupe de cheveux à la Marylyn Manson et un jean slim. Lorelei, la fille qui est devenue anorexique pendant des semaines après avoir raté l'audition pour un spectacle de télé sur Viva, intitulé *Miss Junior, Royaume-Uni, Série 2 : Chic contre Geek.*

« Tu es vraiment en beauté », dit-elle.

Mais à ce moment-là, alors que Lorelei continue à la flatter, Clara se rend compte que quelqu'un s'approche d'elle. Un grand garçon à la peau parfaite dont elle se rend compte avec une seconde de décalage que c'est son frère.

« Oh, là là, c'est le jour de métamorphose des Radley ou quoi ? » demande Lorelei.

Clara se plaque contre le mur de l'école, derrière elle, tandis que son frère, revu et corrigé à son avantage, vient se planter devant elles et fixe Eve avec une assurance inquiétante.

« Eve, j'ai quelque chose à te dire, annonce-t-il sans bégayer.

– À moi ? répond Eve, inquiète. Quoi donc ? »

Alors, Clara entend son frère faire ce qu'elle lui a conseillé. À ceci près que maintenant, elle le supplie des yeux de se taire. Ce qu'il ne fait pas.

« Eve, hier, sur le banc, tu m'as bien dit que si j'avais quelque chose à te dire, je ne devais pas hésiter ? »

Eve fait un signe d'assentiment.

« Eh bien voilà : tu es à tous points de vue la plus belle fille que j'aie jamais rencontrée dans ma vie. »

Lorelei étouffe un gloussement, mais le rouge ne monte pas aux joues de Rowan.

« Avant que tu arrives ici, poursuit-il, je ne comprenais pas ce qu'était la beauté, ce qu'elle a d'absolu. Et si je passais toute mon existence sans oser te parler, je finirais sans doute par faire compromis sur compromis, et je me retrouverais dans vingt ans absorbé par un travail qui ne me plaît qu'à moitié, vivant avec une femme qui n'est pas toi, avec des traites pour une maison, un canapé et une télé captant assez de chaînes pour m'empêcher de penser à la catastrophe qu'est ma vie parce qu'à l'âge de dix-sept ans, je n'ai pas traversé la cour du lycée pour demander à une certaine fille sublime, fascinante et ravissante si elle voulait sortir avec moi. Aller au cinéma. Ce soir. »

Elles en restent pantoises. Toutes les trois. Lorelei en oublie complètement de ricaner. Clara se demande combien de sang au juste Rowan a consommé. Et Eve est surprise par la chaleur qui l'envahit et la fait fondre à l'intérieur pendant qu'elle soutient le regard confiant et brûlant de Rowan.

« Ce soir, finit-elle par articuler au bout de presque une minute.

– Je voudrais t'emmener au cinéma.

– Mais… mais c'est lundi ! »

Rowan ne bronche pas. « Je me suis dit que ça sortirait des sentiers battus. »

Eve réfléchit. Elle se rend compte qu'elle a envie de sortir avec lui, mais la raison fait entendre sa voix. Elle se souvient de quelque chose. « C'est que, euh, mon père… il…

– Avec moi, tu ne crains rien, dit Rowan. Ton père n'a pas besoin de… »

Une voix brise la magie de l'instant. Un cri agressif, lancé du parc. « Hé ! Couilles molles ! »

C'est Toby qui arrive vers eux à la course, le visage plissé par la haine.

« Laisse ma copine tranquille, espèce de taré ! »

Eve le regarde d'un œil noir. « Je ne suis pas ta copine. »

Mais Toby continue sur sa lancée. « Gicle, Rouge-gorge. Dégage, bordel ! »

Le cœur de Clara se met à cogner.

Il va se passer quelque chose.

Les yeux de Toby se posent sur elle, toujours pleins de haine.

« Et toi, espèce de petite pute sournoise, qu'est-ce que tu as fait à Harper, bordel ?

– Elle n'a rien fait à Harper, intervient Eve. Fiche-lui la paix.

– Elle sait quelque chose. Ils savent quelque chose, ces deux tarés de Radley !

– Tu vas foutre la paix à ma sœur ! »

Rowan s'est planté devant Toby, et les autres élèves commencent à remarquer l'esclandre.

« Rowan ! » lance Clara, ne sachant que dire face à ce public.

Mais il est trop tard pour calmer le jeu. Toby pousse son frère à travers la cour : il lui appuie les mains sur la poitrine pour essayer de provoquer une réaction.

« Allez, Deux de tension, allez, Face de rat. T'en as ou pas ? Allez, impressionne-la, ta nouvelle copine. Quelle blague ! Tu crois qu'elle toucherait un raté comme toi ?

– Chic, une bagarre ! » s'exclame Lorelei.

Pendant tout ce temps, Clara ne quitte pas son frère des yeux, sachant qu'il peut se métamorphoser et exposer la vérité au grand jour à tout moment.

Toby le pousse une dernière fois et le fait tomber sur le sol en ciment.

« Toby, arrête », s'écrie Eve. Elle se lève d'un bond, mais Clara a bondi du banc avant elle.

Elle rejoint son frère et s'agenouille devant lui. Il a toujours les yeux fermés, mais elle voit ses dents changer derrière sa bouche close. Un mouvement subtil de la peau. Elle sait ce que cela signifie.

« Non, souffle-t-elle tandis que Toby continue à le provoquer. Rowan, écoute-moi. Non. *Non.* Je t'en prie. Sincèrement, il n'en vaut pas la peine. »

Elle lui presse la main.

« Non, Rowan. »

Les autres les regardent en rigolant. Clara s'en moque car elle sait que si Rowan ouvre la bouche maintenant, tout sera fini.

« Non, Rowan, non. Sois fort, sois fort, sois fort. »

Et il l'écoute, du moins à ce qu'il semble, car il ouvre les yeux et hoche la tête, sachant qu'il doit protéger sa sœur en évitant de trahir quoi que ce soit.

« Ça va, lui dit-il. Ça va. »

Ils prennent le chemin des cours de l'après-midi, et Clara est très soulagée quand Eve décline la proposition de Rowan aussi gentiment que possible.

« Alors, c'est bon pour ce soir ?

– Je vais réfléchir, d'accord ? », répond-elle pendant qu'ils avancent dans les vieux couloirs victoriens.

Il hoche la tête et Clara a de la peine pour lui, sans deviner qu'une heure plus tard, pendant que Rowan lira sans bégayer une tirade d'Othello en cours de littérature, Eve lui glissera un message avec une question dessus.

La question étant : « Alors, quel film ? »

Classe

« Vous avez parlé à Clara Radley ? »

Geoff est accoudé à sa fenêtre, à fumer sa cigarette de l'après-midi, quand Alison Glenny arrive avec cette question. Il jette la cigarette, qui décrit un arc large avant de tomber sur la route en contrebas. Il rentre et ferme la fenêtre.

« Deux agents l'ont interrogée.

– Et alors ? La déclaration est vierge. Il n'y a rien d'écrit. Que s'est-il passé quand ils sont allés la voir ? Radley, c'est un vieux nom de vampire, et l'un des vampires les plus connus de Manchester est un Radley, alors j'essaie juste de savoir s'il y a un rapport.

– Ils sont allés l'interroger, mais l'entretien n'a rien donné.

– Rien ?

– Non, soupire-t-il. Ils l'ont interrogée, elle a dit qu'elle ne savait rien, et voilà. »

Elle réfléchit un moment à cette information. « Ils ne se souviennent de rien, c'est ça ?

– Quoi ? Je n'en sais rien. Ça remonte à hier seulement. Il semble – »

Elle secoue la tête. « Vous n'avez pas besoin de

prendre leur défense, commissaire. Je ne critique personne. Mais il est possible qu'ils aient été suggestionnés.

– Quoi ?

– Certains PSN ont des talents spéciaux. En général, ce sont les plus dangereux et les plus amoraux. Ils consomment tant de sang que cela renforce leurs pouvoirs mentaux et physiques. »

Il a un rire perplexe. « Désolé, mon petit. Je n'ai pas encore bien intégré tout ça. »

Elle le regarde non sans une certaine sympathie. « Je sais. Ce monde n'est pas exactement celui auquel nous croyons.

– C'est le moins qu'on puisse dire ! »

Alison fait les cent pas dans la pièce. Lorsqu'elle a le dos tourné, Geoff regarde sa silhouette. Elle est mince, trop mince pour son goût, mais elle se tient droite comme une danseuse. Elle a de la *classe*, c'est le mot qui lui vient à l'esprit. Le genre de femme devant lesquelles Denise s'écrase et rentre sous terre quand elle les rencontre à un mariage ou l'une des croisières chic qu'ils ont faites.

« Écoutez, j'ai une idée dit-elle. Pourriez-vous me fournir une liste de tous les habitants de Bishopthorpe ?

– Oui, sans problème. Vous cherchez qui ?

– Un dénommé Copeland, dit-elle d'une voix qui semble soudain triste et distante. Jared Copeland. »

The Plough

Will est de nouveau dans le bateau à rames, et flotte sur le lac rouge familier. Mais cette fois-ci, Helen est dans le bateau avec lui, et elle tient dans ses bras un bébé aux cheveux noirs à qui elle chante une berceuse pour l'endormir.

À la rame, rame, rame
Avance le bateau sur l'eau.
Ohé, ohé, ohé, ohé,
La vie est un rêve, mon bébé.

C'est Will qui a les avirons à présent, et il rame vers le rivage rocheux ; l'œil fixé sur la femme qu'il aime, il continue à fredonner, tout en lui souriant. Un sourire spontané, tendre. Il n'a aucune idée de ce qui leur arrivera quand ils accosteront, mais il sait qu'ils seront ensemble, et heureux.

À la rame, rame, rame
Avance le bateau sur l'eau.
Et si tu vois un crocodile,
Pousse un cri pour qu'il file.

Mais Will éprouve une appréhension. Tout est trop parfait. Il perçoit une présence dans les rochers, quelqu'un l'observe. Quelqu'un qui est à côté d'Alison Glenny. L'homme qui a voulu l'attaquer hier. Il brandit quelque chose vers le ciel pour le montrer à Will.

Une tête sanglante dont le cou tranché goutte dans le lac.

Will s'arrête de ramer, mais le bateau continue de se rapprocher de l'homme et du rivage, et il se rend bientôt compte que cette tête, c'est la sienne. Le visage le regarde avec hostilité, tel un masque d'horreur. Will reste bouche bée de terreur.

Paniqué, il porte la main à son cou et s'aperçoit qu'il est intact.

« Qui suis-je ? », demande-t-il, interrompant la berceuse de Helen. « Tu sais qui tu es, répond-elle tendrement. Tu es un homme très bon, très gentil.

– Mais qui ?

– Tu es celui que tu as toujours été. L'homme que j'ai épousé. Tu es Peter. »

Là-dessus, elle pousse un hurlement, car elle a vu l'homme et la tête coupée. Et le petit Rowan se met à crier lui aussi. Un hurlement de bébé terrible, inconsolable.

Will se réveille en sursaut et entend un étrange grincement, léger et aigu. Son lecteur de cassettes est en train d'avaler une de ses bandes. Une qu'il utilise pour dormir : *Psychocandy*, par les Jesus and Mary Chain[1]. Un vampire de moindre envergure y verrait un présage.

Il jette un coup d'œil au-dehors, au jour hideusement ensoleillé. Et à un homme qui s'éloigne. C'est *lui*.

« L'exécuteur s'en va », marmonne Will. Et il décide de le suivre.

Il saisit ses lunettes de soleil, sort dans la lumière vive, et emboîte le pas à l'homme jusqu'au pub de la grand-rue, avec sa bannière publicitaire Sky Sports[2] et son enseigne peinte représentant une scène pastorale d'une Angleterre d'autrefois, sous le nom du lieu, The Plough[3].

Après avoir cessé de voir Helen, il avait écrit un petit poème idiot jeté sur un de ses carnets intimes. Il l'avait intitulé *Le pré rouge*, d'après son propre nom de famille.

Laboure le pré rouge,
Jusqu'à ce qu'il n'y reste rien ;
Jusqu'à ce que sèche la terre
Et abreuve-toi à ses veines.

The Plough est un pub où Will ne songerait jamais à entrer en temps normal. Un endroit sage répondant aux besoins d'une clientèle qui se rend à peine compte qu'elle est en vie, et qui regarde

1. Morceau créé en 1985 par ce groupe de rock écossais alternatif.
2. Chaîne de télévision sportive.
3. La Charrue.

fixement des reportages sportifs dont on a coupé le son.

Lorsqu'il y arrive, l'homme s'est fait servir un whisky et s'est assis aussi discrètement que possible dans le coin le plus éloigné de la salle. Will se dirige vers lui et s'assoit sur le siège d'en face.

« Il paraît que les pubs sont une institution en voie de disparition », dit-il, et il pense à ces profanes, à ceux d'entre eux qui plongent du haut d'une falaise et regardent la vaste étendue de la mer avant de sauter. « Ils vont à contre-courant de la vie du vingt et unième siècle. On a perdu le sens du groupe. Tout est atomisé. Vous savez, les gens vivent dans ces invisibles clapiers. C'est d'une tristesse… Pourtant, il arrive que deux étrangers puissent se retrouver assis pour un petit tête-à-tête. » Il marque une pause et examine le visage ravagé, hagard de son interlocuteur. « Mais c'est vrai, nous ne sommes pas des étrangers.

– Qui suis-je ? » dit l'homme, dont la voix maintient prisonnières aussi fermement qu'un couvercle les énergies qui l'habitent.

La question semble faire écho au rêve de Will. Il regarde le whisky de l'homme. « Qui sommes-nous, les uns et les autres ? Des gens qui ne peuvent lâcher prise.

– À quel propos ? »

Will soupire.

« Du passé. Des conversations en face à face. Du jardin d'Eden. »

L'homme ne répond pas. Il reste là, assis, à darder sur Will un regard chargé d'une haine qui infecte l'air entre eux. La tension subsiste même lorsque la serveuse s'approche de leur table.

« Vous voulez regarder notre menu pour le déjeuner ? » demande-t-elle.

Will admire ses rondeurs appétissantes. *Un festin mobile.*

« Non », répond l'homme sans même lever les yeux.

Will croise le regard de la fille et le soutient. « Je surveille mon alimentation. »

La serveuse s'éloigne et le silence tendu entre les deux hommes se prolonge. Un silence qui est aussi un trait d'union.

« Je peux vous poser une question ? » demande Will au bout d'un moment.

L'homme avale une gorgée de whisky au lieu de répondre.

Will pose néanmoins sa question. « Vous avez déjà été amoureux ? »

L'homme repose son verre et fixe sur Will un regard d'acier. Réaction prévisible. « Une fois », répond-il. Le mot sort de l'arrière de sa gorge comme s'il croassait.

Will hoche la tête. « Ça n'arrive jamais qu'une fois, hein ? Les autres fois… ne sont que des échos. »

L'homme secoue la tête. « Des échos. »

« Par exemple, j'aime une femme. Mais je ne peux pas l'avoir. Elle joue le rôle de l'épouse modèle dans un couple avec un autre. Une pièce qui tient l'affiche depuis longtemps. » Will se penche vers l'autre, l'œil allumé, ironique, et chuchote : « *La femme de mon frère.* Il y a eu toute une histoire entre nous. » Il s'interrompt et lève une main en manière d'excuse. « Désolé. Je ne devrais sans doute pas vous raconter tout ça. C'est juste qu'on parle facilement devant vous. Vous auriez dû être prêtre. Et vous ? Votre grand amour, qui c'était ? »

L'homme se penche en avant, et son visage frémit légèrement de rage contenue. Quelque part dans le pub, une machine à sous dégorge ses pièces.

« Ma femme, dit l'homme. La mère de mon enfant. Elle s'appelait Tess. Tess Copeland. »

Will est brusquement pris au dépourvu. L'espace d'une seconde, il se retrouve dans le bateau à rames. Ce nom, « Tess Copeland », lui arrive comme une gifle du passé. Il se souvient de ce fameux soir où il a pris un verre avec elle au bar du foyer des étudiants, et a discuté sur le mode badin du philosophe français Michel Foucault, dont les théories sur la sexualité et la folie colonisaient bizarrement presque toutes les pages de la thèse qu'elle lui soumettait. (« Alors, dites-moi précisément de quelle façon Wordsworth était – voyons, que je ne me trompe pas – un pédagogue généalogiquement confus, désindividualisé, et empirico-transcendental ? ») Elle voulait retrouver son mari et ne savait pas ce qu'elle faisait dehors si tard avec son professeur.

« Ah… je… », dit Will, qui a réellement du mal à trouver ses mots.

Action.

Conséquences.

Tout s'équilibre en fin de compte.

« Pour vous, ce n'est qu'un écho de plus, j'imagine. Mais moi, je vous ai vu. Je vous ai vu vous envoler avec elle. »

Le cri.

C'était lui.

Will se souvient de la suite de cette soirée. Du moment où il l'a tuée sur le campus. Et où il a entendu courir tout près.

J'ai tué des centaines de personnes. Ce n'est qu'un grain de sable. Cet homme n'avait qu'à s'occuper de sa femme. Il n'a pas su veiller sur sa sécurité. Il me hait parce que sa culpabilité le pousse à me haïr.

Si Will n'avait pas surgi dans sa vie, il détesterait sa femme à l'heure qu'il est. Elle aurait obtenu son doctorat et pontifierait sur Foucault, Leonard Cohen et des poèmes qu'il n'avait pas lus, tout en prenant des mines réprobatrices en le voyant regarder un match de foot.

C'est l'erreur à la base de ces relations entre profanes. Elles reposent sur l'idée que les gens restent inchangés, plantés au même endroit que plus de dix ans auparavant, quand ils s'étaient rencontrés. La réalité, c'est que les relations entre les êtres ne sont pas permanentes, mais éphémères et aléatoires, comme une éclipse solaire ou des nuages qui se croisent dans le ciel. Elles existent dans un univers en mouvance perpétuelle, empli d'objets en mouvance perpétuelle. Et il n'aurait pas tardé à se rendre compte que sa femme pensait comme tant de ceux qu'il avait mordus : « *J'aurais pu mieux faire.* »

L'homme a une mine épouvantable. Usé, lessivé, écrasé. Et l'odeur âcre de son sang révèle à Will qu'il n'en a pas toujours été ainsi. Il était un autre homme autrefois, mais il s'est aigri, gâté.

« C'est Jared, hein ? Vous étiez dans la police, se souvient Will.

– Oui.

– Mais avant ce soir-là vous n'étiez pas au courant ? De l'existence de gens comme moi.

– Non.

– Vous savez que j'aurais pu vous tuer hier soir ? »

Jared hausse les épaules, comme si perdre la vie n'est pas une affaire. Puis Will entame un monologue que la moitié du pub entend.

« Une hache ? Pour me couper la tête ? » dit-il alors que la serveuse passe à côté, emportant pour les tables du jardin des assiettes de pain et de fromage. « D'après la tradition, mieux vaut transpercer le cœur. Avec un pieu ou quelque chose d'analogue. Certains pédants soutiennent qu'il faut du bois d'aubépine, mais en réalité, tout ce qui est assez dur et long convient. Bien entendu, il faut un sacré élan pour y parvenir. Seulement voilà, dans la réalité, ça ne marche jamais comme ça. Ce sont les vampires qui tuent des vampires. Les gens, non. Ça ne se passe pas comme ça. » Son visage redevient sérieux. « Bon, si vous ne disparaissez pas de ma vue, je vais revoir mes critères à la baisse et siffler votre sang amer et rance. »

Le mobile de Jared se met à sonner. Il l'ignore. En fait, il l'entend à peine. Il pense à Eve. Se dit qu'en restant ici, en ayant cette conversation, il met peut-être sa vie un peu plus en danger. Une vague de peur le submerge et il se dresse, le cœur cognant à toute vitesse, comme cette fameuse nuit, deux ans auparavant. Il s'éloigne à pas raides et sort. L'air de l'après-midi est doux, et il ne se rend pas compte tout de suite que son téléphone sonne à nouveau.

Will le laisse partir. Au bout d'un moment, il se lève et va examiner la sélection de titres proposés sur le jukebox marron terne, accroché au mur comme une vieille machine à cigarettes. *Under my Thumb*[1] des Rolling Stones est le meilleur morceau disponible. Il le met donc et se couche sur la banquette où il était précédemment assis.

Les gens le remarquent, mais personne ne dit rien.

Will reste étendu là, à écouter la musique, et se dit que maintenant, tout est clair.

And it's down to me, the way she talks when she's spoken to[2].

Il se moque bien de Manchester à présent.

Il se moque bien d'Isobel, du Narcisse noir, de

1. À ma botte.
2. Et c'est moi qui dis ce qu'elle doit répondre quand on lui parle.

la société Sheridan, ou de toutes ces cliques d'amateurs de sang.

Il va rester ici, à Bishopthorpe, avec Helen, en attendant une seconde éclipse de soleil.

Trottoir

Jared tremble à l'idée qu'il a failli tout compromettre.

Appel masqué.

Il décroche.

« Jared, Alison Glenny à l'appareil. »

Une voix qu'il croyait ne plus jamais devoir entendre. Il se souvient de la dernière fois, dans son bureau à elle, lorsqu'elle lui a donné son dernier avertissement. *Je comprends votre chagrin, mais si vous continuez comme ça, si vous exposez tout cela au grand jour, vous mettrez des centaines de vies en danger.* Elle avait parlé sans paraître percevoir l'ironie tragique, car si sa femme était morte, c'était précisément parce qu'il n'y avait eu aucune publicité autour de la chose. *Je n'aurai pas le choix, inspecteur. Je serai obligée de vous relever de vos fonctions pour des raisons de santé mentale et prendre les mesures nécessaires pour vous faire interner.*

Deux mois en hôpital psychiatrique pendant que sa fille était obligée de vivre chez sa mère à lui, une femme revêche, malade et en phase terminale. Quant à lui, il recevait des doses de régulateurs d'humeur surpuissants administrés par des médecins qui recevaient des primes de l'État pour ne pas perdre de vue que l'enjeu de leur travail était d'intérêt général.

« Comment avez-vous eu ce numéro ? demande-t-il, se doutant qu'il doit y avoir un lien entre la présence de Will ici et ce coup de téléphone.

– Vous n'avez pas changé de nom. Ça n'a pas été trop compliqué.

– Je n'ai rien à cacher. Je n'ai rien fait de mal. »

Elle soupire. « Jared, inutile de vous mettre sur la défensive. J'ai de bonnes nouvelles. Je veux vous dire quelque chose. Au sujet de Will Radley. »

Il garde le silence. Que peut-elle bien vouloir lui dire qu'il ne sache déjà ?

Après une longue pause elle lui annonce : « Nous sommes libres de le coincer.

– Quoi ?

– Nous avons fait pression dans les endroits stratégiques. La société Sheridan veut se débarrasser de lui autant que nous. Il a eu un comportement trop excentrique ces temps derniers. »

Ces propos irritent Jared. « Plus excentrique que de tuer le femme d'un officier de police sur un campus universitaire ?

– Je pensais que vous aimeriez être tenu au courant. Nous faisons tout ce qui est en notre pouvoir pour l'arrêter. C'est pour cela que je vous appelle. Il est ici. Est-ce pour cette raison que vous vous êtes installé à Bishopthorpe ? » Elle marque une pause, sentant sa réticence à lui donner la moindre information. « Écoutez, si vous nous dites qu'il est là-bas, nous ferons tout notre possible, je vous le promets. Vous pourrez tourner la page. C'est ce que vous désirez, non ? »

Jared continue à marcher d'un bon pas. Il a laissé loin derrière lui le pub, dont l'enseigne n'est plus qu'un petit carré brun. Il se souvient des mots que Will a prononcés il y a quelques instants : *Seulement voilà, dans la réalité, ça ne marche jamais comme ça.*

« Oui, il est ici, réussit-il à articuler dans l'appareil.

– Bien. Parfait. Encore une chose. Que savez-vous de ses relations avec les autres Radley ? Y a-t-il une chose que nous puissions utiliser. Quoi que ce soit ? »

Jared repense à ce que Will lui a dit dans le pub. *C'est la femme de mon frère.*

« Oui, dit-il, il y a quelque chose. »

Si le sang est la réponse, c'est que vous posez la mauvaise question.

Manuel de l'Abstinent
(deuxième édition, p. 101).

À propos de sangsues

Will se souvient du premier soir où Peter a invité Helen chez eux, à Clapham. Il avait eu droit à des instructions avant son arrivée. Il devait bien se tenir et ne pas éveiller les soupçons.

Pas de plaisanteries évoquant Dracula, pas de regards avides à son cou, pas de révélations inutiles concernant le soleil ou l'ail. Peter lui avait dit que Helen, étudiante en médecine elle aussi, était une fille à laquelle il tenait, et il n'avait aucune intention de rabaisser la relation au niveau d'une quelconque séance de je-te-mords-tu-me-suces. Enfin, pas encore, en tout cas. Il avait même évoqué le mot en C et dit qu'il songeait à dire à Helen la vérité, toute la vérité et rien que la vérité, en espérant parvenir à la gagner à l'idée de la conversion volontaire.

« Tu plaisantes, avait dit Will.

– Non. Je crois que je suis amoureux d'elle.

– Mais la *conversion* ? Ça n'est pas un peu extrême, Petey ?

– Je sais. Mais je crois vraiment que c'est la femme de ma vie.

– *Zut alors.* C'est sérieux, donc.

– Ouais. »

Will avait lâché avec lenteur un long sifflement. « Alors, condoléances. »

Pour Will, la conversion avait toujours été une notion abstraite. Il savait que physiquement, la chose était possible, et que cela devait se produire assez souvent, à en juger par la croissance rapide de la population des vampires adultes ; mais pourquoi pouvait-on désirer cela, voilà qui restait un mystère pour lui.

Car une conversion avait des conséquences significatives pour le convertisseur lui-même autant que pour le converti. Se faire saigner aussi abondamment après avoir goûté le sang de quelqu'un d'autre entraînait un affaiblissement affectif et provoquait un attachement aussi vif de la part du convertisseur que du converti.

« Non mais pourquoi diable m'infligerais-je une chose pareille ? » disait-il chaque fois qu'on lui demandait s'il voulait envisager la question.

Mais les affaires de Peter regardaient Peter, et Will était un libertin trop convaincu pour être un empêcheur de danser en rond ou pour juger. N'empêche qu'il avait envie de voir qui avait réussi à faire prisonnier le cœur d'un Radley pur sang.

Il se souvient précisément de ce qu'il a ressenti en la rencontrant.

Absolument rien.

Au début.

Juste une jolie profane dans un monde de jolies profanes.

Pourtant, à mesure que s'avançait la soirée, il s'était rendu compte que cette fille était incroyablement sexy – les yeux, la ligne tendre du cou, la façon clinique dont elle évoquait l'anatomie humaine et divers gestes chirurgicaux (« alors il faut sectionner l'artère pulmonaire droite... »).

Elle adorait la peinture, suivait des cours de dessin d'après modèle le mardi soir et avait des goûts éclectiques. Elle aimait Matisse, Edward Hopper, mais aussi les peintres classiques de la Renaissance. Elle adorait Véronèse sans paraître se douter que celui-ci était l'un des vampires vénitiens les plus débauchés qui aient jamais laissé des taches de sang sur une gondole.

Et ils avaient aussi eu une conversation sur les sangsues. Elle en connaissait un rayon sur la question.

« On sous-estime beaucoup les sangsues, avait-elle dit.

– Je suis bien d'accord.

– Ce sont des animaux extraordinaires.

– Sûrement.

– Techniquement, ce sont des annélidés. Comme les vers de terre. Mais elles sont nettement plus évoluées. Les sangsues ont trente-quatre cerveaux, sont capables de prévoir les orages et sont utilisées par les médecins depuis les Aztèques.

– Vous vous y connaissez en sangsues !

– J'ai fait des recherches dessus pour ma thèse. Sur leur utilisation pour soulager l'ostéoarthrite. C'est encore une théorie assez controversée.

– Il y a un autre remède pour les insuffisances osseuses, vous savez », avait dit Will avant que

Peter ait eu le temps de toussoter pour l'avertir de rentrer dans le droit chemin.

Ils avaient joué au blackjack et elle avait gagné, car elle savait quand s'arrêter. De plus, elle n'était pas distraite par l'odeur de son sang, à la différence de Will et Peter. Une symphonie d'arômes si complexe, aux notes si multiples qu'ils auraient pu rester des heures sans rien faire d'autre qu'essayer de les identifier toutes.

D'après la version des événements que Helen donna plus tard, Will ne s'éprit d'elle que parce qu'elle était avec son frère. Mais Will se rappelle avoir désespérément lutté contre son attirance. Il voulait ne surtout jamais rien éprouver pour une femme, hormis le désir simple d'étancher sa soif. « Pour moi, les émotions étaient des rapides tourbillonnants menant tout droit vers les chutes de la conversion. » C'est ainsi qu'il s'exprime dans son journal. « Je voulais rester dans les petites flaques du plaisir facile. »

Il souhaitait que Peter laisse tomber Helen et qu'ils l'oublient tous les deux. Mais Peter et Helen étaient follement épris l'un de l'autre. Ils étaient si heureux que Will ne pouvait supporter de côtoyer pareil bonheur. Pas sans projeter de le détruire.

« Je l'aime, dit Peter à son frère. Je vais la convertir et lui dire qui je suis.

– Ne fais pas ça.

– Alors pourquoi m'as-tu dit "Condoléances" ? Je croyais que tu m'avais dit que c'était à moi de décider.

– Ce que je te conseille, c'est d'attendre un moment. Deux ans, par exemple. Tu peux vivre jusqu'à deux cents ans. Réfléchis. Deux ans, c'est juste un centième de ta vie.

– Mais…

– Et si tu l'aimes toujours au bout de ce temps-là, tu lui diras qui tu es et à quoi tu t'occupes pendant qu'elle dort. Et si elle t'aime toujours, épouse-la et convertis-la pendant votre nuit de noces.

– Je ne sais pas si je pourrais résister à l'envie de la mordre pendant tout ce temps-là.

– Si tu l'*aimes* vraiment, tu pourras attendre. »

Quand Will avait fait cette proposition, il ne pensait pas que Peter aurait la patience. Il se fatiguerait d'elle et reviendrait se payer des pintes de bon sang avec Will, car à coup sûr, toutes ces nuits de copulations blanches finiraient par lui peser. Ou il craquerait et la mordrait dans le feu de l'action, ou il la laisserait tomber.

Mais non.

Après deux ans de soirées au cinéma et de promenades dans le parc, Peter tenait toujours bon. Entre-temps, Will enseignait en principe à l'université de Londres, mais il était rarement dans la capitale. Il courait le monde. Un soir, il avait donné à Peter rendez-vous à Prague, pour aller à Nekropolis, l'un des clubs pour vampires qui s'étaient créés autour de la place Saint-Wenceslas après la révolution de Velours.

« Alors, ça tient toujours ? » lui avait-il demandé sur le fond sonore lourd et industriel de la techno.

« Oui, dit Peter, et je n'ai jamais été aussi heureux. Sincèrement. Elle est drôle. Elle me fait rire. L'autre soir quand je suis rentré à la maison, elle…

– Eh bien, ne te presse pas trop. »

Les rares fois où Will avait vu Helen pendant cette période, il avait éprouvé une curieuse sensation de vertige au creux de l'estomac, qu'il avait attribuée à une carence en sang ou au fait d'être sorti avant la nuit. Après l'avoir vue, il éprouvait toujours le besoin de se mettre en chasse. Le plus souvent, il filait à Manchester, où la communauté de vampires commençait vraiment à se développer, et se gorgeait de sang sur le premier cou – consentant ou non – qui lui faisait envie.

Et puis, c'était arrivé.

Le 13 mars 1992, Peter avait annoncé à son frère qu'il avait tout dit à Helen.

« *Tout* ? »

Peter hocha la tête et avala un peu plus de sang, buvant à même le pichet. « Elle sait qui je suis et elle l'accepte.

– Qu'est-ce que tu me racontes ?

– Eh bien… on se marie. En juin. On a fixé une date à la mairie. Elle veut que je la convertisse pendant notre voyage de noces. »

Will éprouva – et combattit – un vif désir d'enfoncer une fourchette dans l'œil de son frère. « Ah bon, dit-il. Vraiment content pour toi.

– J'en étais sûr. Finalement, j'ai suivi tes conseils.

– En effet. C'est tout à fait vrai, Pete. Tu as attendu longtemps, et puis tu lui as dit. »

Will tombait en chute libre.

Il souriait sans en avoir envie, ce qui était absolument sans précédent. Dans la cuisine, il y avait des traces du passage de Helen – un livre de cuisine sur le plan de travail, un croquis de nu encadré au mur, un verre de vin sale de la veille –, et il avait besoin de prendre le large. Ce qu'il fit, frôlant l'un de ses manteaux en sortant.

Ce ne fut que le lendemain, quand elle s'approcha de lui dans un rêve dont l'éclairage et la distribution étaient du pur Véronèse, qu'il comprit la vérité. Alors que les autres femmes, des beautés majestueuses, étaient parées de soies magenta et de superbes robes de contes de fées, Helen était exactement telle qu'il l'avait vue la première fois : polo uni en acrylique, aucun maquillage visible, des cheveux dans l'état où la nature et le peigne les avaient laissés. Et pourtant, personne dans cette fresque mouvante du rêve ne pouvait rivaliser avec elle ni n'intéressait Will le moins du monde.

Alors qu'il s'approchait en flottant de cette immense table de banquet, il remarqua l'homme qui se trouvait près d'elle. Couronné de laurier, il était vêtu comme un prince de la Renaissance. Il murmurait à l'oreille de Helen des mots qu'elle seule entendait et qui la faisaient sourire. Ce ne fut que lorsqu'il se leva que Will reconnut Peter.

Peter frappa sur son gobelet avec une fourchette dorée. Tous, même les singes, s'arrêtèrent pour écouter.

« Je vous remercie tous, Excellences, Messeigneurs, et vous tous, pygmées, nains, jongleurs à une main, petits primates, gentes dames et nobles messieurs. Je suis très heureux que vous ayez pu venir à notre fête. Mon existence est comblée maintenant que Helen est ma femme. » Helen regardait le morceau de flamant rose posé sur son assiette et souriait avec une grâce modeste. « … Il ne me reste plus qu'à consommer notre union. » Et Will, horrifié, regarda Peter tirer le col du pull de Helen et mordre son cou. Son horreur s'intensifia en voyant Helen suffoquer de plaisir.

Will n'avait jamais aimé les mariages, mais aucun ne l'avait jamais affecté autant que celui-ci. Lorsque Peter versa son gobelet de vin dans le cou de Helen, Will s'avisa qu'il ne s'agissait pas de vin, mais du sang de Peter. Il se précipita en avant en hurlant « non ! ». Alors une centaine de singes se précipitèrent sur lui et les ténèbres se firent. Lorsqu'il se réveilla, couvert de sueurs froides, il se rendit compte que l'impossible s'était produit.

Will Radley était désormais embarqué sur une galère qui ressemblait en tous points à l'amour, ce sentiment hideux.

Quinze jours avant la date du vrai mariage, il était de retour à Londres, dormant dans un camping-car qu'il avait volé à un rasta blanc à Camden. Il était passé à l'appartement un soir où il savait que son frère était sorti, et n'avait pu se retenir de parler.

« Helen, je t'aime. »

Elle s'était détournée du journal télévisé – encore des affrontements en Yougoslavie – et l'avait regardé, s'adossant à son fauteuil à bascule de seconde main. « Pardon ? »

Il avait soutenu son regard, sans sourire, se concentrant sur son sang pour la suggestionner.

« Je sais que je ne devrais pas dire ça, puisque Peter est mon frère, et tout ça, mais je t'aime à la folie.

– Oh, Will, ne sois pas ridicule.

– Moque-toi de moi si tu veux, mais je ne plaisante pas. Je ne peux pas te regarder, entendre ta voix ou sentir ton parfum sans vouloir te prendre dans mes bras, m'envoler et t'emmener loin, très loin.

– Will, je t'en prie », répliqua-t-elle. Manifestement, il ne l'intéressait pas sur ce plan-là. « Peter est ton frère. »

Il ne hocha ni ne secoua la tête. Il resta aussi immobile que possible, prenant cependant bien soin de ne pas la lâcher du regard. On entendait au-dehors la sirène d'une voiture de police remontant Clapham Street.

« Tu as raison, Helen. La plupart des vérités profondes sont déplacées. Mais pour être honnête, même si c'est brutal, vivre sans vérité, ça rime à quoi, merde ! Tu peux me le dire ?

– Peter va rentrer d'une minute à l'autre. Arrête de parler comme ça.

– Je le ferais volontiers, Helen, si je ne savais pas que tu éprouves exactement la même chose. »

Elle mit une main devant ses yeux, s'arrachant à son regard.

« Will...

– Tu sais que tu veux que ce soit moi qui te convertisse, Helen.

– Comment peux-tu faire une chose pareille ? À ton frère.

– Très facilement. »

Elle se leva et sortit de la pièce. Il la suivit dans le couloir et vit tous les manteaux, tels des dos tournés vers eux. Il se concentra de toutes ses forces pour la suggestionner.

« Tu sais que tu ne veux pas que ce soit Peter. Tu le sais. Allons, ne sois pas faible, Helen. Tu n'as qu'une vie. Autant l'utiliser pour goûter ce que tu veux goûter. Si tu attends encore quinze jours, tout sera terminé, tu seras à lui et il n'y aura plus aucune chance pour nous, Helen. Tu l'auras anéantie. Et je te haïrai presque autant que tu te haïras toi-même. »

Elle se sentit désorientée. Elle ne se doutait pas qu'il ne s'adressait même pas à elle, mais à son sang. « Mais j'aime Peter…

– Demain, il travaille de nuit. On pourrait s'envoler pour Paris ensemble. Vivre des heures inoubliables. Toi et moi. Voler bien haut au-dessus de la tour Eiffel.

– Will, s'il te plaît… »

Elle était à la porte. Il ne restait à Will qu'une dernière chance. Fermant les yeux, il perçut tout un monde dans l'odeur du sang de Helen. Il songea à ce vieux sage suceur de sang, Jean Genet, et le cita. « Qui n'a connu celle de trahir ne connaît rien de l'extase. » Il poursuivit avec mille choses destinées à annihiler le moi véritable de Helen.

Il tendit une main et, dans un instant de faiblesse fatale, elle la prit. « Viens », dit-il, envahi par la joie profonde qu'il éprouvait toujours en anéantissant le bonheur d'un autre être. « Sortons. »

Proposition

Près de deux décennies après cette conversation avec Will, Helen introduit un membre de la police, une femme, dans son salon. Ses nerfs sont si tendus qu'elle a des picotements dans la tête et le cou.

« Vous voulez un café, Alison ? demande-t-elle. C'est bien Alison ?

– Oui. Mais merci, je ne prendrai pas de café. »

La voix d'Alison est froide, officielle, et Helen se demande si elle n'est pas là pour autre chose que pour un interrogatoire de routine.

« Clara est en cours en ce moment, dit-elle.

– Je ne suis pas venue pour parler à votre fille.

– J'avais cru vous entendre dire qu'il s'agissait de Clara. »

Alison hoche la tête. « Je souhaite parler d'elle, Mrs. Radley, et non lui parler à elle. »

Deux heures plus tôt, Helen était rentrée à la maison pour regarder les informations, mais n'avait rien entendu concernant la découverte du corps de l'adolescent. Elle en avait été soulagée. Peut-être que ses amies du groupe de lecture avaient mal compris. Mais la phrase que prononce alors Alison Glenny met fin à son soulagement.

« Le corps de Stuart Harper a été retrouvé, dit-elle. Nous savons que votre fille l'a tué. »

La bouche de Helen s'ouvre et se ferme, mais aucun son n'en sort. Elle a la gorge sèche et les paumes soudain moites.

« Quoi ? Clara ? Tuer quelqu'un ? Ne soyez pas si…, c'est tellement…

– Incroyable ?

– Euh, oui.

– Mrs. Radley, nous savons ce qu'elle a fait et comment. Toutes les preuves sont là, sur le corps du garçon. »

Helen s'efforce de se consoler en se disant qu'Alison bluffe. Après tout, comment peut-il y avoir toutes les preuves sur le corps ? On n'a pas prélevé de quoi analyser l'ADN de Clara. *Nous savons ce qu'elle a fait et comment.* Non, elle ne peut pas vouloir dire ça. Elle n'a pas l'air d'une femme prête à croire aux vampires, ni à penser qu'une lycéenne de quinze ans soit capable de tuer un garçon avec ses dents.

« Je suis désolée, dit Helen, mais je crois vraiment que vous faites erreur. »

Alison hausse les sourcils, comme si elle s'attendait à ce que Helen dise cela. « Non, Mrs. Radley. Soyez certaine que toutes les pistes mènent à votre fille. Elle est en très mauvaise posture. »

Incapable d'avoir les idées claires, le cerveau inondé d'innombrables signaux de panique, Helen se lève pour réitérer sa démarche de la veille. « Excusez-moi, dit-elle, j'en ai pour une seconde, j'ai quelque chose à faire. »

Mais avant même d'être sortie, elle entend la question d'Alison.

« Où allez-vous ? »

Helen s'immobilise et regarde son ombre légère sur le tapis. « C'est la machine à laver. Je l'entends biper.

– Non, Mrs. Radley, elle ne fait aucun bruit. Je vous en prie, revenez vous asseoir, dans votre propre intérêt. J'ai une proposition à vous faire. »

Helen se remet en mouvement, défiant le commissaire Glenny. Elle a besoin de Will, c'est tout. Il peut suggestionner cette femme et écarter tous les dangers.

« Mrs. Radley, s'il vous plaît, revenez. »

Mais Helen a déjà pris la porte et se dirige vers le camping-car. Pour la seconde fois ce week-end, elle est contente que Will soit là et se dit que peut-être la menace qu'il représente pour elle est moins grave que celles qu'il peut éloigner. Qui guettent sa fille, sa famille, tout.

Elle frappe à la porte du camping-car. « Will ? »

Pas de réponse.

Elle entend crisser le gravier sous des pas. Alison Glenny se dirige vers elle, impassible sous la lumière vive. Sans doute pourrait-elle regarder le soleil sans même ciller.

« Will ? S'il te plaît. J'ai besoin de toi. S'il te plaît. »

Elle frappe à nouveau. Un toc-toc urgent, auquel seul le silence répond. Elle songe à ouvrir la porte, sachant que Will ne se soucie guère de se verrouiller, mais elle n'en a pas le loisir.

« Eh bien, Mrs. Radley, c'est un drôle d'endroit pour une machine à laver. »

Helen réussit à sourire. « Non, c'est juste que... mon beau-frère est avocat. Il pourrait me conseiller. » Elle regarde le camping-car et se rend compte qu'elle n'a jamais vu de véhicule plus improbable pour un membre du barreau. « Enfin, il a fait ses études de droit. Il a... voyagé. »

Helen remarque qu'Alison retient un sourire. « Avocat. C'est intéressant.

– Oui, je me sentirais plus à l'aise si je vous parlais en sa présence.

– Je n'en doute pas. Mais il est au pub. »

Helen est désarçonnée. « Au pub ? Comment le...

– Je connais votre beau-frère, et d'après ce que je sais, il n'est pas avocat.

– Mais... », dit Helen en regardant la perspective de Orchard Lane. Les ombres des troncs d'arbre zèbrent le macadam comme un passage clouté sans fin. « Mais... mais...

– Nous connaissons tous ses talents de suggestion, Mrs. Radley.

– Comment ? » Helen est prise de vertige.

Alison s'approche d'elle, et, baissant la voix et le ton, poursuit : « Je sais que vous essayez de bien vous conduire, Mrs. Radley. Vous n'avez pas transgressé depuis très longtemps. Votre famille compte beaucoup pour vous, j'en suis consciente. Mais votre fille a tué quelqu'un. »

La peur de Helen se change en colère. L'espace d'un instant, elle oublie où elle est et à qui elle s'adresse. « Ce n'était pas sa faute. Vraiment pas. Ce garçon, il la plaquait au sol. Il l'agressait et elle ne savait même pas ce qu'elle faisait.

– Je regrette, Helen, mais je suis sûre que vous avez entendu parler de ce qui arrivait aux vampires qu'on identifiait. »

À nouveau, Helen voit sa fille le cœur transpercé par un carreau d'arbalète.

Alison continue. « Cela dit, les choses ont évolué depuis les années quatre-vingt et quatre-vingt-dix. Nous avons une approche plus intelligente. Si vous voulez que votre fille ait la vie sauve, c'est possible. Je dirige l'Unité des Prédateurs sans Nom. Ce qui signifie que c'est à moi qu'il incombe de trouver des solutions à l'intérieur de la communauté, de négocier. »

La communauté. Helen se rend compte qu'aux yeux d'Alison, elle est sur le même plan que n'importe quel autre accro au sang en Angleterre. « C'est un marché ?

– Je ne minimise pas ce qu'a fait votre fille à ce garçon, mais pour être tout à fait honnête avec vous, Mrs. Radley, mon travail dépend beaucoup des statistiques. Les vampires qui tuent une seule personne pendant leur vie ne sont pas aussi dangereux que ceux qui tuent deux fois par semaine. Je sais que pour un vampire, cet argument peut sembler un peu utilitaire et prosaïque, mais sur le plan éthique, nous nous trouvons dans une situation délicate, et la réduire à des nombres la simplifie beaucoup. Il existe une solution pour que vous annuliez l'unique assassinat commis par votre fille. Aux yeux de la police, du moins. »

Helen sent qu'on lui tend une perche, mais se demande quelle idée Alison a derrière la tête. « Écoutez, tout ce qui m'importe, c'est Clara. Je ferais tout pour la protéger. Ma famille, c'est tout pour moi. »

Alison l'étudie quelques instants. Elle calcule. « Vous savez, si l'on raisonne en termes numériques, il y a un vampire que nous aimerions bien voir éliminé des rues de Manchester. En fait, de toutes les rues, pour être honnête. C'est un monstre. Un tueur en série dont les victimes se comptent par centaines, sinon par milliers. »

Helen commence à voir où elle veut en venir. « Que voulez-vous que je fasse ?

– Eh bien, si vous voulez faire en sorte que Stuart Harper reste sur la liste des personnes disparues, vous n'avez qu'une option, en fait.

– Laquelle ?

– Nous avons besoin que vous tuiez Will Radley. » Helen ferme les yeux, et dans l'obscurité teintée de rouge, elle entend la fin de la proposition qu'Alison, lui chuchote à voix basse. « Tant que votre fille reste abstinente, elle ne sera pas inquiétée. Mais nous aurons besoin d'une confirmation physique indubitable de la mort de votre beau-frère. »

Helen essaie de mettre de l'ordre dans ses idées. « Pourquoi moi ? Personne d'autre ne peut le faire ? Peter ne peut pas m'aider ? »

Alison secoue la tête. « Non. Et vous ne pouvez pas l'impliquer. Nous ne voulons pas que vous parliez de ceci à qui que ce soit. Question de nombres, là encore, Mrs. Radley. Il y a moins de risques avec une seule personne au courant que deux. Si vous en parlez à votre mari, il y aura des conséquences graves. Nous ne pouvons sanctionner le meurtre d'un homme par son frère.

– Vous ne comprenez pas, c'est… »

Alison hoche la tête. « Oh, et encore un détail. Nous sommes au courant de votre relation avec Will Radley.

– Comment ? »

Alison hoche la tête. « Nous savons qu'il s'est passé quelque chose entre vous. Et votre mari l'apprendra aussi si vous n'acceptez pas notre proposition. »

Helen est brûlante de honte. « Non.

– Voilà le marché, Mrs. Radley. Nous vous ferons surveiller en permanence. Toute tentative pour vous écarter de ce qui a été convenu ou trouver une autre issue échouera, je vous le garantis.

– Quand ? je veux dire, quand dois-je… »

Helen entend son interlocutrice inspirer lentement. « Vous avez jusqu'à minuit. »

Minuit.

« Ce soir ? »

Lorsque Helen rouvre les yeux, Alison Glenny s'éloigne dans la rue, traversant les zones d'ombre et de soleil qui zèbrent Orchard Lane. Helen la regarde monter dans une voiture où un homme très corpulent est installé sur le siège du passager. La brise transporte des avertissements intraduisibles. Helen regarde le camping-car où sa vie avait changé tant d'années auparavant. Elle a l'impression de regarder une tombe, sans toutefois savoir au juste de qui ou de quoi elle est en deuil.

On a le refoulement dans le sang

Lorsque Eve lui annonce, dans le bus qui la ramène à la maison, qu'elle a décidé de sortir avec Rowan, Clara ne sait pas quoi dire. Et son amie est manifestement déconcertée par ce silence bizarre, car Clara a toujours parlé chaleureusement de son frère depuis qu'Eve s'est installée ici.

« Allez, Raddles, je croyais que tu voulais que je lui donne une chance », dit Eve en la regardant fixement.

Une chance ? Une chance de quoi ?

« Oui, c'est vrai, dit Clara en regardant par la fenêtre défiler les champs verdoyants. C'est juste que…

– Que quoi ? »

Clara perçoit la note miellée de son sang. Elle peut lui résister. Rowan peut-être aussi. « Rien. Oublie.

– D'accord, dit Eve, qui s'habitue au comportement de plus en plus étrange de Clara. C'est oublié. »

Plus tard, après être descendus du bus, sur le chemin de la maison, Clara dit à son frère qu'à son avis, il commet une erreur.

« Ne t'inquiète pas. Avant de sortir, je demanderai à Will de me donner du sang. Je l'emporterai. Dans mon sac. Si j'ai une tentation, j'en prendrai une gorgée. Tout ira bien. Fais-moi confiance. »

Fantasimania.

Here Comes the Sun.

Mannequins sans visage en perruques disco.

Le Glouton affamé. Assiettes de viandes dans le réfrigérateur.

L'estomac de Clara gargouille.

« Hein, tu as fini la bouteille qu'il t'a donnée ? demande-t-elle à son frère.

– Elle n'était pas pleine. Enfin, où veux-tu en venir ?

– À ça : Will s'en va aujourd'hui. Il *part.* Pour de bon, tu vois. Et il emporte ses bouteilles de sang. Alors on va rester là avec nos tentations et pas de sang. Qu'est-ce qu'on va faire ?

– On se contrôlera. Comme on l'a toujours fait.

– Oui, mais maintenant, ce n'est plus pareil. On sait. On ne peut pas revenir en arrière. Autant essayer de désinventer le feu. »

Rowan réfléchit. Ils passent devant le cabinet de leur père. « On pourrait consommer du sang de vampire. On doit pouvoir s'en procurer. Et sur un plan éthique, c'est mieux que de manger du porc. Ça n'implique pas la mort d'un animal, en fin de compte.

– Mais si ça ne suffit pas ? Si on a envie de quelqu'un et… enfin, si ce soir pendant que tu es avec Eve, tu… »

Rowan est agacé par sa sœur. « Je suis capable de me contrôler. Réfléchis, bon sang. Regarde autour de toi. Tout le monde refoule. Tu crois que tous les êtres humains "normaux" font exactement tout ce qu'ils veulent tout le temps ? Bien sûr que non. C'est pareil. Nous appartenons à la classe moyenne. Nous sommes britanniques. Nous avons le refoulement dans le sang.

– Eh bien je ne suis pas sûre d'être très douée pour ça », répond Clara en pensant à l'incident de l'autre jour chez Top-shop.

Ils marchent un petit moment en silence. Tournent dans Orchard Lane. Ils se penchent pour éviter les fleurs d'un laurier, et Clara devine que son frère veut ajouter quelque chose. Il baisse la voix de façon à ce que rien ne filtre à travers les murs des maisons avoisinantes.

« Ce qui s'est passé avec Harper, ça s'est produit dans des circonstances exceptionnelles. Tu ne peux pas le regretter. N'importe quelle fille avec des crocs à sa disposition aurait fait la même chose.

– Oui, mais j'ai été complètement à l'ouest tout le week-end.

– Écoute, tu es passée d'absolument rien à une quantité astronomique de sang. Il doit y avoir un juste milieu. Et maintenant, si tu te sens bizarre, c'est sans doute seulement parce que les effets se dissipent… Et de toute façon, c'était le sang de *Harper*. Nous devrions choisir des gens bien. Des bénévoles. *Elle*, par exemple. »

Il hoche la tête en direction de la femme qui ramasse les enveloppes pour Save the Children, et qui est à la porte du numéro 9. Clara ne trouve pas ça drôle. Vingt-quatre heures auparavant, jamais Rowan n'aurait dit une chose pareille. Mais aussi, vingt-quatre heures auparavant, elle n'aurait pas pris la mouche.

« Je plaisante, dit Rowan.

– Tu devrais affiner ton sens de l'humour », lui lance-t-elle. Mais en disant cela, elle se rappelle la main de Harper sur sa bouche, la peur qu'elle avait éprouvée dans cet instant, juste avant que tout bascule et que le pouvoir passe de son côté.

Non, Rowan a raison. Elle peut toujours essayer, elle n'arrivera pas à le regretter.

Alors, elle lui adresse un sourire canaille

Peter rentre à pied chez lui, heureux et plein d'entrain : après avoir bu le sang de Lorna, il plane encore.

Il est même si heureux qu'il fredonne, sans prendre garde tout de suite à l'air. Il s'avise enfin qu'il chantonne le seul morceau composé par les Hémo Globules. Il se souvient de l'unique concert qu'ils avaient donné dans une maison des jeunes de Crawley. Ils avaient réussi à mettre trois morceaux à leur programme en incluant deux reprises de morceaux connus, « Anarchy in the UK[1] », et « Paint it Black[2] », rebaptisé « Paint it red » pour les besoins de la soirée. C'était la nuit où ils avaient vu pour la première fois Chantal Feuillade qui dansait au premier rang du public d'une douzaine de jeunes, avec son T-shirt de Joy Division[3] et sa peau claire de Savoyarde.

Le bon temps, ne peut-il s'empêcher de penser. *Le bon temps.*

Bien sûr, il était égoïste, à l'époque, mais sans

1. Morceau des Sex Pistols.
2. « Peins-la en noir », The Rolling Stones.
3. Groupe post-punk anglais.

doute faut-il un peu d'égoïsme pour que le monde soit ce qu'il est. Il avait jadis lu un livre écrit par un profane scientifique qui avançait une théorie selon laquelle l'égoïsme est un trait psychologique essentiel de chaque être vivant, et que toute action apparemment philanthropique sur terre est fondée sur l'égoïsme en dernière analyse.

La beauté est égoïste. L'amour est égoïste. Le sang est égoïste.

Et c'est avec cette pensée en tête qu'il passe à travers les fleurs jaunes du laurier sans se pencher comme à son habitude. Puis il voit Lorna, fringante et égoïste qui sort pour promener sa chienne agaçante et égoïste.

« Lorna », claironne-t-il, euphorique.

Elle s'arrête, perplexe.

« Salut.

– Lorna, j'ai réfléchi, dit-il avec plus d'enthousiasme et d'assurance qu'il ne l'espérait. J'aime bien le jazz. J'aime énormément, en fait. Tu sais, Miles Davis, Charlie the Bird, ces mecs-là. C'est juste… pfffou. Totalement libéré, non ? Pas question de s'en tenir à une mélodie par principe. Le jazz, c'est l'évasion, l'improvisation, l'art de faire ce qu'on veut, non ? »

La chienne grogne.

« *Charlie the Bird ?*

– Sans doute », dit Lorna.

Peter hoche la tête et découvre à sa grande surprise qu'il est en train de mimer quelqu'un en train de jouer du piano. « Exactement ! Oui ! Alors, si tu es encore partante pour aller au Fox and Crown voir des musiciens de jazz, je serais ravi de t'accompagner. Sans blague ! »

Lorna hésite. « Euh, je ne sais pas, dit-elle. Les choses s'arrangent.

– Parfait.

– Entre Mark et moi.

– Tant mieux.

– Et Toby a un passage à vide.

– Ah bon ?

– Je crois qu'il se fait du souci pour son ami.

– Ah », dit Peter, déçu.

Mais l'expression de Lorna change. Elle pense à quelque chose. Puis elle adresse à Peter un sourire canaille. « Bon, d'accord. On ne vit qu'une fois. Allons-y. »

À peine a-t-elle dit cela que l'euphorie de Peter commence à se dissiper, et il éprouve la vraie terreur coupable de la tentation.

Boîte à chaussures

Rowan s'apprête à sortir.

Après le lycée, il s'est douché, changé, et a mis son poème pour Eve dans son sac. La seule chose qui lui manque, c'est une nouvelle bouteille de sang. Alors il prend son sac, met son portefeuille dans sa poche, vérifie ses cheveux dans la glace et sort sur le palier. Il entend quelqu'un dans la douche de l'étage, ce qui lui paraît bizarre, si tôt dans la soirée du lundi. En passant devant la porte de la salle de bains, il entend fredonner son père, malgré le bruit de l'eau qui coule. Il a une voix si peu musicale qu'il est gênant de l'entendre chanter. C'est une chanson que Rowan ne connaît pas. « En robe rouge, qu'est-ce que t'es chouette. » C'est tout ce que Rowan réussit à entendre avant que Clara sorte de sa chambre.

« Où tu vas ? demande-t-elle à son frère.

– Au cinéma.

– Ce n'est pas un peu tôt ? »

Il baisse la voix pour s'assurer que son père – qui braille maintenant un refrain hideux – ne peut l'entendre. « Je veux pouvoir m'acheter du sang avant. Tu sais, histoire de ne pas être pris au dépourvu. »

Elle hoche la tête. Rowan s'attend à ce qu'elle se mette en colère, mais pas du tout.

« O.K., dit-elle. Sois prudent... »

Rowan descend l'escalier. Il voit que sa mère est dans la cuisine, mais ne songe pas à se demander pourquoi elle est figée devant le tiroir à couteaux, qu'elle regarde fixement.

Il a d'autres préoccupations en tête.

Il frappe sur le camping-car de Will, mais il n'y a personne. Sachant qu'il n'est pas dans la maison, Rowan essaie la porte. Il grimpe dans le véhicule et se met en quête d'une bouteille de sang de vampire, mais n'en trouve aucune, hormis une vide. Il soulève le matelas de Will. Rien, sauf quelques mémoires reliés en cuir qui ne risquent pas de satisfaire la moindre soif. Il avise un sac de couchage roulé avec une bouteille intacte à l'intérieur et la saisit. Or en soulevant le sac, il fait glisser le couvercle d'une boîte à chaussures. Le couvercle tombe à la renverse, révélant un numéro de téléphone. Le leur.

Dans la boîte se trouve une liasse de photographies entourées d'un élastique. La première photo, assez ancienne, est celle d'un bébé, un petit garçon qui dort béatement sur un petit tapis de peau de mouton.

Il reconnaît ce bébé.

C'est lui.

Il ôte l'élastique et feuillette les photos. Ses premières années défilent en clopinant. Il devient un enfant qui marche, puis en âge d'aller à l'école.

Pourquoi ? Les photos cessent quand il a cinq ou six ans.

C'est son anniversaire.

Il a le visage couvert de boutons, et sa mère lui avait dit qu'il avait la rougeole. Soudain, il veut savoir ce que ces photos font là. Il trouvera peut-être des clés dans les lettres. Il commence par en lire une qui se trouve au-dessus de la pile et reconnaît l'écriture de sa mère.

17 septembre 1998

Cher Will,

Je ne sais vraiment pas comment commencer, sinon en disant qu'il faut que cette lettre soit ma dernière.

Je ne sais pas si cela te fera de la peine ou si les photos de Rowan te manqueront, mais je pense vraiment que maintenant qu'il commence l'école, le moment est venu de mener notre barque chacun de notre côté dans son intérêt sinon pour le nôtre.

Tu sais, je me sens presque redevenue normale. « Profane », comme nous disions avec cynisme. Certains matins, quand je suis occupée à m'occuper des enfants, à les habiller, à changer la couche de Clara, à frotter ses gencives douloureuses avec du gel ou à donner à Rowan sa dose de médicaments, j'en arrive presque à m'oublier complètement, et toi aussi.

En vérité, ceci ne devrait pas être trop dur pour toi. Tu n'as jamais vraiment voulu de moi, si cela devait signifier pour toi vivre comme un partenaire fidèle et renoncer aux émotions fortes du sang frais. Et je me rappelle encore ton expression quand je t'ai dit que j'étais enceinte. Tu étais horrifié. J'avais fait peur à quelqu'un dont je n'aurais jamais cru qu'il pût avoir peur. Donc, paradoxalement, je te rends peut-être un service.

Tu as horreur des contraintes autant que moi j'en ai besoin. Et désormais, tu n'auras même plus celle de lire ces lettres ni de regarder ces photos. Peut-être n'en as-tu reçu aucune. Peut-être as-tu encore changé de poste et les lettres t'attendent-elles dans une boîte aux lettres à la fac.

J'espère qu'un jour tu cesseras de mener cette vie et que tu te stabiliseras. Ce serait un réconfort de savoir que le père de mon fils finira par trouver en lui-même une sorte de centre moral.

Souhait stupide ? Rowan te ressemble de jour en jour davantage, ce qui me fait peur. Mais son tempérament est différent. « Toujours choit la pomme auprès du pommier », prétend le dicton. Oui, mais si le sol est en pente ? En tant que mère, je sais que c'est à moi de faire en sorte que cette pente s'accentue.

Alors, adieu, Will. Et je te demande de ne pas compromettre le reste de respect que j'ai pour toi en essayant de nous voir, lui ou moi. Nous nous sommes fait une promesse et nous devons la tenir, dans l'intérêt de tous.

J'ai l'impression de m'arracher un bras, mais il le faut. Fais bien attention à toi. Tu me manqueras.

Helen.

C'est trop énorme. Rowan sait seulement qu'il voudrait oblitérer ce qu'il vient de découvrir, le faire disparaître. Il laisse tomber la lettre, sans se soucier de l'endroit où elle atterrit, plonge la main dans le sac de couchage et met la bouteille dans son sac à dos. Puis il sort en titubant du camping-car et remonte Orchard Lane.

Quelqu'un marche dans sa direction. Au début, il ne distingue pas le visage de l'homme, caché par les feuilles du laurier qui retombent en pluie devant le jardin du numéro 3. Pendant un moment, il ne voit qu'un imperméable, un jean et des bottes. Rowan n'a plus aucun doute sur l'identité du marcheur, mais quand il voit son visage, le visage de son *père*, son cœur ne bat plus, il cogne follement, comme si quelqu'un à l'intérieur de sa poitrine battait un tapis pour essayer d'en ôter la poussière.

« Eh bien, Lord B., dit Will, dont les lèvres se retroussent en un sourire de biais, comment diable allez-vous ? »

Rowan ne bronche pas.

« Ah bon, eh bien tant mieux », dit Will, mais Rowan ne se retourne pas.

Il serait incapable de parler, même s'il le voulait. Il comprime la haine en lui comme une pièce serrée dans un poing et continue son chemin vers l'arrêt d'autobus.

Vers Eve, et l'espoir d'oublier.

Ail au vinaigre

Eve se prépare à dire à son père qu'elle va sortir ce soir.

Que peut-il faire ? La traîner dans sa chambre et clouer des planches en travers de sa porte ?

Non, elle va agir comme si elle avait affaire à son ancien père, celui de l'époque pré-psychotique, et se conduire comme un être humain de dix-sept ans évoluant dans une société libre. Elle va lui annoncer cela dans la cuisine où elle le trouve en train d'avaler quelque chose à la cuiller. Ce n'est qu'en s'approchant et en lisant l'étiquette qu'elle se rend compte qu'il s'agit d'ail au vinaigre, et qu'il a déjà avalé les trois quarts du pot. Peut-être devrait-il retourner à l'hôpital ?

« Papa, c'est vraiment dégueu. »

Il a un haut-le-cœur, mais avale une autre cuillérée. « Je sors », dit-il avant qu'elle ait eu le temps de parler.

« Où vas-tu ? Parce que si tu as un rendez-vous, je te conseillerais un bain de bouche. »

Il ne semble même pas se rendre compte qu'elle plaisante. « Eve, j'ai quelque chose à te dire. »

Elle n'aime pas beaucoup la façon dont ça se présente, et se demande ce qu'il va confesser.

« Quoi donc ? »

Il prend une grande inspiration. « Ta maman n'a pas disparu. »

Au départ, elle n'enregistre pas, tant elle est habituée à faire la sourde oreille quand son père rabâche. Une seconde plus tard, elle se rend compte de ce qu'il vient de dire.

« Papa, de quoi tu parles ?

– Elle n'a pas disparu, Eve. Elle est morte. »

Eve ferme les yeux pour ne plus le voir. L'odeur d'ail est saisissante. Elle ôte ses mains de sa figure, car elle a déjà entendu ce refrain. « Papa, je t'en prie.

– Il faut que je te dise la vérité, Eve. Je l'ai vue. J'étais là. »

Elle répond malgré elle. « Tu l'as vue ? »

Il repose la cuiller et parle d'une voix d'adulte rationnel. « Écoute, voilà ce que je voulais te dire à l'hôpital. Je ne divaguais pas. Elle a été assassinée sur le campus de l'université. Tuée sur la pelouse devant le département de littérature. Assassinée. J'ai tout vu. J'ai couru et crié, mais il n'y avait personne. J'étais allé l'attendre, parce qu'elle avait travaillé tard en bibliothèque. Enfin, c'est ce qu'elle m'avait dit ; bref, j'étais allé la chercher à la bibliothèque, mais elle n'y était pas. Je l'ai cherchée partout, et puis je les ai vus, de l'autre côté de l'affreux bassin. Je l'ai traversé à la course et je l'ai vu, lui, la mordre, la tuer et…

– *La mordre ?*

– Il n'était pas comme nous, Eve. Il était autre. »

Elle secoue la tête. C'est le même cauchemar qui revient. « Papa, c'est du délire. Écoute-moi. Tu ne devrais pas prendre ces comprimés. »

Il lui avait déjà raconté cette histoire de vampire, mais seulement quand il était à l'hôpital. Par la suite, elle ne lui avait échappé que quand il était très saoul. Et, croyant la protéger, il avait toujours tout démenti après coup, au risque de perdre toute crédibilité.

« Elle a été assassinée par son directeur de thèse, poursuit-il. C'était un monstre. Un vampire. Il l'a mordue, lui a sucé le sang et s'est envolé avec elle. Et il est ici, Eve. Il est venu ici. À Bishopthorpe. Peut-être est-il déjà mort, mais il faut que j'en sois sûr. »

Tout à l'heure, elle l'avait cru un instant. Maintenant, elle est profondément meurtrie qu'il essaie ainsi de lui polluer le mental.

Il lui met la main sur le bras. « Tu vas rester ici jusqu'à mon retour. Tu m'entends ? Reste à la maison. »

Eve le regarde fixement et il semble affecté par la rage qu'il lit dans ses yeux, car il explique : « La police. On est en train d'essayer de l'attraper. J'ai parlé à la femme qui m'a renvoyé pour avoir dit la vérité. Alison Glenny. Elle est ici. Je lui ai tout raconté. Tu sais, je l'ai vu au pub. L'homme qui…

– Au *pub* ? Tu es allé au pub aujourd'hui ? Je croyais qu'on était fauchés, papa. »

Elle ne se sent pas hypocrite en disant cela. Après tout, Rowan a bien précisé qu'il lui paierait l'entrée au cinéma ce soir.

« Pas le temps de discuter. » Il avale une dernière bouchée d'ail, puis enfile sa veste. Il a les yeux fous. « Surtout, ne bouge pas d'ici. Je t'en prie, Eve. Il ne faut pas que tu sortes de la maison. »

Avant qu'elle ait eu le temps de réagir, il est déjà parti.

Elle va dans le salon et s'assied. À la télévision, une publicité montre le visage d'une femme à des âges différents. Vingt-cinq ans. Trente-cinq. Quarante-cinq. Cinquante-cinq.

Elle lève les yeux vers la photographie posée sur le poste. Sa mère à trente-neuf ans lors de leurs dernières vacances en famille. Majorque. Il y a trois ans. Si seulement sa mère était là, vieillissant normalement et non conservée à tout jamais sur des photographies.

« Je peux sortir ce soir, maman ? chuchote-t-elle, imaginant la conversation.

– *Pour aller où ?*

– Au cinéma. Avec un garçon du lycée. Il m'a invitée.

– *Eve, c'est lundi.*

– Je sais, mais il me plaît vraiment. Et je serai rentrée à dix heures. On prendra l'autobus.

– *Alors, il est comment ?*

– Pas mon type habituel. C'est un garçon gentil. Il écrit des poèmes. Il te plairait.

– *Alors, c'est d'accord, ma chérie. Amuse-toi bien.*

– Merci, maman.

– *Et s'il y a un problème, tu téléphones.*
– D'accord.
– *Bonsoir, ma chérie.*
– Je t'aime, maman.
– *Moi aussi, je t'aime.* »

Sauce au curry

L'odeur entêtante de la sauce au curry incommode Alison Glenny. Assise à côté de Geoff, elle le regarde manger des frites qui en ruissellent.

« Elles sont drôlement bonnes, leurs frites », annonce-t-il. Et il lui tend le plateau en polystyrène et les grosses frites molles noyées de glutamate.

« Merci, j'ai mangé. »

Geoff regarde avec un soupçon de mépris sur le tableau de bord le petit sachet en papier froissé ayant contenu une quiche sans gluten qu'Alison a achetée chez le traiteur de la grand-rue il y a environ une heure.

« Alors on est censés rester assis là à guetter les vampires ? C'est ça l'idée ? demande Geoff.

– Oui. On attend. »

Geoff jette un regard frustré vers le camping-car garé devant le numéro 17.

« Je persiste à penser que c'est un coup monté, vous savez.

– Mais je ne vous oblige pas à rester. Seulement, si vous partez et ébruitez l'affaire, je vous ai clairement prévenu. »

Geoff embroche l'une des dernières frites avec

sa fourchette en bois. « Je n'ai rien vu que je puisse raconter, mon petit, hein ? » Il lève sa fourchette mais à mi-chemin de sa bouche, la frite tombe sur ses genoux, où il doit la récupérer.

« S'il n'est pas dans sa camionnette, pourquoi ne pas la fouiller, histoire de trouver des preuves ?

– Ce sera fait.

– Quand ? »

Elle soupire, lassée par ses éternelles questions. « Quand il sera éliminé.

– Éliminé ! » Geoff secoue la tête avec un petit rire. « *Éliminé !* »

Quelques instants plus tard, elle le regarde sortir son portable et commencer un texto à sa femme. « Rentre tard. Juskocou ds pprasse. XX. G »

Alison est surprise par le double baiser. *A priori*, ce n'est pas le genre de ce type. Elle pense à Chris, l'homme qu'elle a failli épouser dix ans auparavant, mais qui en a été dissuadé par ses continuels retours tardifs, ses week-ends consacrés au travail et le fait qu'elle ne pouvait rien lui dire de ce qui se passait dans son activité professionnelle.

Un type bien, Chris. Prof d'histoire à Middlesbrough, mâle non dominant à la voix douce, il adorait la randonnée en montagne et la faisait rire assez régulièrement pour qu'elle s'imagine qu'ils étaient en connivence. Après tout, il n'était pas si facile de la faire rire.

Mais ce n'était pas de l'amour. Le genre d'amour échevelé, fou, dont il était question dans les chansons pop et les poèmes lui était toujours resté totalement étranger, même à l'époque où elle était adolescente. Elle avait cependant souvent désiré vivre en compagnonnage avec quelqu'un qui rendrait sa grande maison un peu plus douillette.

Elle revient au présent en voyant l'équipe de renfort arriver dans un véhicule maquillé en camionnette de livraison d'un fleuriste en ligne.

Il était temps, se dit-elle, rassurée de savoir que les cinq membres de son unité seront à l'arrière de la camionnette, en tenue de protection et armés d'arbalètes au cas où Will essaierait de l'attaquer elle.

Geoff ne remarque pas la camionnette.

« Jolie rue, hein ?

– Oui, répond-elle en remarquant la note de regret dans sa voix.

– Je parie que les maisons doivent coûter un paquet par ici. »

Il finit ses frites et Alison le voit non sans dégoût mettre le plateau taché de sauce à ses pieds au lieu d'essayer de trouver une poubelle. Ils restent tranquilles et silencieux pendant un petit moment, avant de voir enfin quelque chose d'intéressant : Rowan Radley, qui sort du numéro 17 et se dirige vers le camping-car.

« Alors ce garçon est un vampire, hein ?

– En principe, oui. »

Geoff se met à rire. « Eh bien, il ferait pas mal de bronzer un peu. »

Ils le regardent monter dans le véhicule et en ressortir quelques instants plus tard.

« Il en fait, une tête », commente Geoff.

Alison regarde dans le rétroviseur. Elle voit Rowan Radley remonter la rue tandis que quelqu'un vient vers lui. Enfin, elle aperçoit le visage qui jusqu'à présent était caché par le laurier.

« Eh bien le voilà, dit-elle.

– Qui ça ?

– Will Radley. »

Elle ne l'a vu qu'une fois, de loin, quand il entrait au Narcisse noir. Mais elle le reconnaît aussitôt et son cœur bat plus vite à mesure qu'il s'approche de la voiture.

C'est étrange. Elle a tellement l'habitude d'avoir affaire à des vampires notoires qu'elle n'a plus que rarement de bouffées d'adrénaline. Mais là, est-ce l'effet de la peur, ou d'une autre émotion qu'elle ne reconnaît pas ? Toujours est-il que son cœur se met à cogner comme un fou.

« Oh, la *dégaine* », marmonne Geoff quand Will passe à côté de la voiture.

Will ne prête aucune attention à leur véhicule, pas plus qu'à quoi que ce soit d'autre, et marche d'un pas régulier et déterminé vers la maison.

« Alors vous croyez que cette femme va être de taille à l'affronter ? »

Alison retient son souffle et ne se donne même pas la peine de dire à Geoff que le sexe n'est pas un facteur très déterminant dans le pouvoir physique d'un vampire. Peut-être est-elle soudain inquiète à propos du scénario prévu. Entre une abstinente et un vampire pratiquant pur et dur, le combat est toujours inégal, même si l'abstinent bénéficie de l'élément de surprise, de la préméditation et de la pression de la police. En réalité, ce n'est pas cela qui tracasse Alison. C'est l'expression qu'elle a vue dans les yeux de Helen, une sorte de désespoir tenace, comme si elle n'avait aucun contrôle sur ses actions ou ses désirs.

Ils regardent Will entrer dans la maison et attendent que quelque chose se produise, dans un silence qui n'est troublé que par le sifflement nasal de la respiration de Geoff.

Simulacre de vie

Helen est en train de couper en tranches une miche de pain complet et prépare les sandwichs pour le déjeuner de son mari le lendemain. Elle a besoin de s'occuper pour maîtriser ses nerfs en prévision de la mission impossible qui l'attend. Elle est si absorbée par ses pensées, torturée par la voix froide et neutre d'Alison Glenny dont les paroles résonnent sans arrêt dans sa tête qu'elle ne se rend pas compte que Will est dans la cuisine et la regarde.

Pourrait-elle le faire ? Pourrait-elle vraiment faire ce qu'on lui a demandé ?

« Donnez-nous aujourd'hui notre pain complet de ce jour, dit-il en voyant Helen poser une autre tranche sur la pile. Et pardonnez-nous nos sandwichs comme nous pardonnons aussi à ceux qui nous ont sandwichés… »

Helen est trop agitée pour garder du recul. Elle est furieuse qu'il soit là, à lui fournir l'occasion d'accomplir les ordres d'Alison. *Mais peut-être y a-t-il une alternative. Peut-être Alison a-t-elle menti.*

« On est lundi, Will. Lundi.

– Vraiment ? dit-il, feignant la surprise. Par exemple ! j'ai du mal à suivre le rythme, ici. Lundi !

– Le jour où tu pars.

– Ah, à ce propos…

– Tu pars, tu te souviens ? » dit-elle, sans prêter vraiment attention à ce qu'elle dit. Elle crispe sa main sur le manche du couteau. « Il faut que tu partes. On est lundi. Tu as promis.

– Ah, j'ai promis. Bizarre, bizarre, non ? »

Elle essaie de le regarder dans les yeux, mais trouve cela plus difficile qu'elle ne l'aurait cru. « Je t'en prie, Clara est en haut.

– Ah, juste Clara ? Tes hommes t'ont abandonnée ? »

Helen regarde le couteau entre les tranches et aperçoit sur la lame brillante le reflet déformé de Will. En sera-t-elle capable ? Peut-elle prendre ce risque, alors que sa fille est dans la maison ? *Il doit y avoir un autre moyen.*

« Rowan est au cinéma et Peter à une réunion.

– Je ne savais pas qu'il y avait un cinéma à Bishopthorpe. Un vrai petit Las Vegas, cet endroit !

– Le cinéma est à Thirsk. » Elle entend Will étouffer un rire.

« Thirsk[1], dit-il en allongeant la syllabe au maximum. J'adore ce mot.

– Il faut que tu t'en ailles. Les gens te connaissent. Tu es en train de tout compromettre. »

Elle a repris le pain, dont elle coupe une tranche superflue.

« Oh, bien sûr, dit Will avec une sollicitude feinte. Eh bien je vais partir. Ne te fais pas de mau-

1. Le mot est très voisin de *thirst*, « soif ».

vais sang. Dès que tu auras tout mis au point, je partirai.

– Quoi ? De quelle mise au point parles-tu ?

– Tu sais bien, avec la famille.

– Quoi ?

– Les choses qui fâchent, dit-il avec délicatesse, comme si chaque mot était en porcelaine. Tu vas dire à Peter et à Rowan ce qu'il en est exactement. Après ça, je disparaîtrai. Avec ou sans toi. À toi de décider. Qu'est-ce qui va faire pencher la balance ? Ça ? »

Il pointe un doigt vers la tête de Helen et en pose le bout sur son front.

« Ou ça ? »

Il pointe le doigt vers son cœur.

Helen sent le désespoir l'affaiblir. Son seul contact, ce seul petit bout de peau pressé contre elle, peut tout faire ressurgir. Ce qu'elle éprouvait quand elle était avec lui, le seul objet de ses désirs. Sa frustration n'en est que plus vive. « Qu'est-ce que tu fais ? demande-t-elle.

– Je te sauve la vie.

– Pardon ? »

Will est surpris qu'elle lui pose la question. « Peter avait raison. C'est une pièce. Tu joues dans une pièce. C'est du théâtre. Un simulacre de vie. Tu ne veux plus sentir à nouveau la vérité, Helen ? Tu ne veux plus voir tomber ce somptueux rideau rouge ? »

Ses paroles tournoient autour de l'esprit de Helen, qui ne sait plus ce qu'elle fait. Elle tranche comme une folle. Le couteau ripe à travers le pain et elle se coupe le doigt. Il lui saisit le poignet. Elle n'offre d'abord qu'une légère résistance pendant qu'il place le doigt dans sa bouche et suce le sang de Helen. Qui ferme les yeux.

Être désirée par lui

Qui l'a convertie.

Une sensation exquise, terrible.

Elle succombe momentanément, oublie Clara, oublie tout ce qui n'est pas lui. Celui dont elle n'a jamais cessé d'avoir soif.

Mais elle rouvre les yeux et se retrouve là. Dans sa cuisine, un lundi après-midi, entourée de tous les objets familiers : la carafe à filtre, le grille-pain, la machine à café. Des choses triviales, mais qui font partie de son monde à elle, pas de celui de Will. Partie du monde qu'elle peut perdre ou sauver d'ici minuit. Elle repousse Will, qui du coup cesse de plaisanter et redevient sérieux.

« Tu me désires, Helen. Tant que je vivrai, tu me désireras. » Elle l'entend prendre une grande inspiration. « Tu ne comprends pas, hein ? dit-il.

– Qu'est-ce qu'il y a à comprendre ? » rétorque-t-elle en regardant fixement la planche à pain. Les miettes qui tracent la carte d'une galaxie inconnue. Qui se brouille et s'estompe dans le bois de la planche.

Helen a des larmes plein les yeux.

« Toi et moi, dit-il. Nous, nous sommes faits l'un pour l'autre. » Il se tapote la poitrine de la main. « Tu crois que j'ai envie d'être *ça* ? Tu ne m'as pas donné le choix.

– Je t'en prie… », dit-elle.

Mais il l'ignore. « Dix-sept ans que je revisite la même nuit à Paris. Je serais revenu, mais jamais il n'y a eu la moindre invitation. Et je n'avais pas non plus envie de partir avec le ruban bleu du second prix. Pas une deuxième fois. Mais ça m'a demandé beaucoup d'efforts de rester à l'écart. Et beaucoup de sang. Quantité de jeunes cous graciles. Mais ce n'est jamais assez. Je ne peux pas t'oublier. Je *suis* toi. Tu es le raisin, je suis le vin. »

Elle s'applique à respirer régulièrement, essaie de rassembler ses forces. « Je sais, dit-elle en serrant plus fort le manche du couteau. Je suis désolée. Et c'est vrai. Je... Je veux que tu saignes pour moi, sincèrement. Je veux te goûter à nouveau. Et tu as raison. Je te désire. » Il paraît sidéré, puis étrangement vulnérable. Comme un chien méchant qui ne se rend pas compte qu'on va l'abattre.

« Tu es sûre ? » demande-t-il.

Helen n'est pas sûre. Mais si elle doit mener sa mission à bien, elle n'a pas envie que cela se prolonge. C'est le moment.

« Je suis sûre. »

Le baiser

Le sang ruisselle sur le poignet de Will et son avant-bras ; il goutte sur les dalles de pierre blonde de la cuisine. Helen sait qu'elle n'a rien vu d'aussi beau. Elle se mettrait volontiers à quatre pattes pour le lécher à même le sol, mais elle n'en a pas besoin parce que le flot de sang qui jaillit du poignet de Will est juste devant elle, au-dessus de son visage. Il tombe dans sa bouche, plus satisfaisant que le jet d'une fontaine un jour de canicule.

Elle suce avec vigueur, sachant que la blessure qu'il s'est infligée est déjà en train de se cicatriser. Et la sensation de ce sang qu'elle tire, qui passe en elle, est une libération immense, comme si le barrage qu'elle avait construit au fil des ans pour se protéger contre ses propres émotions avait complètement cédé, et le plaisir rejaillit en elle comme un torrent. Cependant même qu'elle succombe, elle sait ce qu'elle a toujours su. Elle le veut. Elle veut l'extase que lui seul est capable de lui donner, et elle veut le sentir jouir de ce dont elle jouit maintenant. Alors, elle s'écarte et l'embrasse sauvagement, sentant ses crocs mordre dans sa langue comme lui il mord dans la sienne, et le sang coule de leurs bouches unies. Elle sait qu'à tout moment, Clara pourrait descendre et les voir ensemble, mais elle ne veut pas brusquer ce plaisir, aussi continue-t-elle d'embrasser cet homme délicieux, monstrueux, qui fait partie d'elle depuis toutes ces années, et circule dans toutes les veines de son corps.

Elle sent la main de Will toucher sa chair sous son chemisier et il a raison, elle le sait.

Elle est lui, il est elle.

Peau sur peau.

Sangs mêlés.

Le baiser prend fin et Will glisse vers son cou et la mord. À mesure que le plaisir l'inonde, emplissant la coque vide qu'elle était, elle sait qu'elle en est arrivée au bout, maintenant. Il ne peut être plus vif. Et au sein du plaisir même surgit un frisson de tristesse mortelle. La tristesse d'un souvenir qui s'efface. La tristesse d'une photographie fripée. Elle ouvre les yeux, tend la main vers le couteau à pain et le tient à l'horizontale derrière le cou de Will.

Elle rapproche lentement la lame, comme l'archet d'un violon, mais ne peut se résoudre à passer à l'acte. Elle pourrait se tuer mille fois avant de pouvoir le tuer lui, car chaque éclat de la haine qu'elle éprouve pour lui semble seulement alimenter cet amour plus profond, une roche en fusion qui est au cœur de tout.

Mais je dois…

Je dois…

Je…

Sa main renonce, devient molle, désobéit aux ordres qu'envoie son cerveau. Le couteau tombe par terre.

Will s'écarte de son cou, le visage couvert de son sang comme d'une peinture de guerre. En le voyant baisser les yeux vers le couteau, Helen a le cœur qui bat plus fort, sous l'effet de la colère et de la peur confuse d'avoir commis une trahison, non seulement envers lui, mais envers elle-même aussi.

Elle voudrait qu'il parle.

Qu'il l'insulte.

C'est ce dont elle a besoin. Ce dont son sang a besoin.

Il a l'air meurtri. Soudain, ses yeux sont ceux d'un enfant de cinq ans, perdu et abandonné. Il sait exactement ce qu'elle a voulu faire.

« On m'a mis le marché en mains. La police… », articule-t-elle, souhaitant éperdument l'entendre répondre.

Or il ne dit rien du tout et sort.

Helen voudrait le suivre, mais elle sait qu'elle doit nettoyer les traces de sang avant que quiconque les voit.

Elle sort le rouleau de sopalin de sous l'évier et arrache des poignées de feuilles avec lesquelles elle tamponne le sol. Le sang colore le papier, le ramollit. Helen est agitée de spasmes violents et les larmes inondent son visage.

Au même moment, Will est aussi à quatre pattes, à l'arrière de son camping-car, et il cherche désespérément ce qu'il a de plus précieux.

Le rêve intégral et parfait de cette longue nuit de jadis.

Il a besoin, plus que tout, de la boire telle qu'elle était alors, avant que des années de mensonges et d'hypocrisie aient changé son goût.

C'est avec soulagement qu'il avise le sac de couchage et l'attrape. Mais le soulagement s'évanouit dès qu'il glisse la main à l'intérieur et ne sent que la doublure en coton doux.

Il fouille partout autour de lui, frénétiquement.

La boîte à chaussures est ouverte. Une lettre gît sur le sol, comme si quelqu'un l'avait laissée tomber. Ainsi qu'une photo. Rowan.

Il ramasse la photo et regarde fixement les yeux de Rowan. D'autres y verraient de l'innocence, mais Will Radley ne sait pas vraiment à quoi ressemble l'innocence.

Non, quand il regarde les yeux du petit Rowan de quatre ans, il voit un sale gamin gâté, un petit garçon à sa maman qui utilise son mignon sourire comme arme pour gagner l'amour de sa mère.

Eh bien, en effet, tu es le petit garçon à sa maman.

Et il a un rire dément. Mais avant même que le rire cesse, la plaisanterie a déjà viré à l'aigre.

En ce moment même, Rowan est peut-être en train de goûter un rêve qui ne lui appartient pas.

Will rampe comme un chien hors de son camping-car. Il remonte Orchard Lane en courant, passe à côté d'un lampadaire sans même se soucier du fait qu'il sent l'odeur du sang de Jared Copeland tout près. Il fait un bond et voit son ombre s'étaler sur un toit tandis qu'il prend son envol vers Thirsk.

Le Fox and Crown

Peter est enfermé dans sa voiture, bien à l'abri, et il regarde les couples qui entrent au Fox and Crown. Tous si satisfaits de leur vie. Remplissant leurs loisirs d'agréables manifestations culturelles, de balades à la campagne et de soirées jazz. Si seulement il était né dans la peau d'un être humain normal et pouvait cesser d'être insatisfait.

Il sait qu'elle doit être là, assise seule à une table, à remuer la tête en écoutant jouer des musiciens occasionnels à la calvitie naissante, et à se demander déjà s'il ne lui a pas posé un lapin.

Le son de trompettes filtre dans l'air, et il en éprouve une impression bizarre.

Je suis marié. J'aime ma femme. Je suis marié. J'aime ma femme.

« Helen, je sors », lui avait-il dit avant de quitter la maison. Elle ne semblait guère écouter. Debout devant le tiroir aux couteaux, elle lui tournait le dos. Il avait été soulagé qu'elle ne se retourne pas, car il avait mis sa plus belle chemise.

« Ah, très bien, avait-elle répondu d'une voix plutôt distante.

– C'est cette histoire des services de santé dont je t'ai parlé.

– Ah oui, avait-elle répondu après une petite pause. Bien sûr.

– Je serai de retour vers dix heures, avec un peu de chance. »

Elle n'avait pas réagi et il avait été presque déçu par son manque de méfiance.

« Je t'aime, avait-il dit avec un sentiment de culpabilité.

– Oui. Au revoir. »

Comme d'habitude, elle ne lui avait pas rendu son « je t'aime ».

Pourtant, elle avait été follement amoureuse de lui autrefois. Ils étaient si amoureux l'un de l'autre que Clapham, à cette époque où le quartier ne s'était pas encore embourgeoisé, était devenu pour eux le lieu le plus romantique du monde. Ces rues pluvieuses et miteuses du sud de Londres avaient été habitées par le discret ronronnement de l'amour. Jamais ils n'avaient eu besoin de Venise ou de Paris. Mais quelque chose s'était produit. Elle avait perdu quelque chose. Peter le savait, mais il ignorait comment le faire revenir.

Une voiture tourne dans le parking du pub, avec un autre couple à l'intérieur. Il croit reconnaître la femme, une connaissance de Helen. Jessica Gutheridge, celle qui dessine ses cartes elle-même. Et il est sûr qu'elle appartient aussi au groupe de lecture de Helen. Il ne lui a jamais été présenté. Helen la lui avait montrée une fois lors d'un marché de Noël à York, il y a des années de cela. Il est fort peu probable qu'elle le reconnaisse, mais cela constitue un souci supplémentaire et rend la soirée encore plus risquée qu'elle ne le serait autrement. Il glisse légèrement sur son siège quand les Gutheridge sortent de voiture. Ils se dirigent vers le pub sans se tourner dans sa direction.

Farley est trop proche, se dit Peter. Ils auraient mieux fait de choisir un endroit plus éloigné.

Toute cette affaire l'écœure. L'euphorie insouciante qu'il avait éprouvée en buvant Lorna s'est complètement effacée à présent. Tout ce qui lui reste, c'est la tentation brute, sans son emballage chatoyant.

L'ennui, c'est qu'il aime *vraiment* sa femme. Il l'a toujours aimée. Et s'il se sentait aimé en retour, il ne serait pas là, sang ou pas.

Mais elle ne l'aime pas. Aussi va-t-il entrer et parler à Lorna ; ils vont rire et écouter la musique abominable, et après un ou deux verres, ils se demanderont si cela va mener quelque part. Et comme il est fort possible que la réponse soit « oui », alors un de ces soirs prochains, peut-être même ce soir, ils se retrouveront en train de se déshabiller à tâtons à l'arrière de cette voiture, comme des adolescents, ou dans un motel, voire au numéro 19, et il aura à affronter la vue de Lorna nue.

La panique l'étreint à cette idée. Il tend la main vers le tableau de bord pour trouver le *Manuel de l'Abstinent*, qu'il a repris sans rien demander dans la chambre de Rowan.

Il trouve le chapitre qu'il cherche : « Le Sexe sans le Sang : C'est ce qu'il y a à l'extérieur qui compte. » Il lit ce qui est dit sur la maîtrise du souffle, la concentration. Sur la peau et diverses méthodes pour neutraliser la soif du sang. « Si vous sentez les métamorphoses commencer à se produire pendant que vous en êtes aux préliminaires ou en action, fermez les yeux et astreignez-vous à respirer par la bouche et non par le nez, ce qui limite les stimulations sensorielles et imaginatives. Si rien n'y fait, alors arrêtez tout, et récitez à haute voix le mantra de l'abstinent dont il a été question dans le chapitre précédent "Je suis [VOTRE NOM] et je maîtrise mes instincts". »

Il regarde de nouveau la route. Une autre voiture arrive, puis, une ou deux minutes après, un autobus passe. Il est sûr d'avoir vu le visage ravagé de son fils qui regardait par la fenêtre. Rowan l'avait-il vu, *lui* ?

Il avait l'air désespéré. Savait-il quelque chose ? Cette pensée le terrifie et il sent un changement s'opérer en lui. Le plaisir fluide se change en austère devoir. Il met le contact et reprend le chemin de la maison.

« Je suis Peter Radley, marmonne-t-il d'une voix lasse. Et je maîtrise mes instincts. »

Thirsk

Rowan et Eve sont au cinéma à Thirsk, à douze kilomètres de chez eux. Rowan a la bouteille de sang dans son sac. Il n'y a pas encore touché. Il voulait le faire à l'arrêt du bus, après avoir vu un graffiti à son sujet : ROWAN RADLEY EST UN TARÉ. (Il a l'impression que c'est l'écriture de Toby, comme sur les palissades de la poste, à ceci près que, sur celui-ci, Toby a passé plus de temps à calligraphier ses lettres en écriture cubique en 3-D.) Mais Eve était arrivée et le bus pour Thirsk aussi. Rowan doit rester tranquillement assis, sachant qui est son père, et conscient de tous les mensonges de sa mère.

Le film qu'ils regardent n'a aucun sens pour lui. Il se contente d'observer Eve, dont la peau se colore en jaune, orange et rouge au gré des explosions sauvages qui se succèdent sur l'écran.

À mesure qu'il le contemple, la révélation de la lettre de sa mère commence à perdre son intensité et il ne perçoit plus qu'Eve, sa présence, son parfum. Il regarde la colonne d'ombre ténébreuse le long du tendon de son cou et imagine le goût de ce qui coule dessous.

Il se penche de plus en plus vers elle. Ses dents se métamorphosent tandis qu'il ferme les yeux, et qu'il s'apprête à s'enfoncer dans sa chair. Elle voit son mouvement vers elle, sourit, et lui présente même le cornet de popcorn.

« Non, ça va », dit-il en se couvrant la bouche.

Il se lève pour sortir.

« Rowan ?

– Il faut que j'aille aux toilettes », dit-il, et il file le long des sièges vides de leur rang.

En cet instant, il sait qu'il devrait ne jamais la revoir. Il a frôlé le pire, perdu le contrôle.

Je suis un monstre. Un monstre engendré par un monstre.

Il a besoin de satisfaire la soif intense qu'il éprouve.

Une fois dans les toilettes des hommes, Rowan sort la bouteille et ôte le bouchon d'un coup sec. Instantanément, l'odeur d'urine rance disparaît et il est noyé dans un pur plaisir.

L'arôme lui paraît à la fois totalement exotique et profondément familier, bien qu'il n'arrive pas à imaginer comment il peut le connaître. Il boit à grandes lampées. Fermant les yeux, il goûte l'extase. Toutes les merveilles du monde sont sur sa langue. S'y ajoute une étrange familiarité, comme s'il rentrait chez lui, un chez-lui dont il avait oublié l'existence.

Ce n'est que lorsqu'il s'arrête pour reprendre sa respiration et s'essuyer la bouche qu'il regarde l'étiquette avec attention. Au lieu d'un nom, Will a écrit L'ÉTERNELLE – 1992.

Lentement, la lumière se fait.

L'Éternelle.

L'année de sa naissance.

Elle est dans sa bouche, dans sa gorge.

La bouteille tremble dans ses mains, résultat inévitable du séisme d'horreur et de rage qui se produit en lui.

Il lance la bouteille à toute volée contre le mur, et le sang coule sur les carreaux en céramique, s'étale en flaque sur le sol. Une flaque rouge qui vient vers lui comme une langue qu'on tire.

Avant qu'elle ne l'atteigne, il la contourne et écrase un morceau de verre en se dirigeant vers la porte. Il n'y a personne dans le hall, sauf le préposé aux billets, qui mâchonne un chewing-gum en lisant le *Racing Times*[1].

Et qui pose sur Rowan un œil soupçonneux. Sans doute a-t-il entendu le bruit du verre brisé, mais il retourne à la lecture du calendrier des courses, ou fait semblant, car l'expression de Rowan l'a dissuadé d'intervenir.

Dehors, sur les marches, Rowan respire lentement, profondément. Il fait un peu froid. L'air est sec. Le silence est si total, si écrasant, qu'il éprouve le besoin de le briser, et il pousse un hurlement, la tête levée vers le ciel nocturne.

Une lune gibbeuse est voilée par un mince nuage.

Des étoiles envoient une lumière vieille de milliers d'années.

Quand il a fini de hurler, il dévale les marches et remonte la rue en courant.

1. Journal hippique.

Vite, vite, de plus en plus vite, jusqu'à ce que sa course devienne autre chose et qu'il n'y ait plus sous ses pieds ni sol dur ni rien.

Atome

Les Mutants des glaces : Renaissance III n'est pas le meilleur film qu'Eve ait jamais vu. L'intrigue tourne autour d'embryons de formes de vie extraterrestre congelés dans les calottes polaires depuis la dernière période glaciaire. Mais, à cause du réchauffement de l'atmosphère, les embryons se dégèlent, éclosent et deviennent des aliens aquatiques mortels qui détruisent les sous-marins, les chalutiers de pêche, les plongeurs sous-marins et les écoguerriers, avant d'être anéantis par la marine américaine.

Après les vingt premières minutes, le film avait cessé de raconter une histoire et n'était plus qu'une suite d'explosions extravagantes et d'images de synthèse ridicules de pieuvres géantes. Cela n'avait guère d'importance, car elle était assise à côté de Rowan et elle commençait à se rendre compte que rien ne lui faisait sans doute plus plaisir, en fait, que d'être assise à côté de lui. Même si cela voulait dire regarder un navet pareil. Soit dit à la décharge de Rowan, c'était le seul film au programme. Le cinéma Palace à Thirsk n'est pas exactement un multiplex, après tout. Et puis Rowan l'a laissée seule à sa place depuis – elle regarde sa montre, voit l'heure à la lueur de l'explosion d'un bateau plein d'aliens – *près d'une demi-heure*, et elle commence à se demander où il est passé.

Elle pose son carton de popcorn par terre et sort pour aller voir. Après un instant de gêne en passant devant d'autres jeunes couples et des groupes de lycéens déjantés accros aux explosions et aux émotions virtuelles, elle se retrouve dans le hall.

Aucun signe de Rowan, et personne, hormis à la caisse un type dont toute l'attention semble concentrée sur son journal. Elle se dirige vers les toilettes, dont l'entrée se trouve dans un coin discret du hall.

Elle s'approche de la porte des « Hommes ».

« Rowan ? »

Pas de réponse, mais elle sent une présence à l'intérieur.

« *Rowan ?* »

Elle soupire. Peut-être quelque chose chez elle l'a-t-il fait fuir à un moment donné. Et ses doutes habituels ressurgissent. Peut-être a-t-elle trop parlé de son père. Peut-être est-ce le kilo supplémentaire que sa balance lui a révélé ce matin. Peut-être a-t-elle mauvaise haleine. (Elle se lèche la main, la renifle, mais ne sent rien, sauf l'odeur enfantine et légèrement sucrée de la salive sur la peau.)

Peut-être est-ce le T-shirt d'Airborne Toxic Event[1] qu'elle porte. Les mecs ont tendance à être fachos en matière de goûts musicaux. Elle se sou-

1. Groupe américain de rock indépendant.

vient d'un soir à Sale où elle avait fait pleurer, oui, *pleurer*, Tristan Wood – qui était, il faut le reconnaître, assez pété – en lui disant qu'elle préférait Noah and the Whale[1] à Fall Out Boy[2].

Peut-être avait-elle eu la main un peu lourde sur le maquillage. Peut-être que l'ombre à paupières vert pomme, c'était un peu trop violent pour un lundi. Peut-être que c'est parce qu'elle est une vraie pauvresse à la Dickens, avec un père éboueur, psychotique et parano, qui n'a pas de quoi payer le loyer. Ou peut-être, oui peut-être qu'il s'est approché assez pour sentir la mélancolie qui l'habite au plus profond, bien cachée sous un masque superficiel de dérision et de sarcasme.

Ou peut-être que c'est juste parce qu'elle a commencé elle aussi à s'intéresser à lui.

Troisième essai. « Rowan ? »

Elle regarde l'endroit où la moquette rejoint la porte.

C'est une vieille moquette hideuse, tassée par l'usage, avec le genre de motifs pour salle de bingo qu'on ne peut regarder longtemps sous peine d'avoir le tournis. Mais ce ne sont pas les motifs qui la perturbent. C'est la tache d'humidité sombre qui s'y propage lentement, en provenance de la porte. Une humidité qui, elle s'en rend compte au bout d'un moment, pourrait bien être du sang.

---

1. Groupe anglais d'indie folk.
2. Groupe punk américain de rock alternatif.

Elle pousse la porte lentement, se préparant mentalement au pire : Rowan gisant sur le sol dans une mare de sang.

« Rowan, tu es là ? »

Avant que la porte soit totalement ouverte, elle voit la mare de sang, mais pas telle qu'elle l'imaginait. Il y a des morceaux de verre brisé, comme s'il s'agissait d'une bouteille de vin, à ceci près que le liquide est trop épais pour être du vin.

Elle sent une présence.

Une ombre.

Un mouvement. Quelque chose de trop rapide pour qu'elle l'identifie, et soudain, avant qu'elle comprenne ce qui lui arrive, une main se pose sur son bras et l'attire dans les toilettes avec une force irrésistible.

Sous le choc, elle a le souffle coupé et il lui faut quelques instants avant de rassembler l'énergie nécessaire pour crier. Pendant ce laps de temps, elle voit le visage de l'homme, mais ne remarque que ses dents, qui ne ressemblent pas du tout à des dents.

Et dans cette seconde où elle est entraînée vers lui, une seule pensée abominable surnage à la surface de sa panique. *Mon père avait raison.*

Le cri arrive, beaucoup trop tard.

Il la tient serrée avec son bras et elle sait que ces dents qui n'en sont pas se rapprochent. Elle lutte et se débat avec toute sa réserve de force inutile, lui envoie des coups de pied dans les tibias, griffe le visage qu'elle ne voit pas et se tortille comme un poisson éperdu pris à l'hameçon.

« *Du cran.* » Elle a son souffle dans l'oreille. « *Exactement comme ta mère.* »

Elle hurle à nouveau et regarde d'un œil désespéré les cabines vides aux portes ouvertes. Elle le sent sur sa peau, il lui perce le cou, et elle lutte avec chaque atome de son être pour ne pas partager le sort de sa mère.

Pitié

Il avait fallu à Will une minute pour voler de Bishopthorpe à Thirsk, et il n'avait pas été difficile de trouver le cinéma dans un coin aussi petit et aussi mort.

Il avait atterri sur la dernière marche et était entré, s'attendant à aller tout droit dans la salle. Mais dans le hall, il avait senti l'odeur du sang de Helen dans l'air, et l'avait suivi jusqu'aux toilettes.

À l'intérieur, il avait vu son pire cauchemar. Le rêve intact et parfait de cette nuit de 1992, la plus douce et la plus pure de toute sa vie, fracassé, coulant sur le sol souillé de toilettes. C'en était trop. Il était resté un moment figé, à regarder les petits éclats de verre qui hérissaient le sang de Helen, et à essayer d'assimiler ce qu'il avait sous les yeux.

C'est alors que la fille était entrée. La petite Copeland. Sa mère devait lui ressembler au même âge et, dans ses yeux, il voyait le même type de peur.

Il s'était saisi d'elle car il n'avait plus aucune raison de ne pas le faire. Et maintenant, là, cependant même qu'il la mord, il continue à regarder fixement le sang sur le sol avant de fermer les yeux.

Il nage dans ce lac de sang, cette fois sans même un bateau. Il nage sous la surface.

Sous le sang.

Mais cependant même qu'il suce la vie pour l'anéantir, il a de nouveau une prise de conscience terrible. Celle qu'il a eue la veille, avec Isobel au Narcisse noir.

Cela ne suffit pas.

Loin de là.

Et cela ne suffit pas parce que ce n'est pas Helen.

Le plus troublant, c'est qu'Eve a presque exactement le même goût que sa mère ; or quand il avait goûté Tess, il avait éprouvé une grande jouissance sans même songer à la femme à qui il songe maintenant.

Non.

Je n'aime pas ce goût.

Je n'aime aucun goût, sauf celui de Helen.

Et à mesure que cette vérité se fait plus claire dans son esprit, le sang qui coule dans sa bouche lui devient de plus en plus répugnant. Il s'imagine en train de remonter à la surface du lac, suffoquant.

Et il a lâché Eve, il s'en rend compte, avant même qu'elle soit morte.

Je m'en fiche, se dit-il, avec la lucidité obstinée de l'enfant.

Il ne veut pas de son sang.

C'est le sang de Helen qu'il veut.

Eve n'est pas encore morte, mais elle ne tardera pas à l'être. Il la regarde se tenir le cou, voit le sang couler à travers ses doigts, sur son T-shirt

– celui d'un groupe dont il n'a pas entendu parler – et jamais il ne s'est senti aussi vide. Il regarde par terre et comprend qu'il est la bouteille même, le contenant dont tout le précieux contenu s'est échappé.

La fille est appuyée contre le mur carrelé et le regarde avec des yeux où la peur se mêle à l'épuisement.

Toutes ces émotions qui passent sur le visage des profanes ! Tous ces signaux inutiles destinés à vous faire éprouver – quoi donc ? Du remords ? De la honte ? De la pitié ?

De la pitié.

Il n'a eu pitié de personne depuis le jour où il est allé avec d'autres pèlerins voir Lord Byron en train de mourir seul dans cette grotte d'Ibiza. Le poète âgé de plusieurs siècles était pâle, frêle et très très vieux – presque l'ombre de lui-même – couché dans une barque, une chandelle à la main. Et même alors, ce qu'il avait éprouvé, était-ce de la pitié, ou de l'appréhension pour son propre destin ?

Non, pense-t-il.

La pitié n'est qu'une force débilitante, entre autres. Comme la pesanteur. Quelque chose qui est destiné à maintenir les profanes et les abstinents à terre, à leur petite place.

Le message

Jared était resté caché plus d'une heure dans les buissons d'Orchard Lane, attendant confirmation qu'Alison Glenny lui avait bien dit la vérité. Que Will Radley allait être tué par sa belle-sœur. Pendant un moment, il n'avait rien observé, bien qu'il fût rassuré par la présence d'une BMW qu'il ne connaissait pas, garée en haut de la rue. La voiture de Glenny, sans doute. Mais ses espoirs s'étaient effondrés en voyant quelqu'un quitter la maison.

Will Radley. Vivant.

En le regardant d'abord disparaître dans le camping-car, puis, peu après, s'envoler, il s'était senti pris de nausée. Pendant un moment, il avait cru qu'il allait vomir, compte tenu de tout l'ail qu'il avait avalé, mais l'air s'était brusquement rafraîchi, l'aidant à conjurer son mal au cœur.

« Non, avait-il dit aux feuilles vertes qui l'entouraient. Non, non et *non.* »

Jared s'était alors dégagé des buissons pour rentrer chez lui. En passant devant la voiture d'Alison Glenny, il avait tapé à la vitre. « Votre petit plan n'a pas marché. » Il y avait quelqu'un d'autre dans la voiture. Un détective massif, ventripotent et rasé, qu'il ne connaissait pas et qui regardait le ciel à travers le pare-brise, l'air incrédule.

« On lui a donné jusqu'à minuit, avait répliqué Alison d'une voix aussi froide qu'un P45. On maintient l'heure limite à minuit. »

La vitre s'était fermée avec un ronronnement et Jared n'avait eu d'autre choix que de continuer son chemin pour rentrer.

« Affirmer l'existence des vampires n'est que la preuve de votre propre folie », lui avait dit jadis Alison. Celle-là même qui l'avait averti que s'il parlait à quiconque – même à sa fille – de celui qu'il croyait être l'assassin de sa femme, on le renverrait à l'hôpital où il resterait jusqu'à la fin de ses jours.

Il soupira, sachant que Will Radley serait encore vivant à minuit.

Tout ceci était futile.

Il était dans le même village que Will Radley, mais ne pouvait absolument rien faire. Il continua à marcher, passa devant le pub, la poste et le traiteur où l'on vendait des amuse-gueules qu'il ne pouvait s'offrir, même s'il en avait envie. Un tableau noir dans un cadre de bois, posé à l'intérieur de la vitrine illuminée, vantait les mérites du jambon de Parme, des olives pour l'apéritif, des artichauts grillés et du couscous marocain.

Je n'ai rien à faire ici.

Ce qui amena une autre idée.

J'ai été injuste envers ma fille.

Il prit une décision. Il irait chez lui et demanderait pardon à Eve. Elle avait dû avoir beaucoup de mal à supporter son comportement étrange et ses règles strictes. Ils allaient déménager, partir loin d'ici si elle voulait, et il lui donnerait toute la liberté que mérite une adolescente de dix-sept ans qui a la tête sur les épaules.

Il se rappelait les joggings du dimanche matin avec elle, à l'époque où il avait du temps et de l'énergie pour ce genre de choses. Elle entrait dans l'adolescence et, pendant un an environ, était devenue adepte du fitness. Il avait apprécié ces petites parenthèses à eux, sans sa mère, lorsqu'ils allaient courir le long du canal ou sur la vieille voie ferrée désaffectée de Sale. Ils étaient vraiment proches à l'époque, quand il savait s'occuper d'elle sans l'étouffer.

Oui, il a passé les bornes.

C'est fini.

Si Will Radley était tué, par lui ou par quelqu'un d'autre, s'en sentirait-il mieux pour autant ? Il ne sait pas. Sans doute, mais tout ce dont il est sûr, c'est que tout cela a trop duré, qu'il a mené la vie trop dure à Eve et que cela doit cesser à présent.

Et il a encore cette idée en tête lorsqu'il met la clé dans la serrure du 15, Lowfield Close, entre, et monte l'escalier commun. Mais avant même d'entrer dans leur appartement, il flaire quelque chose d'anormal. Tout semble trop silencieux.

« Eve ? » crie-t-il en posant les clés sur l'étagère de l'entrée, à côté d'une enveloppe rouge du service des eaux du Yorkshire.

Pas de réponse.

« Eve ? »

Il va dans sa chambre, mais elle n'y est pas. Il y a les posters de ses groupes préférés, son lit étroit, son armoire ouverte, mais pas sa fille. Tous ses vêtements familiers sont là, sur les cintres, comme des fantômes d'elle.

Il y a du maquillage sur sa coiffeuse et l'odeur sucrée de la laque flotte dans l'air.

Elle est sortie.

Un lundi soir.

Où diable est-elle allée ?

Il court jusqu'au téléphone, l'appelle sur son portable. Pas de réponse. C'est alors qu'il avise le message sur la table du salon.

Papa,

Suis allée au cinéma avec Rowan Radley. Je doute sérieusement qu'il soit un vampire.

Eve.

Oh mon Dieu, pense-t-il.

La panique l'assaille de toutes parts. Il lâche le message, et avant même qu'il ait atteint le sol, il a saisi ses clés de voiture d'une main et porte l'autre à son cou pour vérifier qu'il a toujours sa petite croix en or.

Dehors, la pluie.

La fenêtre fracassée. Eve lui avait dit qu'il fallait la faire réparer, mais il ne l'avait pas écoutée.

Maintenant, il n'a pas le choix, et plus le temps.

Il ouvre la portière, grimpe sans même ôter les éclats de verre sur son siège et fonce vers Thirsk.

Un monde perdu qui était autrefois le sien

Ce n'est pas tant une sensation douloureuse qu'une sorte de dissolution. Comme si elle perdait peu à peu sa densité et se liquéfiait. Eve regarde autour d'elle, les lavabos et les glaces. Les cabines et leurs portes ouvertes. La bouteille brisée et la flaque d'un sang qui n'est pas le sien. Elle a les paupières lourdes et envie de dormir, mais elle entend un bruit. Le jet d'eau automatique de l'urinoir, qui la réveille. Elle se rappelle alors qui elle est, où elle est et ce qui vient d'arriver.

Il est parti maintenant et Eve se rend compte qu'elle doit sortir de là et trouver de l'aide

Elle se redresse, à grand-peine, et n'a jamais eu ainsi l'impression d'être clouée au sol par la pesanteur.

Elle est une plongeuse circulant parmi les restes d'une ancienne civilisation. Un monde perdu qui était autrefois le sien. Elle atteint la porte. La tire avec toute sa force et fait un pas sur la moquette. Ses motifs tourbillonnent au-dessous d'elle comme une centaine de petits remous. De l'autre côté du hall se trouve le caissier. Pendant un moment étrange, elle se demande pourquoi il la regarde d'un air aussi horrifié.

Sa main glisse de sa blessure.

Alors d'étranges ténèbres la recouvrent, comme si un bateau glissait au-dessus de sa tête, et elle sait que quelque chose d'horrible est en train de se passer. Elle sait que d'ici une seconde ou deux, elle ne saura plus rien.

Elle fond, se confond avec ces ténèbres.

Comme du sel dans l'eau.

Chaque grain de vie se dissout dans autre chose.

Au secours.

Elle essaie d'exprimer cette pensée désespérée, mais n'est pas sûre d'avoir trouvé sa voix. Elle s'affaiblit à chaque pas.

Au secours, je vous en prie.

Elle entend une voix lui répondre, l'appeler par son nom.

La voix de son père, elle s'en rend compte alors que les ténèbres ne sont plus seulement à la périphérie de sa vision, mais partout, et s'écrasent sur elle comme une vague. Elle succombe à son poids et la seule chose dont elle est consciente, vaguement, c'est de s'écrouler sur la moquette.

Bébé

Jared Copeland s'est précipité au cinéma dans sa voiture où la vitre cassée laissait entrer la pluie et le vent tandis que de petits grains de verre oscillaient tous ensemble sur le siège du passager. À la moitié du trajet, juste avant le pub le Fox and Crown à Farley, il avait croisé le monospace des Radley, avec Peter Radley seul au volant, rentrant chez lui.

En le voyant, il avait encore accéléré, car il avait supposé que Peter avait déposé son fils à Thirsk. Une fois arrivé devant le cinéma, il avait garé sa voiture à moitié sur le trottoir, escaladé les marches en courant et franchi la porte.

Maintenant, il est dans le hall. Il voit un homme en chemise blanche, un employé du cinéma, qui hurle au téléphone en gesticulant.

« Allô, il nous faut une ambulance d'urgence. Oui, une fille a été agressée, je crois, et elle saigne. »

C'est alors que Jared voit sa fille, le sang, et comprend. Elle a été mordue par le fils Radley. L'horreur le galvanise et pendant quelques instants, il se retrouve tel qu'il était jadis. La panique cède la place à une sorte de très grand calme : il s'accroupit pour prendre le pouls de sa fille.

Il n'y a pas eu un instant au cours des deux dernières années où il n'a pas envisagé cette scène, et maintenant qu'il est confronté au pire, il va faire tout ce qu'il peut pour sauver sa fille. Il y a deux ans, il s'était affolé, avait hurlé, et c'était en entendant son hurlement que Will Radley s'était envolé en emportant sa femme. Aujourd'hui, il doit être l'efficacité même, et ne pas perdre une seconde. *Je n'ai pas droit à l'erreur.*

Il entend le préposé parler alors que le pouls de sa fille bat faiblement contre son doigt. « Le cinéma Palace, à Thirsk. Elle a perdu connaissance. Il faut venir tout de suite. »

Jared examine la blessure et le sang qui coule régulièrement. Il sait qu'elle ne cicatrisera pas. Qu'aucun hôpital du pays ne saura la soigner. S'il essaie de suivre une quelconque procédure d'urgence normale, elle mourra.

Le préposé a raccroché.

« Qui êtes-vous ? » demande-t-il à Jared.

Jared l'ignore, prend sa fille sur le sol et la soulève. La même enfant qu'il a tenue dans ses bras alors qu'elle était un bébé de six livres, à qui il a donné le biberon les nuits où sa mère n'en pouvait plus, à qui il a chanté des berceuses soir après soir pour l'endormir.

Les yeux d'Eve frémissent un instant. Elle reprend assez connaissance pour dire « Pardon », puis sombre à nouveau dans l'inconscience.

Le caissier essaie de lui barrer le passage. « Qu'est-ce que vous faites avec cette fille ?

– C'est *ma* fille. Soyez gentil d'ouvrir la porte. » Le caissier le regarde lui, puis le sang qui goutte toujours sur la moquette. Il se poste devant Jared. « Je ne peux pas vous laisser l'emmener, mon vieux. Désolé.

– Laissez-moi passer », dit Jared, dont le regard confirme sa détermination. « Vous me laissez passer, oui ou merde ? »

Et l'employé s'écarte pour laisser Jared sortir à reculons en répétant sans relâche, pour sa fille autant que pour lui-même : « Ça va aller. Ça va aller. Ça va aller. »

Plus haut, plus haut, toujours plus haut

Toby sort de chez Miller, la boutique de fish and chips, avec une part pour une personne enveloppée dans du papier blanc, et il enfourche son vélo pour rentrer chez lui. Il sourit en pensant à tout l'argent qui lui reste encore en poche et à la sottise de Rowan, qui a glissé l'enveloppe dans la boîte aux lettres. Il se livre à ces réflexions sans se rendre compte qu'il est suivi d'en haut.

Il tourne à gauche, prend le sentier qui traverse un champ plein de chevaux, un raccourci qu'il connaît pour regagner Orchard Lane.

Les chevaux terrifiés s'enfuient, non à l'approche du garçon sur sa bicyclette, mais de celui qui, dans les airs, perd de l'altitude.

Et Rowan se rend compte en descendant que tout est fini.

Eve n'est pas pour lui.

Il est un taré.

Totalement seul dans un monde de menteurs.

Le fils de son père.

Il est Rowan Radley, un monstre qui vole dans la nuit.

Toby regarde en l'air et n'en croit pas ses yeux.

Le paquet de poisson et de frites glisse de sous son bras, tombe par terre et son contenu s'éparpille sur le sol.

Son visage n'est plus que peur nue.

« Non, dit-il, qu'est-ce-que… »

Il pédale éperdument sur un sentier prévu pour les promeneurs du dimanche, des gens âgés qui ne vont pas vite.

Et Rowan reprend de la hauteur, moins furieux, la tête claire, immobile comme un faucon, puis redescend et observe la panique sur le visage de Toby, qui essaie de freiner et de faire demi-tour. Mais il n'en a pas le temps. Rowan l'empoigne par les revers de sa veste, le soulève et prend son essor sans peine en l'entraînant, bien que Toby se cramponne à ses poignées et emmène son vélo avec lui.

« Tu as raison », dit Rowan, tous crocs dehors tandis qu'au-dessous d'eux les chevaux deviennent des points mouvants. « Je suis un taré. »

Toby pourrait hurler, mais il est muet de terreur. Il lâche son vélo, qui atterrit sur la route en contrebas.

Rowan a l'intention de le tuer. Pour se prouver qu'il est vraiment un monstre. S'il est un monstre, il n'éprouvera pas de douleur. Rien. Il tuera et tuera encore, allant d'un lieu à l'autre, comme son père. Un pointillé de sensations fortes, sans culpabilité ni émotion humaine.

Il entraîne Toby plus haut.

Plus haut, plus haut, toujours plus haut.

Toby s'efforce de parler, bien qu'il sente sa propre urine lui dégouliner le long des jambes. « Je te demande pardon », bredouille-t-il.

Rowan scrute le visage de son voisin tout en continuant à prendre rapidement de l'altitude.

Un visage effrayé, vulnérable.

Un visage de victime.

Non.

Il ne peut pas faire ça. S'il est un monstre, il est d'un genre différent de son père.

Il hurle contre le vent descendant : « Si jamais tu dis encore un mot contre ma famille ou contre Eve, je te tue. Un mot. Compris ? »

Toby réussit à hocher la tête, luttant contre la pesanteur.

« Et si tu penses – même une seconde – que ce qui se passe maintenant est vraiment arrivé, tu es mort. Compris ?

– Oui, pleurniche Toby. Je t'en prie… »

De toute façon, c'est un risque. Le tuer ou lui laisser la vie sauve. Mais Rowan n'est pas prêt à sacrifier l'humanité qu'il a encore contre le seul goût du sang âcre de Toby.

Il le redescend et le lâche à un ou deux mètres du sol.

« *File,* dit Rowan tandis que Toby se remet debout tant bien que mal. Fous le camp et laisse-moi tranquille. »

Rowan se pose et regarde Toby s'enfuir. Derrière lui, quelqu'un applaudit.

Will.

Il a la bouche barbouillée de sang, et cette tache s'incurve vers le bas comme s'il s'était peint sur le visage un masque de tragédie.

« Bravo, Pinocchio », dit Will, continuant à applaudir. « Tu as l'âme d'un vrai petit humain. »

Rowan n'avait pas remarqué la présence de Will en l'air. A-t-il observé toute la scène ? Rowan se demande d'où vient le sang sur son visage.

Will s'avance vers lui. « À ceci près que ta conscience a sérieusement dérapé tout à l'heure dans le camping-car, je dois dire. »

Il est assez près de Rowan pour que celui-ci sente son haleine, même s'il lui faut un certain temps pour identifier exactement l'odeur qu'il respire.

« *Voleur !* dit Will. Tu as envoyé le bouchon un peu loin. Mais ne t'inquiète pas, j'ai remis les pendules à l'heure. Tu vois, tu m'as volé mon sang, je t'ai volé le tien. C'est yin et yang, fiston. » Will a les yeux fous. Des yeux de monstre. « Je ne suis pas comme toi. Ça fait un sacré bout de temps que j'ai cessé d'écouter ma conscience. C'était un bruit. Un bourdonnement de criquet à mon oreille. »

Rowan essaie de comprendre les implications de ce qu'il entend. Quand il reconnaît l'odeur du sang qu'il respire, il reçoit un coup au plexus.

« J'ai seulement fait ce dont tu mourais d'envie, dit Will, lisant les pensées de son fils. Je l'ai prise, je l'ai mordue et j'ai goûté son sang. Et puis… » Il sourit afin de provoquer assez Rowan pour faire sortir sa violence. « … Je l'ai tuée. J'ai tué Eve. »

Rowan pense à Eve lui faisant passer un message un peu plus tôt au cours de littérature. Il pense au petit sourire qu'elle lui a fait, et ce souvenir l'atteint encore plus, au point de l'anéantir. Tout ceci est sa faute. Il a quitté Eve, et laissé ceci arriver.

Une brise fraîche lui caresse le visage. Le souffle des fantômes.

« Où est… »

Will hausse les épaules, comme si on lui avait demandé l'heure.

« Oh, je ne sais pas. À environ sept mille marins au large, ment-il. À l'heure qu'il est, elle doit approcher du fond, j'imagine, et faire peur aux poissons. Encore que le rouge soit la première couleur à disparaître sous l'eau. Tu le savais ? Intéressant, non ? Ces pauvres poissons ternes. Emprisonnés dans un monde bleu. »

Rowan n'arrive plus à mettre de l'ordre dans ses pensées. Son désarroi est si immédiat, si total qu'il ne peut rien faire, si ce n'est s'accroupir en position fœtale sur le sol. *Eve est morte.*

Will, au contraire, ne s'est jamais senti moins affaibli par la morale qu'en ce moment où il voit son fils recroquevillé comme un pantin désarticulé. Vision grotesque, répugnante.

Il se penche vers Rowan et lui lâche une vérité à la figure : « Ce n'était pas seulement le sang de ta mère, Rowan. C'était le rêve de ce qui aurait pu être si tu n'étais pas né. Tu sais, la vérité, c'est que je n'ai jamais voulu de toi. Je suis *allergique* à la responsabilité. Cette seule idée a un goût immonde. Comme l'ail. C'est vrai, ça me donne des boutons. Et avec des boutons, on est mal dans sa propre peau. » Il s'interrompt, prend une grande inspiration, puis précise. « Je voulais Helen, mais sans *bagage* en prime. »

Rowan tient sa faiblesse de sa mère, conclut Will en regardant le garçon se marmonner des phrases. C'est elle qui l'a rendu ainsi. Tous ces mensonges pendant tout ce temps. Comment ce garçon pouvait-il savoir où étaient ses vraies priorités au milieu de toutes ces conneries ?

« Elle a oublié sa véritable identité, lui dit Will. Elle a oublié à quel point elle me veut. Mais moi je ne suis pas comme elle, ni comme toi. Je me bats pour obtenir ce que je veux. Et si on ne me le donne pas, je le prends, voilà tout. »

Will hoche la tête pour ponctuer sa pensée. Tout est très clair pour lui à présent, sachant que ni morale ni faiblesse ne peuvent plus le retenir. *Je suis pur, j'appartiens à une race supérieure. Je suis au-dessus de tous ces profanes, ces abstinents, ces timorés et ces menteurs là-bas.*

Oui, se dit-il en riant.

Je suis Lord Byron.

Je suis le Caravage.

Je suis Jimi Hendrix.

Je suis tous les descendants suceurs de sang de Cain qui ont jamais respiré l'air de cette planète.

Je suis la vérité.

« Oui, je le prends, voilà tout. »

Il laisse son fils sur le sol, cloué par la pesanteur et toutes les forces qui lui sont associées. Il part d'un vol rapide, traverse à basse altitude le champ voisin et voit la terre à la vitesse exacte où elle tourne.

Le temps d'une respiration et il est devant la porte du numéro 17, Orchard Lane. Il sort un couteau de la poche intérieure de son imperméable. L'index de son autre main décrit un petit cercle en l'air, hésitant au-dessus de la sonnette comme l'épée d'un escrimeur attendant le moment de porter sa botte. Puis il le pose et appuie sur la sonnette, cinq coups rapides.

Je
Le
Prends,
Voilà
Tout.

Dans l'air sombre et humide

Clara est sur internet depuis des heures. Elle a commencé par faire des recherches sur Wikipedia en quête d'informations sur la culture vampire, mais n'est pas allée très loin, car les contributions aux encyclopédies en ligne sont en général un passe-temps prisé des seuls profanes.

Toutefois, au fin fond des listings de Google, elle a trouvé un clone intéressant de Facebook appelé Neckbook. Un site plein d'ados qui semblent plutôt beaux, intelligents et artistes, malgré leur visage très pâle, et qui parlent un langage spécial, mélange d'argot obscur, d'acronymes et de smileys, qu'elle n'a encore jamais vu sur aucun texte ou message en ligne.

Elle a repéré un garçon particulièrement séduisant, au sourire de lutin malicieux et aux cheveux si noirs qu'ils en paraissent presque lumineux. Sur son profil, au-dessous de sa photo, elle a lu :

> Midnight boy : Irma Vep plein temps, cherche chica/o non-sirkien(ne) pour morsures, backrooms et litres de SV.

Clara se sentait frustrée. Elle était un vampire, mais toute la communauté des suceurs de sang lui paraissait étrangère. Elle décida d'abandonner et d'aller se balader sur YouTube pour regarder des clips de films dont Will lui avait parlé. Des passages des *Vampires*, de *Dracula* (dans la version de 1931, « la seule dirigée par un vrai vampire », avait dit Will), *Aux frontières de l'aube, Les Prédateurs* et, de loin le meilleur de tous, *Génération perdue.* Et soudain, là, au moment où les nouilles deviennent des vers sur l'écran, elle perçoit comme une menace. Une sensation étrange, dans son estomac et sur sa peau, comme si son corps était informé avant elle.

Et voilà que la chose se produit.

La sonnette retentit et sa mère va ouvrir.

Clara entend la voix de son oncle, mais pas ses paroles.

Sa mère pousse un hurlement.

Clara dévale l'escalier et trouve Will dans l'entrée, appuyant une lame de couteau sur le cou de sa mère.

« Qu'est-ce que tu fais ? »

Il désigne l'aquarelle au mur. « Figure-toi que le pommier a des racines empoisonnées. Il est temps de l'abattre. »

Clara ne ressent aucune peur. Aucune. Elle ne pense à rien, qu'au couteau. « Lâche-la. » Elle s'avance.

« Oho ! » dit-il en secouant la tête et en appuyant un peu plus la lame contre la peau de Helen. « Exclu. »

Helen regarde sa fille avec une insistance éperdue. « Non, Clara. Ne reste pas là. »

Will hoche la tête. « Ta mère a raison. Ne reste pas là. » Il y a dans ses yeux une folie si absolue qu'on voit qu'il pourrait aller n'importe où, faire n'importe quoi.

« Je ne comprends pas.

– Tu n'es rien, Clara. Juste une gamine naïve. Tu crois que je suis venu ici pour te tirer d'affaire ? Ne sois pas idiote. Je me fiche de toi. Réfléchis-deux-secondes, scande-t-il.

– Je t'en prie, Will, dit Helen lorsque la lame effleure son menton. C'est la police. Ils m'ont forcée à… »

Will l'ignore et continue à parler à Clara sur le même ton venimeux.

« Tu es une erreur. Le triste petit produit de deux êtres trop faibles pour se rendre compte qu'ils n'avaient rien à faire ensemble. Le résultat des instincts frustrés de tes parents, et de leur dégoût d'eux-mêmes. Retourne à tes occupations, gamine. Occupe-toi de sauver les baleines. »

Il tire Helen en arrière vers la porte ouverte, puis, dans un fondu accéléré, ils disparaissent. Clara a un hoquet en prenant conscience de ce qui vient de se passer. Il s'est envolé en emmenant sa mère.

Elle remonte l'escalier en courant, ouvre la fenêtre de sa chambre et se penche au-dehors sous la pluie. Elle les aperçoit qui s'éloignent, prenant de l'altitude juste au-dessus d'elle, s'évanouissant lentement dans la nuit. Elle réfléchit pour imaginer une solution. Il ne lui vient qu'une idée : elle attrape la bouteille vide de SV sous son lit et porte le goulot à ses lèvres. Une goutte coule, et elle ne sait pas si cela suffira.

Comprenant que c'est le dernier moment dont elle dispose pour sauver sa mère, elle grimpe sur le rebord de sa fenêtre, plie les genoux et plonge dans l'air strié de pluie.

« Allons à Paris, Helen. Allons revivre ces instants magiques… ou partons pour la lune. »

Il l'entraîne presque à la verticale. Helen regarde avec terreur la maison rétrécir en contrebas. Elle appuie le cou contre la lame juste assez pour saigner.

Elle touche le sang.

Le goûte. Elle et lui, ensemble.

Puis elle lutte.

Elle lutte contre le goût, les souvenirs et surtout contre lui. Elle éloigne le couteau et repousse Will, le faisant basculer en dessous d'elle.

C'est alors, en pleine action, qu'elle voit sa fille arriver vers eux à tire-d'ailes, bravant la pluie.

« Prends-lui le couteau ! », lui crie Helen

Et Clara les rejoint, arrache le couteau de la main de son oncle. Mais il la bouscule et le couteau tombe sur le toit des Felt.

C'est fini, pense Helen toujours aux prises avec Will et sa force inexorable. *Il va gagner au bout du compte.*

La maison n'est plus qu'un des minuscules carrés noirs d'Orchard Lane, qui, elle-même, n'est plus qu'un mince trait dans l'obscurité au-dessous d'eux.

« Je t'en prie, Will, lâche-moi. Laisse-moi retourner dans ma famille.

– Non, Helen, je suis désolé, il ne s'agit pas que de *toi.*

– Je t'en prie… »

Le village n'est plus rien maintenant. Juste un morceau de ciel à l'envers, un espace obscur semé de points blancs, et qui s'éloigne rapidement.

Brusquement, elle prend conscience d'une chose. *J'aime Peter*, se dit-elle. *J'ai toujours aimé Peter. C'est cela, le réel.* Elle se rappelle un jour gris, dans Clapham High Street où, étourdie d'amour, elle marchait main dans la main avec son futur mari qui l'aidait à acheter des fournitures pour peindre.

« Si tu préfères une autre destination, lui hurle Will à l'oreille pour se faire entendre malgré le sifflement de l'air, tu n'as que me le crier. Valence, Dubrovnik, Rome, New York. À Seattle, il y a une communauté active. Je suis parti pour un vol long courrier. Hé, on n'a jamais fait Venise, hein ? On pourrait y aller voir les Véronèse…

– Will, on ne peut pas être ensemble.

– Tu as raison. On ne peut pas. Mais on peut avoir une nuit, Helen. Et ensuite, au matin, j'aurai le regret de devoir te trancher la… »

Avant qu'il ait terminé sa menace, Helen entend un bruit. Une voix qu'elle reconnaît, qui hurle et se rapproche. Soudain, son corps est projeté dans une direction différente. Ensuite, le silence revient et elle se rend compte qu'elle tombe. Le village, la rue et leur maison se propulsent vers elle à grande vitesse, puis elle entend la voix de sa fille qui lui crie : « Vole, maman, tu sais voler ! »

Oui, se dit-elle, *c'est vrai, je sais.*

Elle ralentit dans l'air, cesse de croire à la pesanteur et voit sa fille se rapprocher d'elle.

« C'est Rowan, dit Clara en désignant les silhouettes lointaines aux prises, loin au-dessus de leur tête. Il se bat avec Will. »

Le visage de son père

Rowan avait entendu crier sa mère.

Le son l'avait réveillé, tiré de son désespoir, et il avait distingué dans le ciel une forme dans laquelle il avait reconnu Will et sa mère. Son désespoir s'était mué en rage et il avait volé au secours de celle-ci. Maintenant, tandis qu'il repousse Will sans relâche vers la terre, il se rend compte qu'il est capable de tout.

« Pourquoi Eve ? » hurle-t-il en accentuant sa pression avec une aisance croissante. « Pourquoi ? »

Will ne dit rien. Ses yeux sont emplis d'une sorte d'orgueil triste.

Ils descendent, toujours et encore.

« Écoute, Rowan, dit Will, dont l'imperméable faseye comme une voile devant eux. Tu me ressembles. Tu ne le vois donc pas ? Tu es mon fils. Tu es mon sang. On pourrait courir le monde tous les deux. Je pourrais tout t'apprendre. Je pourrais t'apprendre *la vie*, merde ! »

Rowan l'ignore : ils frôlent le toit de la maison, et le dos de Will racle les tuiles de la faîtière, en descellant certaines. Un quart de seconde plus tard, ils sont au-dessus du jardin et Rowan continue à pousser, ce qui les fait descendre très vite vers le bassin.

Une fois qu'ils y sont, il maintient Will sous l'eau froide avec ses deux mains, l'une sur le visage, l'autre sur le cou. Mais il se sert de toute sa rage et de toute sa force pour l'immobiliser là, contre le fond du bassin, et combattre la résistance inexorable qu'il sent en son adversaire.

Il se rend compte qu'il ne tiendra pas longtemps. Toute une vie à boire du sang à volonté donne à son père un pouvoir et une énergie que Rowan ne possède pas. Son seul avantage en ce moment, c'est sa colère, mais elle ne suffira pas.

Il ferme les yeux. Essaie de se nourrir de sa haine alors même que la main de Will le pousse de plus en plus fort, que sa vigueur augmente inexorablement jusqu'à ce qu'enfin Will se redresse avec une énergie si volcanique et terrible que Rowan tombe à la renverse dans le bassin. Il met une main derrière lui sur le fond du bassin pour faire levier. Sent quelque chose.

Ni poisson, ni plante.

Du métal.

Will est penché sur lui, prêt à enfoncer son fils sous l'eau.

Rowan, aux abois, se cramponne au métal.

Il a mal.

S'est coupé en touchant le bord aiguisé.

« Il faut du temps pour noyer un vampire », dit Will, tous crocs dehors, en repoussant Rowan sous l'eau. « Mais la nuit ne fait que commencer. »

« Lâche-le ! » Clara et sa mère arrivent, descendant en flèche vers le jardin. Will lève les yeux tandis que Rowan sent du bois plus bas que le métal. Une poignée, qu'il saisit.

Will éclate d'un rire de dément. Le rire des damnés. Il reporte son attention sur Rowan, mais trop tard pour voir la lame de la hache, dégouttante d'eau, sortir du bassin, rapide comme une queue de dauphin. Elle s'enfonce dans sa gorge si vite que c'est à peine s'il entend le grognement primal de Rowan, qui aspire l'air salvateur au moment où l'avantage bascule finalement en sa faveur. Will crispe la main sur la cascade de sang qui jaillit de sa gorge, retombant sur la hache. Rowan le repousse dans l'eau et le maintient au fond sans relâcher sa pression sur la lame, qui tranche dans le vif. Des nuages noirs de sang s'épanouissent dans l'eau.

Au moment où sa mère et sa sœur atterrissent sur l'herbe, il sent la tête de Will reprendre de la vigueur et se soulever. Mais Rowan a les deux mains sur le manche de la hache maintenant, et il tient bon. Lorsque Will redresse la tête, la lame finit de lui sectionner le cou, et son corps se libère finalement de la vie. Rowan aperçoit juste son visage obscur, le visage de son père, qui le regarde fixement. Calme. Reconnaissant même. Comme si c'était la seule façon qu'il avait eue de trouver la paix, par la séparation éternelle du corps qui désire et de l'esprit qui pense, immergé dans le brouillard liquide de son propre sang.

Rowan reste un moment à côté de lui, regardant les gouttes de pluie sur l'eau. Il lui faut un moment pour se souvenir de la présence de sa mère et de sa sœur, témoins silencieux, à quelques mètres.

« Ça va ? » demande-t-il.

Helen regarde fixement le bassin. « Oui », répond-elle, d'une voix qui semble plus calme et, curieusement, plus naturelle que d'habitude. « Nous sommes tous sains et saufs. »

Rowan, dont les sens sont exacerbés, entend des pas venant de la maison. Son père – ou l'homme qu'il a toujours pris pour son père – arrive sous le patio. Il est en manteau et a ses clés de voiture à la main, car il vient de rentrer. Il les regarde tous. Finalement, ses yeux se posent sur le bassin. Il s'approche, et Rowan voit son visage se figer à mesure qu'il comprend ce qui vient de se passer.

« Oh mon Dieu ! dit Peter en se penchant sur l'eau. Sa voix est à peine audible. Oh mon Dieu, oh mon Dieu, oh mon Dieu.

– Il allait tuer maman, explique Clara. C'est Rowan qui l'a sauvée. »

Peter cesse enfin de marmonner et regarde fixement son frère à travers l'eau sombre brouillée par le sang.

Rowan se relève et enjambe le corps de Will. Alors, il se souvient d'Eve et une vague de panique le submerge.

« Où est Eve ? demande-t-il à Clara et à sa mère. Qu'est-ce qu'il lui a fait ? »

Elles secouent la tête.

Et Rowan se sent s'effondrer à l'intérieur, tandis qu'il imagine le corps inerte d'Eve sombrant dans la mer.

Métamorphose

Pendant tout le trajet de retour vers Bishopthorpe, Jared parle à sa fille sans relâche et la regarde dans le rétroviseur. Elle gît sur la banquette arrière, enveloppée dans son pull à lui. Le vent ébouriffe les cheveux d'Eve et la pluie lui mouille le visage, se mêle à son sang tandis que son père fonce à cent quarante à l'heure sur les routes sinueuses.

« Eve, lui dit-il criant presque pour se faire entendre malgré la pluie et le vent, Eve, s'il te plaît, ne t'endors pas. » Il pense au mépris qu'elle lui a manifesté plus tôt dans la soirée, à la frustration et à la colère qu'il voit dans ses yeux depuis deux ans. « Ne t'inquiète pas. Je vais changer. Tout va changer. Je te le promets. »

Eve garde les yeux fermés et Jared est sûr qu'il est trop tard. Arbres et panneaux indicateurs non lus défilent par la fenêtre. Quelques minutes seulement après avoir quitté Thirsk, il arrive à toute allure à Bishopthorpe et fonce dans la grand-rue. Il laisse à sa droite l'entrée de Lowfield Close et continue. Un homme qui sort du pub s'arrête pour regarder cette Corolla au pare-brise cassé qui file deux fois plus vite que la vitesse limite. Le magasin de fish and chips, la pharmacie, le traiteur, tous défilent comme d'éphémères pensées. Il ne ralentit qu'à l'approche d'Orchard Lane.

Lorsqu'il atteint la maison des Radley, il attend quelques secondes dans la voiture, pour être absolument sûr de savoir ce qu'il fait. Il essaie de nouveau de parler à Eve. « Eve, s'il te plaît. Tu m'entends ? »

Elle continue à perdre son sang. Le pull qu'il a mis autour d'elle est maintenant noir et trempé, et il sait qu'il a très peu de temps pour peser sa décision. Une minute, peut-être. Peut-être moins. Au-dehors, toutes les autres maisons sont calmes, inconscientes de ce qui se passe, et il les sent impitoyablement indifférentes au sort de sa fille.

Le temps presse, et il devient de plus en plus urgent de prendre une décision. Admettre qu'Eve vive comme une créature autre, horrible, capable de tuer, ou la laisser partir et devenir aussi inoffensive que les autres morts.

« Eve ? »

Ses paupières frémissent légèrement mais ne s'ouvrent pas.

Il sort de la voiture et ouvre la porte arrière. Avec toute la précaution dont il est capable, il soulève sa fille de la banquette arrière, et, la prenant dans ses bras, traverse la rue.

Non, se dit-il, *Qu'est-ce que tu fais ? Ce n'est pas possible.*

Il imagine sa femme quelque part. Qui l'observe. Le juge comme seuls les esprits peuvent le faire. « Je suis désolé, Tess. Je te demande pardon. »

Il remonte l'allée des Radley, sa fille inerte dans les bras.

Finalement, il donne un coup de pied dans la porte, fermement, mais pas trop fort. « Au secours », dit-il très distinctement. Puis, plus fort « Au secours ! »

C'est Peter qui vient ouvrir. Il regarde Jared, puis Eve dans ses bras. Le sang dont ils sont couverts l'un et l'autre.

Jared avale sa salive, puis articule ce qu'il sait maintenant devoir dire : « Sauvez-la. Je sais ce que vous êtes, mais je vous en prie, *sauvez-la.* »

Ils se tiennent tous autour, observant la scène comme des bergers dans une nativité macabre. Après son séjour dans le bassin, Rowan est toujours trempé, mais plus que le froid, c'est le spectacle qui le fait trembler : Eve, sur leur canapé, perdant son sang sur le tissu, tandis que Peter lui prend le pouls.

« Ne t'inquiète pas, dit Clara en serrant la main de son frère, papa sait ce qu'il fait. »

Jared, agenouillé au bout du canapé, caresse doucement la tête de sa fille qui vacille entre conscience et inconscience. Quand les yeux d'Eve se rouvrent, ils croisent le regard de Rowan.

« Aide-moi », dit-elle.

Rowan est impuissant. « Ne t'inquiète pas, Eve. Papa, donne-lui du sang. Sauve-la. »

Dans le même temps, Helen explique instamment à Jared ce qu'il sait déjà. « Si nous lui donnons du sang, elle deviendra un vampire. Comprenez-vous ? Il y a toutes les chances qu'elle éprouve des sentiments très forts vis-à-vis de la personne dont nous utiliserons le sang pour la convertir. »

Le regard d'Eve est toujours fixé sur Rowan.

Elle comprend partiellement ce qui se passe. Elle comprend aussi qu'elle l'aime et tandis qu'il l'entoure de son regard impuissant, elle se rend compte qu'elle doit elle-même orienter le destin.

Elle essaie de parler. Les mots restent ancrés à l'intérieur d'elle-même, trop lourds, mais elle continue à essayer. « Le tien », dit-elle, mais il n'entend pas. Quelques instants plus tard, il est à quelques centimètres, l'oreille tendue. Les yeux d'Eve, vaincus, se ferment. Il lui faut rassembler ses derniers atomes d'énergie pour articuler : « *Ton sang.* »

Et elle sombre.

Sombre, sombre dans les ténèbres.

Matrice

Elle prend conscience d'un goût.

Un goût si complet qu'il n'est pas restreint à un seul sens, mais elle en sent la chaleur et le voit, comme si l'océan noir au fond duquel elle se trouve était soudain coloré en rouge lumineux, splendide.

Et elle remonte, monte, monte vers la vie.

En ouvrant les yeux, elle voit Rowan. Il saigne. Il y a sur sa paume une coupure ouverte, sur la chair à la base du pouce, et le sang goutte dans sa gorge à elle. Il paraît inquiet, mais l'inquiétude se transforme lentement en soulagement. Il a les larmes aux yeux, et elle comprend qu'il est en train de la sauver, là, en cet instant même.

À mesure que coule le sang, elle se rend compte qu'elle le connaît vraiment. Elle ignore les petits détails de sa vie, toutes ces statistiques dépourvues de sens dont les autres peuvent être au courant, mais elle a une connaissance plus profonde. Celle qu'un bébé a de sa mère dans la chaleur vermeille de la matrice.

Une connaissance totale, palpitante, source de vie.

Et parce qu'elle le connaît aussi bien, elle l'aime,

et elle sait que c'est l'amour qu'il éprouve pour elle, l'amour qu'il a dans le sang, qu'elle lui renvoie comme une prière mutuelle.

Je t'aime.

Tu es moi et je suis toi.

Je te protégerai comme tu me protégeras.

À jamais.

Toujours.

Elle lui sourit, et il lui sourit en retour.

Elle est née une seconde fois.

Elle est amoureuse.

Et après deux années de ténèbres, elle est prête à ouvrir les bras à la véritable splendeur du monde.

« Ça va, dit Rowan. Tu es chez nous. C'est fini. Il est parti.

– Oui.

– Merci.

– De quoi ?

– D'avoir fait que je sois toujours en vie. »

Eve se rend peu à peu compte de la présence d'autres personnes dans la pièce. Clara. Mr. et Mrs. Radley. Son père.

Qui la regarde avec un visage où se lit le combat entre le soulagement et la peur.

« Pardon », chuchote-t-elle.

Il secoue la tête et sourit, mais dans l'intensité du moment, ne parvient pas à dire quoi que ce soit.

QUELQUES SOIRS PLUS TARD

QUESTION POUR CEUX QUI SONT TENTÉS

Il se peut que, dans les moments de tentation, vous décidiez, afin de vous abstenir de tuer, de boire le sang d'autres vampires.

Si vous buvez du SV, les effets sur votre personnalité seront imprévisibles et votre avenir aussi. En tant qu'abstinent, vous désirez connaître votre avenir. Vous voulez savoir que chaque jour sera aussi prévisible et monotone que le précédent, car c'est à cette condition que vous saurez pouvoir vivre en contrôlant vos instincts et à l'abri des désirs égoïstes.

Si vous faiblissez, si vous choisissez de faire passer le plaisir avant les principes, et de vous ouvrir à des milliers de possibilités dangereuses, vous ne pourrez jamais être sûr du lendemain.

À tout moment, vous pourrez être submergé par un désir soudain et incontrôlable, susceptible d'avoir des conséquences dévastatrices. Certes, ceci n'arrivera pas fatalement. Vous pourrez peut-être vivre avec un apport régulier de SV et avoir une vie riche, pleine de plaisir et libre de souffrance, sans causer de tort à vous-même ni aux autres.

Mais posez-vous la question : le jeu en vaut-il la chandelle ?

Alors ?

Vous seul pouvez y répondre.

Manuel de l'Abstinent
(deuxième édition, p. 207-208).

Raphaël

L'amour a de quoi donner la nausée, ne peut s'empêcher de penser Clara, surtout quand ceux qui en sont atteints sont assis à côté de vous sur le siège arrière, à se tenir la main et à lire des poèmes. Bien sûr, elle est *heureuse* pour son frère, et pour Eve aussi, maintenant qu'ils nagent dans la béatitude mutuelle. Mais ayant été assise à côté d'eux pendant tout le trajet, elle a besoin d'air. Elle regarde d'un œil dégoûté Eve se blottir contre l'épaule de Rowan.

« Jamais je n'aurais cru que les vampires étaient si *gnangnan*, grommelle-t-elle, et elle dévie le regard vers la fenêtre.

– Écoutez-la, l'autre ! Elle qui pleurait sur le sort des ours polaires ! rétorque Rowan.

– Je pleure *toujours* sur le sort des ours polaires.

– Hein ? Tu vas redevenir végétalienne, alors ? demande Eve.

– J'y songe. Parce que maintenant que nous consommons du sang de vampire, ça ne devrait plus me poser de problèmes de santé. »

Eve tapote le genou de Clara. « Ce qu'il faut,

c'est qu'on te trouve un type sympa à convertir. »

Clara soupire. « Des vampires qui sortent en couples, dit-elle d'un ton méprisant. *Oublie-moi !* »

Il est minuit cinq et ils sont garés dans une rue peu éclairée près du centre de Manchester. De la voiture, Clara distingue juste ses parents qui discutent avec le videur tandis que de jeunes vampires et clones divers font la queue derrière eux.

Et à propos d'amour, elle a aussi remarqué que ses parents vont vraiment beaucoup mieux depuis que Will est mort. Certes, son père a été malheureux de la mort de son frère, mais il a surtout paru soulagé que Helen soit sortie saine et sauve de tout cela.

Mais c'est sa mère qui a le plus changé. Elle est tellement relax à présent, comme si on lui avait ôté un poids de dessus les épaules, et elle ne repousse plus le bras de Peter quand il essaie de le lui passer autour du cou.

« Alors ton père a bien réagi ? demande Clara à Eve lorsque ses parents ont disparu à l'intérieur du Narcisse noir.

Je n'irais pas jusque-là, dit Eve. C'était une bonne chose qu'il ait été présent quand cette bonne femme de la police t'a parlé. Mais je crois qu'il a toujours du mal à s'y faire. Même s'il se rend compte que vous êtes différents de votre oncle. »

Clara remarque un groupe de garçons qui passe près de la voiture. Le plus jeune, séduisant, doit avoir son âge. Il a un pâle visage de lutin, très mignon, et la regarde bien en face, comme s'il l'avait déjà vue quelque part. C'est alors qu'elle se souvient. Le garçon dont la photo lui avait plu quand elle était allée sur Neckbook. En la voyant lui sourire, il tape sur la vitre et Eve donne un coup de coude à Clara pendant que celle-ci ouvre la fenêtre. « Alors, vous allez au Narcisse noir ?

– Non, répond Clara. Mes pa..., nos *amis* sont en train de prendre quelques bouteilles pour nous. »

Le garçon hoche la tête et sourit, puis il brandit une bouteille étiquetée. « Tu en veux ?

– Pour l'instant, ça va, dit Clara. Mais c'est gentil.

– Bon, eh bien si tu passes sur Neckbook, envoie-moi un message. Je m'appelle Raphaël. Raphaël Child. »

Clara hoche la tête. « D'accord. »

Il s'éloigne.

Des vampires qui sortent en couple, se dit-elle.

Peut-être que l'idée n'est pas si mauvaise, finalement.

Rowan, à côté d'elle, surveille l'entrée de la boîte et attend que ses parents sortent. Il sent la tête d'Eve contre son épaule et sait qu'ils font ce qu'ils ont à faire. Après tout, il ne peut plus se concevoir comme un monstre. Eve n'est de ce monde que parce qu'il est ce qu'il est, et quoi que l'avenir leur réserve, il ne regrettera jamais d'avoir eu le pouvoir de la ramener à la vie.

Il sait qu'il sera dur désormais de dissimuler au monde extérieur le secret de leur véritable nature, mais il se rend compte que certaines choses doivent rester à jamais cachées. C'est pourquoi la police n'a jamais retrouvé les photos de lui enfant ni les lettres que Helen avait envoyées à Will du début au milieu des années quatre-vingt-dix. Pendant qu'Alison Glenny, assistée d'autres membres de l'unité des Prédateurs Sans Nom, constatait la présence de Will dans le bassin des Radley et emmenait sa tête et son corps, Rowan avait disparu de la maison et était entré dans le camping-car pour la seconde fois de la journée.

Ces photos et les lettres ne provoquent plus aucune rage chez lui. Depuis qu'il a bu le sang de sa mère, il lui aurait été impossible de trop lui en vouloir, car le fait de le goûter a provoqué chez lui une empathie totale. Il a compris que c'était pour le protéger qu'elle avait dissimulé tout cela. Le moment était venu de lui rendre la pareille.

Alors, avec la boîte d'allumettes dont il s'était servi pour allumer le feu le vendredi soir, il avait réuni lettres et photos, s'était glissé par le trou dans les buissons jusque dans le champ derrière Orchard Lane et avait mis le feu aux papiers. Il s'était senti beaucoup mieux. Comme si, par ce geste, il pouvait refaire de Peter son père. Curieusement, c'était un acte d'adulte, comme si être adulte consistait justement à savoir quels secrets garder. Et quels mensonges sauveraient les êtres aimés.

Air connu

Helen et Peter traversent une masse de corps en sueur qui s'agitent au rythme d'une musique si forte qu'ils ne s'entendent pas. Ils ont conscience d'attirer les regards : manifestement trop vieux, bourgeois et respectables avec leurs vêtements bien passe-partout de chez Marks & Spencer ou Boden.

Mais peu importe. En un sens, c'est même amusant. Peter adresse un sourire à Helen, qui le lui rend, complice.

Ils sont séparés, mais Helen ne s'en rend pas compte et continue à avancer, suivant les panneaux qui indiquent les vestiaires.

Une fille tape sur l'épaule de Peter.

Elle est ravissante. Cheveux sombres en nattes fines et yeux verts engageants. Elle sourit pour laisser voir ses crocs et passe la langue dessus. Puis elle se penche vers lui et lui dit quelque chose qu'il n'entend pas à cause de la musique.

« Pardon », dit-il.

Elle sourit. Lui caresse l'arrière de la tête. Elle a un tatouage sur le cou. Deux mots : MORDS ICI.

« J'ai envie de toi, dit-elle. On monte et on va derrière le rideau ? »

Peter se rend compte que cela fait presque deux décennies qu'il fantasme sur pareil instant. Mais maintenant qu'il sait que Helen l'aime à nouveau, la fille ne représente même pas une tentation.

« Je suis avec ma femme », dit-il. Et il se hâte de s'éloigner, au cas où la vamp aurait d'autres projets.

Quand il rattrape Helen, elle arrive à l'escalier, et à ce moment-là, le DJ diffuse un air connu il y a plusieurs décennies. Le public se déchaîne, exactement comme dans les années quatre-vingt.

« Tu es bien sûre que tu es d'accord pour ça ? » demande Peter à Helen, juste assez fort pour qu'elle entende.

Elle hoche la tête. « Absolument sûre. »

Leur tour arrive enfin, et ils se trouvent devant le préposé, un maigrichon aux yeux saillants d'insecte qui examine Peter et Helen, l'air soupçonneux.

« C'est ici qu'on peut se procurer des bouteilles de sang de vampire, demande Helen. Du SV ? »

Elle doit répéter la question avant qu'il l'entende. Il finit par hocher la tête.

« Cinq bouteilles ! » Elle lève cinq doigts et sourit. « *Cinq !* »

Développement personnel

À mi-chemin du trajet de retour, Rowan remarque quelque chose sous le siège de sa mère. Un livre de poche terne qu'il reconnaît instantanément : *Manuel de l'Abstinent*.

« Qu'est-ce que tu fais ? » demande sa sœur.

Eve regarde le livre que tient son petit ami. « C'est quoi ?

– Ouvre la fenêtre.

– Rowan, qu'est-ce que tu fais ? » demande sa mère, sur le siège avant.

Eve ouvre la fenêtre et Rowan jette le livre sur le bas-côté en asphalte de la M62.

« Développement personnel », s'esclaffe-t-il avant de reporter à sa bouche le goulot de sa bouteille pour jouir du goût divin.

La plus petite goutte

Il n'est jamais très facile d'accepter le fait que la fille que vous avez élevée et qui a été l'objet de vos préoccupations constantes est devenue une créature de la nuit à part entière, une suceuse de sang. Mais pour Jared Copeland, qui a une conscience plus aiguë des horreurs du vampirisme que d'autres, savoir que sa fille a été convertie a été particulièrement difficile à accepter.

Le fait qu'elle l'ait été par un *Radley*, un parent de l'homme – si l'on peut utiliser ce mot en l'occurrence – qui s'est emparé sans scrupule de la femme qu'il aimait pour satisfaire son plaisir dépravé, a encore ajouté aux vérités terribles que Jared doit affronter.

Constater les changements chez Eve a mis Jared très mal à l'aise. Il a vu sa peau devenir soudain très pâle, remarqué la modification radicale de ses habitudes de sommeil, de son régime, sans légumes à présent, et la présence de ce garçon, Rowan Radley, chez eux presque tous les soirs : autant de choses dont il aurait préféré se passer.

Et pourtant – et c'est là un ET POURTANT considérable, éléphantesque – il y a eu des changements que Jared lui-même approuve, il doit l'admettre. Par exemple, maintenant, ils parlent. Pas pour se disputer ni retourner à leurs anciens bras de fer, mais ils *se parlent*. À propos de l'école, de la candidature que Jared a déposée pour un travail (« je ne veux plus passer mes journées à trier des ordures »), du temps (« Papa, le soleil est toujours aussi *aveuglant* ? »), et ils échangent aussi des souvenirs émus de la mère d'Eve.

Il est heureux qu'Eve soit en vie et a même reconnu qu'il y allait de l'intérêt de tous qu'elle boive une bouteille de sang de vampire par semaine.

Il est vrai qu'il se trouvait encore chez les Radley quand la chargée de mission, Alison Glenny, avait dit à Clara qu'elle devrait sans doute boire du sang de temps en temps, ne serait-ce que pour conjurer le danger d'une autre crise de Soif de Sang Irrépressible.

« Parce que si vous transgressez, si vous tuez à nouveau, il n'y aura pas de seconde chance », lui avait-elle dit.

Alors, pour empêcher sa fille de devenir une tueuse avérée, Jared a accepté le compromis proposé par Helen Radley, à savoir que tous les vendredis soirs, il autorise Eve à aller à Manchester pour avoir sa ration de sang, à condition qu'elle ne le ramène jamais pour le boire dans l'appartement.

Et à ce propos, il semble qu'ils soient installés là pour un certain temps maintenant. Ce matin, en vidant les poubelles dans la grand-rue, Jared a vu

Mark Felt sortir de chez le traiteur avec un saucisson gigantesque dépassant de son sac en papier. Jared s'était excusé de son retard à payer le loyer et avait expliqué que maintenant qu'il avait un travail, cela ne se reproduirait plus. À sa stupéfaction, Mark avait souri et haussé les épaules – alors même que l'argent que Rowan avait donné à son intention n'était jamais allé plus loin que la poche de Toby. « *No problemo*, lui avait-il dit en lui administrant une claque sur l'épaule. Il n'y a pas péril en la demeure. »

Pourtant, la vie est encore rude pour Jared, et il a du mal à trouver le sommeil ces derniers temps avec la tornade de soucis qui tourbillonnent sous son crâne. Et qui l'agitent pour l'instant, alors qu'il est couché, tout à fait réveillé, guettant le retour d'Eve à la maison à deux heures passées.

Il se lève pour la voir, constater qu'elle est saine et sauve. Elle est dans le salon et boit du sang au goulot de sa bouteille.

Il est déçu.

« Pardon, papa, dit-elle, l'œil luisant d'un indéniable bonheur, mais je ne voulais pas boire tout d'un seul coup. J'essaie de trouver mon rythme, tu comprends. »

Il devrait être furieux contre elle, il le sait, mais il en a assez d'être en colère. À sa propre surprise, il se retrouve assis à côté d'elle sur le canapé. Elle regarde des vidéos musicales en mettant le son très bas. Des groupes dont Jared n'a jamais entendu parler : The Pains of Being Pure at Heart, The Unloved, Yeah Yeah Yeahs, Liechtenstein. Eve cesse de boire à la bouteille et la pose sur la table. Il devine qu'elle ne veut pas boire davantage en sa présence.

Ils restent assis à bavarder un moment, puis Eve se lève. « Je laisse ça pour demain », dit-elle en désignant la bouteille, et Jared est réconforté par sa retenue, même s'il sent qu'elle agit ainsi pour lui faire plaisir. Elle va se coucher, mais Jared reste là, à regarder la télévision où une vidéo plus ancienne apparaît. Ashes to Ashes, par David Bowie. Il était un fan absolu de David Bowie, dans sa jeunesse, quand il appréciait vraiment la musique. Et assis là, à regarder la procession d'arlequins traverser l'écran, il éprouve un obscur sentiment de satisfaction, apparemment lié à l'odeur riche qui flotte dans l'air. Une odeur complexe, puissamment surprenante, qui semble devenir plus forte à mesure qu'il la remarque, et dont il ne tarde pas à s'apercevoir qu'il aimerait qu'elle soit plus intense. Il se penche davantage vers elle, et se rend compte qu'il penche la tête en direction de la bouteille dont le goulot n'a pas été rebouché et dont sortent des arômes délicieux, comme les spores de quelque divin pollen.

Il tient la bouteille dans ses mains et place son nez au-dessus du goulot, juste par curiosité. Pendant cinq heures aujourd'hui, son nez a dû subir l'odeur des ordures ménagères. De montagnes de fruits moisis, de lait aigre, de couches sales, macérant ensemble pour créer une puanteur si forte qu'elle lui était restée dans la gorge. Il pourrait oublier que ces odeurs existent. Odeurs de putréfaction et de dégénérescence, les sous-produits de l'existence humaine. Il pourrait les éliminer en se lavant et en goûtant leur opposé. Il pourrait se perdre ou se *découvrir* dans cette odeur riche et enivrante de l'espoir.

Il s'interroge.

C'est du sang de vampire. C'est tout ce que je me suis toujours entraîné à haïr. Je ne peux pas faire ça. Bien sûr que non.

Mais juste une petite gorgée. Juste une goutte minuscule. Ça ne peut pas faire de mal, tout de même ? Histoire de *savoir*. Avant la fin du morceau, il porte la bouteille à ses lèvres, ferme les yeux, et lentement, très, *très* lentement, lève la bouteille.

Mythes

De retour chez eux, Peter et Helen boivent leur sang au lit. Ils ont opté pour l'élégance et le boivent dans les verres à vin achetés chez Heal[1] juste avant Noël l'an passé.

Après quelques gorgées timides, Helen est tout à fait réveillée, et se sent plus débordante de vitalité que depuis des années. Elle voit le regard de Peter s'attarder avec nostalgie sur son cou, et elle sait ce qu'il pense, même s'il ne le dit pas. *Ne serait-il pas plus agréable de boire le sang l'un de l'autre en ce moment ?*

Il pose son verre, se blottit contre elle et pose un baiser délicat sur son épaule. Elle se rend compte qu'elle n'aimerait rien tant que voir sortir leurs crocs et se perdre dans le goût l'un de l'autre. Mais ce ne serait pas bien. Ce serait construire sur de mauvaises bases, lui semble-t-il.

« Écoute, dit-il doucement, je te demande pardon pour l'autre soir. »

Helen garde le silence et se demande quelques instants de quoi il s'excuse.

---

1. Magasin londonien de meubles et accessoires contemporains.

Il soulève la tête posée sur son épaule et s'appuie sur l'oreiller.

« Tu sais, quand je me suis mis à *ressasser mes griefs*, reprend-il comme s'il lisait en elle. Sur la façon de boire du sang, etc. Et je n'aurais pas dû tenir ces propos sur notre couple. C'était irresponsable, et je ne pensais pas ce que je disais. »

Elle a l'impression étrange de le voir pour la première fois. Elle se rend compte qu'il est toujours beau. Il n'a pas la beauté dangereuse de son frère, mais le simple fait de le regarder est un plaisir et un réconfort.

Mais elle se sent triste malgré tout. Triste pour tous ces jours, ces semaines, ces mois, ces années où elle est passée à côté de lui alors même qu'elle partageait sa vie. Triste aussi à l'idée de ce qu'elle doit faire pour qu'ils puissent espérer prendre un nouveau départ, sans mensonges ni secrets.

« Oh, tu sais, lui répond-elle, il y avait beaucoup de vrai dans ce que tu as dit, en fait. Sur la façon dont je – enfin, dont parfois, tout cela était une comédie. »

Elle pense au livre à son chevet. Celui dont elle doit parler à son groupe de lecture. Elle ne l'a pas encore fini, mais elle a seulement l'intention de voir ce qu'il advient des héros à la fin. L'homme va-t-il dire à la femme que c'est lui qui est responsable de la mort de tous les moineaux de sa ferme, ces oiseaux qu'elle aimait tant et dont la disparition a déclenché une dépression chez elle ? Et s'il le lui dit, lui pardonnera-t-elle l'absence totale de chants d'oiseaux autour d'elle ?

Elle se demande jusqu'à quel point Peter est capable de pardonner. Est-il possible qu'il puisse tout admettre, lui qui connaît les talents qu'avait Will pour obtenir ce qu'il voulait ? Ou y a-t-il eu une trop grande accumulation de mensonges au fil des ans ? Pourra-t-il supporter la révélation concernant Rowan ?

« Ma foi, dit-il, je suppose que la vie de chacun est une comédie dans une certaine mesure, non ? »

Il sourit, et elle se sent perdre pied, sachant qu'elle ne peut laisser l'instant se prolonger, mais doit en transformer la nature. « Peter, il faut que je te parle de certaines choses, dit-elle, le corps raidi par l'angoisse. Des choses concernant le passé et qui nous affectent encore aujourd'hui. Concernant Will et moi. Nous concernant, *nous*. Nous tous. »

Elle le voit ciller légèrement, comme s'il se souvenait de quelque chose, ou voyait l'un de ses doutes se confirmer. Il pose sur elle un regard étrangement intime, qui lui rappelle ce que disait Will ce samedi. *En matière de sang, il ne boit pas n'importe quoi, ce cher Peter.* S'était-il douté de quelque chose, lors de la première nuit de leur voyage de noces ?

Helen a la nausée, se demandant s'il est en train de faire des rapprochements ou s'il les a faits depuis le début.

« Helen, une seule chose m'importe. La seule chose que j'ai vraiment vraiment envie de savoir depuis toujours.

– Quoi ?

– Je sais que tu vas me prendre pour un ado, mais je veux savoir si tu m'aimes. J'ai besoin de le savoir.

– Oui. Je t'aime. »

C'est si facile maintenant, de dire ceci à voix haute, cette phrase qu'elle n'a pu dire avec conviction depuis la nuit de sa conversion. Mais maintenant, c'est aussi naturel que d'ôter un gant. « Je t'aime. Je veux vieillir avec toi. Je le désire plus que tout. Mais Peter, je crois vraiment que je dois tout te dire. »

Son mari la regarde avec une tendre frustration, comme si c'était elle qui ne comprenait pas. « Écoute, Helen, dit-il, la plupart des gens ne parviennent pas à croire que nous existons. Pour eux, nous sommes un mythe. La vérité n'est que ce qu'ils veulent croire. Fais-moi confiance, je le constate tous les jours dans mon travail. Face à plusieurs faits, les gens prennent ceux qui les intéressent et ignorent les autres. Je sais que là, c'est probablement le sang qui parle, mais je veux avoir foi en *nous.* Toi et moi, en l'occurrence. Deux êtres qui s'aiment, qui, au fond, se sont toujours aimés vraiment, et que rien n'a jamais pu ni ne pourra jamais séparer. Et c'est peut-être un mythe là, maintenant, mais je crois que si l'on veut croire à un mythe de toutes ses forces, alors, il devient la vérité. Et je crois en nous, Helen. Vraiment. » Il cesse d'être sérieux et lui sourit. C'est son vieux sourire. Ce sourire Radley canaille dont elle est jadis tombée amoureuse. « Tu sais que tu es drôlement sexy ! »

En effet, ce doit être le sang qui parle, se dit Helen, mais en cet instant, elle est totalement prête à croire qu'ils peuvent se retrouver tels qu'ils étaient jadis et, avec un peu de chance, sans avoir à tuer. Et quelques heures plus tard, après être restés éveillés dans l'obscurité, heureux, chacun croyant l'autre endormi, ils s'étreignent et s'embrassent du même mouvement, leurs dents se transforment aussi naturellement et inconsciemment qu'en rêve. Et avant même de s'en rendre compte, ils boivent le sang l'un de l'autre.

Pour Helen comme pour Peter, c'est comme si c'était la première fois. La première fois qu'ils sont libérés des peurs et des doutes. Une sensation merveilleuse et tendre, une sorte de retour au bercail, un bercail qu'ils connaissent avec leur cerveau mais non leurs sens. Et lorsque les premières plumes de l'aube filtrent sous leurs rideaux, ils s'enfoncent plus profond dans l'obscurité de leur couette, et Helen ne songe pas un instant au sang qui, peut-être, coule sur les draps.

GLOSSAIRE DE L'ABSTINENT

Abstinent : vampire héréditaire ou converti qui a réussi à vaincre son addiction au sang.

Accro au sang : terme spécifique pour vampire, généralement préféré par les abstinents. Parfois abrégé en « a-croc ».

Bram : À l'origine, acronyme pour Base de Régime pour Abstinents Militants, ce mot désigne l'alimentation des vampires abstinents. C'est peut-être une allusion à l'auteur de *Dracula* (bien entendu abstinent lui-même, il suivait un régime de bifteck de cheval et de sang de cochon).

Byroner : mettre en scène sa mort pour pouvoir refaire sa vie. Vient du poète vampire Lord George Gordon Byron, qui a fait semblant de mourir sur un champ de bataille en Grèce, puis à maintes autres reprises afin de pouvoir continuer à donner libre cours à sa soif de sang.

Converti : profane qui, avec ou sans son consentement, est mordu par un vampire, qui lui donne son sang. Après quoi, il survit à la blessure, mais doit devenir lui-même accro au sang.

Convertisseur : vampire héréditaire qui a converti un humain en remplaçant entièrement le sang qu'il a pris par le sien. La différence d'âge entre convertisseur et converti doit être de moins de dix ans pour que l'opération réussisse.

Croc : autre terme pour canine, et préféré par les pratiquants.

Désirs sans risques : désirs physiques sans soif de sang.

Énergie : terme générique désignant les multiples pouvoirs physiques et mentaux qu'apporte la consommation de sang, notamment l'augmentation de l'acuité sensorielle, la faculté de voler par ses propres moyens et, dans certains cas, le pouvoir de suggestion.

Heure rouge : terme utilisé à la fois par abstinents et pratiquants pour désigner l'heure de la soirée, 23 h, où commence à se manifester la soif de sang la plus intense, qui dure d'habitude jusqu'à minuit sonné.

Instinct : pulsion dangereuse et dévoyée très souvent invoquée par les profanes qui croient à tort être encore en phase avec les leurs.

Larmalœil : profane du sexe masculin, admirateur de la culture vampire, voir *Sylvie*.

Métamorphoses : transformations nécessaires pour qu'un acte de vampirisme puisse avoir lieu. Si chez un vampire pratiquant ces métamorphoses interviennent à volonté, il est beaucoup plus difficile à un abstinent de les déclencher.

Pouvoir de suggestion : faculté induite par la consommation de sang, qui permet de prendre provisoirement le contrôle de l'esprit d'un profane. Ce talent immoral est l'apanage des seuls vampires pratiquants, et profondément réprouvé par la communauté des abstinents. La suggestion reste sans effet sur les pratiquants et les abstinents.

Profane : être humain ordinaire, non converti, qui estime que l'existence des vampires est une fiction.

Sirkien : abstinent qui rêve de repiquer mais ne le fait jamais. Le terme vient sans doute du célèbre cinéaste et metteur en scène de mélodrames, le vampire abstinent Douglas Sirk.

SMP : Syndrome de migraine permanente.

SSI : Soif de Sang Irrépressible : pulsion soudaine et intense souvent provoquée par le refus de fournir au corps des substituts convenables au sang humain. Les abstinents végétariens et végétaliens y sont particulièrement exposés. La SSI peut survenir sans guère de signes préalables, voire totalement à l'improviste, ce qui laisse l'abstinent totalement incapable de lui résister.

SV : Sang de vampire. Aussi désirable que le sang humain pour les vampires. Toutefois, il se conserve mieux. C'est la raison pour laquelle on ne met jamais le sang humain en bouteille à des fins de consommation, à la différence du sang de vampire. Les abstinents doivent résister sans faiblir à la tentation de boire du sang de vampire s'ils veulent continuer à mener une existence tranquille, vouée à la recherche d'objectifs moraux et convenables.

SVO : Service des Vampires Orphelins.

Sylvie : équivalent féminin du *Larmalœil*.

Vampire : terme courant et édulcoré pour accro au sang, pratiquant ou non.

Manuel de l'Abstinent
(deuxième édition, p. 220-223).

REMERCIEMENTS

Il n'y a pas de solistes. Seulement des groupes.

Je remercie infiniment :

Jamie Byng, Francis Bickmore, Andrea Joyce, Sian Gibson, Norah Perkins, Anna Frame et toute l'équipe de Cannongate.

Caradoc King, Elinor Cooper, Louise Lamont, Christine Glover, Linda Shaughnessy ainsi que l'ensemble de AP Watt.

Tanya Seghatchian, Jon Croker et le Conseil cinématographique du Royaume-Uni.

Alfonso Cuarón, Alison Rae et, à la batterie, Andrea Semple.

Les vampires
dans Le Livre de Poche

Beth FANTASKEY

Comment se débarrasser d'un vampire amoureux n° 32267

Jessica attendait beaucoup de son année de Terminale : indépendance, liberté, fêtes... Elle n'avait certainement pas vu venir Lucius Vladescu ! Adoptée seize ans plus tôt en Roumanie, Jessica découvre avec stupeur qu'elle est fiancée à un prince vampire depuis sa plus tendre enfance, et qu'il a bien l'intention de réclamer sa promise. Séduisant, ténébreux, romantique, Lucius est persuadé que Jessica va lui tomber dans les bras. Mais la jeune fille a d'autres projets et pas la moindre envie de suivre un inconnu en Roumanie, tout prince vampire qu'il soit. Beth Fantaskey signe là une comédie romantique riche en suspense et en rebondissements, où les amoureuses de vampires (et les autres) trouveront bon nombre de conseils avisés...

Stephen KING

Salem

n° 31272

Le Maine, 1970. Ben Mears revient à Salem et s'installe à Marsten House, inhabitée depuis la mort tragique de ses propriétaires, vingt-cinq ans auparavant. Mais, très vite, il doit se rendre à l'évidence : il se passe des choses étranges dans cette petite bourgade. Un chien est éviscéré, un enfant disparaît, et l'horreur s'infiltre, se répand, aussi inéluctable que la nuit qui descend sur Salem.

Sheridan LE FANU

Carmilla

n° 20004

Dans un château de la lointaine Styrie, au début du XIXe siècle, vit une jeune fille solitaire et maladive. Lorsque surgit d'un attelage accidenté près du vieux pont gothique la silhouette ravissante de Carmilla, une vie nouvelle commence pour l'héroïne. Une étrange maladie se répand dans la région, tandis qu'une inquiétante torpeur s'empare de celle qui bientôt ne peut plus résister à la séduction de Carmilla... Un amour ineffable grandit entre les deux créatures, la prédatrice et sa proie, associées à tout jamais « par la plus bizarre maladie qui eût affligé un être humain ». Métaphore implacable de l'amour interdit, *Carmilla* envoûte jusqu'à la dernière ligne... jusqu'à la dernière goutte de sang ! Maître du récit de fantômes et de vampires, dans la tradition romantique du roman noir, l'Irlandais Sheridan Le Fanu (1814-1873) est l'un des pionniers du roman de mystère anglais. *Carmilla* (1872) annonce le *Dracula* (1897) de Bram Stoker.

Christopher MOORE

Les Dents de l'amour n° 32156

San Francisco. La rencontre fortuite de Tommy, débarqué de son Midwest natal pour devenir le nouveau Jack Kerouac, et de Jody, une bouillonnante secrétaire de vingt-six ans, aurait pu donner une banale histoire d'amour. Seulement, voilà, juste avant de faire la connaissance du jeune homme, la belle Jody a été mordue par Élie Ben Sapir, un vampire âgé de huit siècles qui a fait d'elle un *nosferatu.* Fort heureusement, Tommy l'écrivain tourmenté, tombé amoureux fou de Jody, veille au grain. Avec l'aide de ses collègues de l'équipe de nuit du supermarché où il travaille et d'un sympathique clochard, il n'aura de cesse de traquer le vieux démon pour défendre sa dulcinée. Après Godzilla dans *Le Lézard lubrique de Melancholy Cove,* les zombies dans *Le Sot de l'ange* ou la Mort *herself* dans *Un sale boulot,* Christopher Moore dynamite cette fois le mythe du vampire. À conseiller aux dépressifs

Suzy MCKEE CHARNAS

Un vampire ordinaire n° 27016

Edward Weyland, professeur d'anthropologie à l'université de Cayslin, semble un bel homme. Mais ce n'est pas un homme. C'est un vampire, un prédateur qui se nourrit de sang humain, issu d'une espèce rare et ancienne, presque dotée de l'immortalité. Les humains fascinent Weyland, et surtout leurs rêves, car lui ne rêve pas, même durant ses longues périodes d'hibernation. Et parce que les humains fascinent Weyland, il entreprend une étrange relation avec une psychanalyste. Une relation psychothérapeutique ? On peut en douter. Mais l'un et l'autre vont succomber à une fascination réciproque, bien proche de ressembler à de l'amour, cette autre forme de prédation. Suzy McKee Charnas a entièrement renouvelé, avec sensibilité, le thème du vampire. Un grand classique.

Dan SIMMONS

Les Fils des ténèbres n° 14120

Jeune et brillante hématologiste américaine, Kate Neuman débarque à Bucarest afin de se consacrer aux orphelins atteints du sida. Là, elle découvre l'étrange cas de Joshua, un bébé qui, à chaque transfusion, développe pendant un court laps de temps une formidable résistance à la maladie... Kate ne se doute pas encore que Joshua l'amènera à s'aventurer dans les mystères d'un pays encore marqué par les légendes de vampires et le souvenir du terrible Vlad Tepes, dont la férocité sanguinaire n'eut d'égale que celle du dictateur Ceaucescu, fusillé peu de temps plus tôt...

Bram STOKER

Dracula n° 31051

Jonathan Harker, jeune notaire, est envoyé en Transylvanie pour rencontrer un client, le comte Dracula, nouveau propriétaire d'un domaine à Londres. À son arrivée, il découvre un pays mystérieux et menaçant, dont les habitants se signent au nom de Dracula. Malgré la bienveillance de son hôte, le jeune clerc ne peut qu'éprouver une angoisse grandissante. Très vite, il se rend à la terrifiante évidence : il est prisonnier d'un homme qui n'est pas un homme. Et qui partira bientôt hanter les nuits de Londres... Grand classique de la littérature de vampires, best-seller de tous les temps après la Bible, *Dracula* est une source d'inspiration inépuisable.

Dacre STOKER et Ian HOLT

Dracula l'immortel n° 31973

Seule fiction littéraire soutenue par la famille du créateur de Dracula, cette œuvre a été écrite par Dacre Stoker, l'arrière-petit neveu de celui-ci, et Ian Holt, spécialiste reconnu du célèbre prince vampire. En 1888, six intrépides ont réussi à détruire Dracula aux portes de son château de Transylvanie. Vingt-cinq ans plus tard, ils se sont dispersés mais le souvenir de cette périlleuse aventure où l'un d'eux a laissé la vie les poursuit. Une mort inexpliquée devant un théâtre parisien et un assassinat d'une effroyable cruauté au cœur de Londres vont réveiller la peur. Du Quartier latin à Piccadilly, l'ombre de Dracula semble à nouveau planer... Les héros d'autrefois doivent affronter un ennemi insaisissable aux attaques sournoises, violentes, mais aussi leurs propres démons. Une intrigue menée avec maestria, qui ressuscite le fantasme et la malédiction de l'immortalité.

Composition réalisée par NORD COMPO

Achevé d'imprimer en février 2012 en France par
CPI BRODARD ET TAUPIN
La Flèche (Sarthe)
N° d'impression : 67783
Dépôt légal 1re publication : mars 2012
LIBRAIRIE GÉNÉRALE FRANÇAISE
31, rue de Fleurus – 75278 Paris Cedex 06

31/6661/8